# 章子怡

魏枫 —— 著

中国言实出版社

## 图书在版编目(CIP)数据

章子客 / 魏枫著. -- 北京:中国言实出版社,
2023.10
ISBN 978-7-5171-4625-4

Ⅰ.①章… Ⅱ.①魏… Ⅲ.①长篇小说—中国—当代
Ⅳ.①I247.5

中国国家版本馆CIP数据核字(2023)第205701号


## 章子客

责任编辑:王建玲
责任校对:张天杨
封面题字:戴再军

出版发行:中国言实出版社
　　　　　地　址:北京市朝阳区北苑路180号加利大厦5号楼105室
　　　　　邮　编:100101
　　　　　编辑部:北京市海淀区花园路6号院B座6层
　　　　　邮　编:100088
　　　　　电　话:010-64924853(总编室)　010-64924716(发行部)
　　　　　网　址:www.zgyscbs.cn　　电子邮箱:zgyscbs@263.net

经　　销:新华书店
印　　刷:北京温林源印刷有限公司
版　　次:2023年12月第1版　　2023年12月第1次印刷
规　　格:880毫米×1230毫米　　1/32　　9.75印张
字　　数:160千字

定　　价:58.00元
书　　号:ISBN 978-7-5171-4625-4

# 张　钦

天刚蘸亮，微风吹来田野间稻草的清香，芜水翻滚着波涛，静静地向东流去。我背着木箱站在大枫树下的公路边，站在我身旁的是娘，站在娘身旁的是背着木箱的粑粑，站在粑粑身旁的是背着木箱的驼子，站在驼子身旁的是背着木箱的藤蔓，站在藤蔓身旁的是背着木箱的老鼠，站在老鼠身旁的是我惦记的忍冬。这时，我终于听见西南角上的山谷间传来了尖厉的喇叭声，没多久，班车就从那个山嘴边冒出来，在屁股后掀起一道道漫天的尘雾。

车停稳后，车门打开，里面挤满了人，行李架上、座位下塞满了东西，我们只得把木箱立在脚边。司机朝后面喊，往里挤一挤、挤一挤，过道里却没一点动静，只看见黑乎乎的头。我抬头喊，里面的请挤一挤、挤一挤，过道里这才动了动。这时我看见挤在前面的男子脚边也立着木箱，往里挤一下，就提起木箱移一下，认出其中一个脸上结冰的男子，喊了一声"吕波"。他说，去哪儿？我说，上海，你呢？他说，昆明。我说，政府不是要提拔你吗？还出去打什么章子？他说，八字还没一撇呢。这时司机又喊了，下面的再站进来一点，关不了门。驼子跟老鼠只得又提着木箱挤了挤，车门这才合上了。

在长沙火车站售票窗口，我并没打去上海的火车票，而是打到北京西的。在火车上，乘客们一见黑不溜秋的木箱，装在木箱一侧的布轮，绑在上面的铁砧，钉在上面的橡皮，还有我们指间闪闪发亮的章子，只感到新奇。于是，在轰隆轰隆的鸣叫声中，在车厢的摇摇晃晃中，在操着各地口音的叽叽呱呱声中，一个戴眼镜、挎相机的叫刘为民的大胡子乘客，请求打一枚章子。我们的大师级师傅驼子从座椅下拖出木箱，摆在小桌子下，打开抽屉锁，摆开锤子、锉刀、錾子、木卡子、铜坯，用尖嘴钳将它折成马鞍形，嵌入木卡子里，用楔子固定。他坐在铁凳子上（用三角铁焊的，又矮又小），用锉刀磨平界面，用大号錾子刻出长边、中号錾子刻出宽边，将章面分出左右结构，左边刻"刘"字，右边分出上下结构，上面刻"为"字，下面刻"民"字。一手握锤，一手握錾子，锤子落在錾子上，发出当当当的响声，落手处如壮士舞剑，收拾处如美女拈针，笔法流畅如春花舞雪，秀丽多姿。不到十分钟，就刻好了，把它从木卡子上取出来，用锉刀轻轻地磨了界面，再用砂纸布轮打磨得溜光闪亮，在整形棒上捋一捋、敲一敲，戴在手上，如同金子一样黄澄澄亮闪闪的。

　　大胡子举起相机，咔嚓咔嚓，咔嚓咔嚓，围观的乘客不由得啧啧赞叹，你一个我一个地报出姓名，于是老鼠、藤蔓也从座位下拖出木箱，叮当叮当捶搽起来。响声引来了越来越多的乘客，以至于把走廊挤得黑压压的。穿着蓝灰色的确良制服、戴着双排铜扣红色领带、麦穗齿轮徽章大檐帽、拎着一串钥匙的列车员胖大姐匆匆赶来，拨开人群，一见到平常在集市上敲敲打打的摊子居然摆到了火车上，喝令我们赶紧收摊，否则将面临被驱逐的后果。我捋一捋额上的刘海，把她请到一边，赔着笑，承诺在绝对保障乘客跟火车安全的前提下，免费为她跟她的同事刻章。胖大姐摆了摆手里那银光闪闪的像小套筒扳手一样的钥匙，叮嘱我们不要阻塞了走廊，敲打声小一点，特别注意不能用火。我鸡啄米一样点头，象征性地对伙伴们吼了几句，然后从木箱抽屉里翻出纸笔，把胖大姐报出的几个名字一一记下，并将它们分摊下去，在他们以最快的速度打出来后，屁颠屁颠地赶到列车员休息室门前，恭恭敬敬地递到胖大姐手中。她拿在手里看了又看、掂了又掂，仿佛它们像一个个调皮捣蛋的细伢子，可爱得直叫人心潮起伏，那沉甸甸的感觉，黄澄澄、亮闪闪的成色，如同一坨坨金子。刻在上面的文字，或飞蛇走笔，或龙飞凤舞，或刚劲雄浑，无不浸透着打鼓垄章子客的精气神和非凡的技艺。当我回到那节车厢后，便跟围拢来的乘客讲好话，请他们回到自己座位上，章子打好后，会一一送到他们手中。直到那似乡里人看热闹的场景不见了，我才端起衣袖揩了一把汗。

在以每小时一百二十公里的速度一路向北的绿皮火车里，来自大江南北的乘客打量我们被太阳晒得墨黑的皮肤，被金属打磨得如同锉刀一样的手板，令人摸不着头脑的方言或者行话，羞涩的脸，憨憨的笑，只觉得新奇。随着打章子的活越来越多，我索性搁下锤子錾子腾出手来当接待员。驼子、老鼠、粑粑、藤蔓抓抢这似乎一生都难得的挣钱机会，扯开架子，拿出了最麻利的手面功夫。

轰隆轰隆，轰隆轰隆，绿皮火车呼啸着一路向北，油黑的木箱，绑在上面的铁砧，安装在一侧的布轮，叮当叮当的充满乐感的捶撂声，玛瑙刀、吕铜银的气息，将打鼓垄章子客的名声播到了远方。

在啧啧赞叹中，驼子、粑粑、藤蔓跟老鼠激情飞扬，坯子打完了，就动用储备材料铝线、铜片跟银子，用煤油灯火熔化后，一四七凸锤，二五八撩锤，三六九卡锤。铜坨坨铅坨坨在铁砧上、在尖嘴钳的翻转间，在锤子的捶撂间，延展成薄薄的马鞍形。我将乘客的名字一个个分摊下去，然后又把一枚枚章子递到他们手中，从他们手中接过一张张票子。

出了北京西站，大家坐在广场的一个角落里，我当着大家的面，把挣到的钱按人头分了。除去车票跟吃喝费用外，每人净挣两百多块钱，特地在火车站外的一家湖南饭店点了花生米、鸡杂、红烧猪蹄、清蒸鲈鱼，要了两瓶邵阳大曲，在欢呼声中，大家纷纷举杯敬我酒，说跟我出门就是开心就是挣钱。我热血沸腾，当老鼠跟我碰杯时，我听见了清脆的率直的响声，那是曾经一度愤怒、猜忌、悔恨、纠结的一对冤家头一回达成和解，或许，也只有在喝酒间我和他的神经才会麻木，忘记愤怒、猜忌、悔恨、纠结、罪责，或许一切都过去了、一切都没有发生，又或许一切才刚刚开始。现在我跟老鼠登上了同一条船，就成了同一根绳上的蚂蚱。但是，酒醒后，忍冬那清水般的眼珠又在那里望着，望得水出来。而她的男人，也露出了那副阴冷、仇恨的样子，真奇怪，为什么两个原本就心存芥蒂的人偏偏不能隔开，偏偏要捆绑在一起，但是彼此的内心又憋着一股气，想发泄到对方身上又发泄不出来。那么，我为什么不避开老鼠呢？老鼠为什么不避开我呢？忍冬站在中间，明镜似的，为什么还要男人跟着我呢？要我跟他达成和解或者让积压在彼此胸腔中的怒火像火山一样喷发？抑或她早就料到了我跟他压根不会这样，他跟着我只会让我跟他胸腔中的怒火渐渐地熄灭，最后达成和解，从此我就可以肆无忌惮地在他家出进，大胆地邀她出去玩，大胆地……但是最后，我都要否定这些，也许是我们出生在同一个地方，根扎在那里，胞衣埋在那里，我们的先人世代在那个地方生息繁衍，并且还将生息繁衍下去，上天在冥冥之中早就安排好了，让我们彼此既排斥又依赖，既恨着又爱着，也就是说我们是一对矛盾体，尽管在黑沉沉的静静的孤单的夜里，我们对彼此的处境会感到悲观、沮丧、愤怒、仇恨跟绝望，但是当看见清晨第一缕金灿灿的阳光从山尖喷薄而出时，我们内心又感叹，原来活着那么美呀，那些不如意的东西又算得了什么呢？只是我

章 子 客

们把它看得太严重了啊，不就那么点事吗？于是，我们试着忘记积压在彼此心间的悲观、沮丧、愤怒、仇恨跟绝望，试图在彼此面前展示一种此前从未有过的形象。

当天，我在售票窗口打了去吉林的火车票，到了那里，我们明显地感到天气有点冷了，在珲春街旁的冰铁旅社租了一间房，里面有四张床、一张书桌，带卫生间跟凉亭，房费不贵，大家洗澡洗衣服，调钱买煤油炉、锅子生火做饭，喝了三瓶朝阳酒，在微醉跟温馨中一觉睡到天大亮。当我们出摊时，珲春街早已人如潮涌。在面店买了比老家大一倍的玉米包子，因为凉了，硬邦邦的，像啃红薯。在街边摆上木箱，在木箱上摆上样品盒，盒里分割成条形的海绵间，嵌着铜章、铝章、银章、韭菜边、百家锁、手圈、脚圈，款式多而新，看上去像一个百宝箱。我们坐在木箱后的铁凳子上，为了吸引顾客，我叫驼子跟老鼠在铁砧上敲敲打打，自己跟藤蔓、粑粑则向路人吆喝，打章子、打韭菜边、打手圈。但是在吉林头一天出摊，就撞了霉运。在家时，老鼠说东北人耿直讲义气，从不欺负人。我不知道他是不是骗人，故意把东北人说得那么好。接下来，我总算明白了。

那时，一个身高一米八九的文身的男子跟两个嘴里叼着烟的矮个子走过来，高个子在粑粑的箱子前蹲下，端起样品盒，推开上面的玻璃，将一枚章子跟一把百家锁捻出来，像耍杂技一样，在手里抛上抛下，说，这玩意儿真逗。小饼，你来试试。那个叫小饼的一身黝黑，扔掉手里的烟，也拿在手里抛上抛下。粑粑眼巴巴地看着，脸涨得通红，不敢得罪这两个闲得蛋疼的家伙。驼子在一旁实在看不下去，小声对粑粑说，收起来。没想到高个子居然听懂了打鼓垄方言，随即站起身，走到驼子的箱子前，揪住他的衣领，像拎小鸡一样把他拎了起来，啪啪，两巴掌扇过来，扇得他瑟瑟发抖，说，小南蛮，东北虎吃掉你。

藤蔓、老鼠、粑粑坐在那里，呆呆地望着高个子。那时候，我仿佛看见小时候的玩伴吴兵骑在我肚子上，捉住我的手，左一下右一下地扇耳光，啪啪，啪啪，把我的脸打得又红又肿，火辣辣地疼。我朝他脸上吐痰，他就掐我的嘴，掐出了血。我一跺脚，就从凳子上弹起来，冲到他面前，说，大哥。高个子松开驼子，扭了扭脖子，用鄙夷的眼神盯着我，说，小南蛮，想到东北虎地盘上揩油，不好使。东北虎吃掉你。我说，别忘了，我们有铁笼子，专门关东北虎呢。高个子说，看你一身皮包骨，嘴巴倒硬。说完，他一拳打过来，从我的嘴角边擦过去，我一偏头，也不觉得疼，舌头舔了舔嘴角，咸咸的，于是喊道，弟兄们，怕死不做章子客，抄家伙，往死里打，不要命地打。

那时候我只顾着那个自诩为东北虎的家伙，在心里说，今天不是我弄死你，就是你弄死我。他扑过来我就跑，反正不让他揪住。我跑进一条窄窄的巷子，那里有人站在路边或者店门口瞅着，一边跑，一边捡起地上的石子砸他，他弯腰躲过。我接着跑，又捡起地上的石子砸他，他一闪身子就躲过去了。趁我弯腰捡石子的间隙，他扑过来，朝我头部就是一拳，我一闪，转过身，趁他还没站稳，一拳打在他左肋上，也不知那一拳有多重，或者说并不重，他只是因为失去重心，一头栽倒在地。我一个箭步扑上去，一脚踩住他的背，一脚踩住他的后脑勺，反扣住他的双手，然后朝他的头部一顿猛踩，踩得他哎哟哎哟叫，我说，还打吗？还打吗？东北虎，老子把你关进笼子里，看你还敢吗？他趴在地上哎哟哎哟叫，拱一下，我就抬一下他的胳膊，就像用扳手拧螺丝一样，把他的胳膊拧得紧紧的，还不时踩他一脚，地上的沙子把他的额头、嘴巴、鼻子硌出血来，疼得他哎哟哎哟叫。我望了望身后，望见藤蔓、粑粑、驼子举着铁凳子跟一群痞子打成一坨。我扯开喉咙喊，弟兄们，打，往死里打，不要命地打。只听见当当的器物撞击声跟尖厉的喊叫声在耳边响起。但是没多久，就听不到了。我把他拖起来，押着往回走，那些痞子望着他血糊了的鼻子、嘴巴、额头，一脸惊骇。我说，还有哪个不怕死的，上来就是这下场。说完，用力一推，把他放了，他们狠狠地盯了我一眼，扶着高个子走了。围观的一个老倌子迎上来，朝我竖起大拇指，指着他们的影子骂道，他妈的，这帮年轻人，吃喝嫖赌什么坏事都干。那些做服装生意的人也骂道，这些捣蛋的家伙，打死他们。

我端起衣袖轻轻地揩了一下嘴角，那里传来隐隐的痛感，袖子染红了一块。我悄悄地离开了，不时回头望一眼，那些看热闹的人朝我看过来，慢慢地散了。我低着头，一边走一边张望着巷子两边，当走到一个岔路口时，便拐进右边的一条巷子，那是一条上坡路，在坡顶左边有一栋烂尾楼，我看了看两边，便假装进去小便或者捡点什么废品，然后爬上楼梯，在二楼的一间散发出一股怪味的卫生间藏了起来。我坐在一根腐烂的木头上，端起散发出黏稠的血腥味的衣袖擦干脸上的汗，从裤袋里摸出被汗水浸湿了的烟跟打火机，幸好只湿了盒子，打火机还能打火。我一口接一口吸烟，猜驼子、粑粑他们跑哪去了，木箱还在不在，有没有受伤，高个子他们会不会杀个回马枪，会的话，就可能在寻我，或许就要寻到烂尾楼了，或许寻到旅社了，他们分散躲藏起来，只等我一露面，就用刀子捅、棍子打，直到我趴下去，出一身的血才肯放手。我夹烟的手在发抖，原来我是害怕的、担忧的，我闯下大祸了，他们不会放过我的，包括驼子他们。好几次我站起来，蹑手蹑脚地下楼，偷看外面的动静。我看见巷子里人来人往，他们的眼光从不瞅一眼烂尾楼，就长长地吁了一口气，心想，或许我的担忧是多余的，他们吃了亏，领教了小南蛮的厉害，是不敢再来捣蛋的。但是谁又能打包票呢？他们仗着自己是本地人，怎会轻易服输？我一口接一口吸烟，在满是灰尘、纸屑、砖头、老鼠屎的地上转来转去，肚子饿得咕咕叫，口干舌燥，像一头困兽。最后，我躺在二楼一块木板上，在微风的吹拂间，在微微的痛感里睡着了。当我醒来的时候，四周黑漆漆的，像一个黑洞。我揉揉惺忪的眼睛，借着打火机的微弱光亮摸到楼下，离开了。沿着来时的路，我拐进了那条巷子，在一家兰州拉面馆门前的水龙头旁往脸上浇了一捧水，忍着嘴角钻心的痛，洗了一把脸，在店里喝了一大杯茶，吃了一大碗拉面，一时间，只觉得神清气爽，力气倍增。

我悄悄来到珲春街，小贩们在街边撑起了大伞，将一大边羊肉挂在铁架上，摆上了桌子凳子，生起了烤炉，举着尖刀，割下一绺绺羊肉，搁在炉火上烤，那清香扑鼻而来。我低头尽量往人少的地方走，好像他们在某一个角落里盯着，手里抄着尖刀，伺机将我捅倒在地。我后悔没带刀，将它藏在旅社床铺底下。它是我前天在街上一个藏蛮子手里买的，锋利的刀刃，盘旋在牛角刀鞘上的老鹰跟狼散发出高原的苍凉、勇敢、雄浑的气息。其实，每次外出打章子，我都要带刀的，可用来防身，但更多的是用来保护木箱。章子客在外的宝贝就是木箱，一旦被工商、派出所、城管没收，或者被地痞流氓抢走，或者丢失，那我们挣钱养家糊口的路就走到了尽头，无论有没有挣到钱，也只能乖乖地踏上回家之路。但是，带刀也很不方便，一旦被派出所发现，嘴皮子磨破也没用，打架斗殴更是罪加一等，没收，拘留，罚款。我在街上漫无目的地走，多想放下心中的戒备，在这陌生的承载着梦想跟希望的城市的夜晚享受一份闲散、舒畅跟安宁，但是陌生的城市，昏黄的街灯下，飘忽孤单的人，幽灵般的眼神，时刻提醒我该绷紧神经，擦亮眼睛。

我穿过大街侧面一条夹在两排住宅间昏暗的小巷，悄悄回到旅社时，兄弟们都在，他们齐刷刷地盯着我，眼睛鼓得牛卵子大，说，哪去了？到处寻你，也没看见影子，还以为你失踪了呢。我盯着他们，眼睛也鼓得牛卵子大，除了老鼠外，一个个鼻青脸肿的。原来他们跟那两个矮子打成一坨时，没料到越打人越多，不断有他们的人加入，就只好跑了。老鼠这家伙在两股势力对阵时，扯开喉咙喊，打啊，不要命地打，打死他们。等驼子、粑粑、藤蔓扑上去后，他却鞋底抹油，连影子也不见了。等对方撤离后，他们才溜回现场，多亏那个好心的老倌子帮我们藏好了木箱，要不然，就只有乖乖地回家了。

正当我们感到庆幸时，一帮人进来了，我想糟了，今晚怕是又有一场恶架了，一边叫兄弟们操家伙，一边抓起木箱上的锤子，举在手里。不错，领头的就是那个被我打趴在地的高个子，他鼻青脸肿，额头上贴着膏药，一见我们的阵势，忙抱拳说，哥儿们误会，俺今晚是来赔不是的。说完，叫了一声小满子，小满子就从他身后走上前来，笑呵呵地将一大袋水果搁在我身边的桌子上，后面跟上来的叫小龙子的把一个大袋子也搁在桌子上，里面装着白天抢走的样品盒、营业执照跟那块上海表。老鼠一见上海表，便放下手里的凳子，笑眯眯地把表戴在手上，说，这还是我跟爷在长沙友谊商场花一百二十五块买的哩。我瞪了他一眼，没吭声。

上门的都是客，既然是客，不管是仇人还是好人，都要以礼相待，何况人家还是来赔不是的呢。我招呼客人坐下，香烟散起来，热茶泡起来，但是高个子连连摆手，说，不打不相识，这位兄弟身手不凡，想必是学了功夫的。今后弟兄们尽管摆摊，如果有人胆敢来闹事，就吱一声，俺哥儿们就是上刀山下火海也在所不辞。我说，这位大哥，实在对不起，当时糊涂，下手重了点，请多多包涵。高个子说，没啥事，别往心里去。我说，要是兄弟们不嫌弃，就坐下来喝杯小酒，过去了的咱就不提了。但是高个子连说还有事在身，抱歉抱歉，让弟兄们受惊了。握手告别。

　　第二天一早，我们又来到了珲春街。第三天，第四天，我们坐在木箱后的铁凳子上，木箱立在街边，尽管不停地吆喝，在铁砧上叮咣叮咣地捶撵着铜块、铝块、银块，煤油灯在打气筒的抽动间将坩埚里的铜块熔化成水，锤子敲打着錾子，錾子如行云流水，也没吸引客人来。我说，再等等，实在没生意，就到延吉去。我看了地图，从吉林到延吉有三百多公里，坐几个小时火车就到了，也不晓得那边有没有生意，但吉林是待不下去了。

# 成小山

～～～～～

　　我蹑手蹑脚地摸进走廊，黑暗中传来花母猪的鼾声，背上的袋子不时撞在墙上，脚不时踢到石子，那嘶嘶嘶声跟咻溜声像警报声一样让人害怕。在门边摸到那根紧紧地斜撑在限木下的榆木（她撑上的），悄悄地把它挪到门角落，扯开闩子，把门提上几厘米后扯开，从缝里挤出去，踏上那条斜坡路。但是我站住了，我听到了她香甜的可怜的鼾声，看见了她沉睡的无辜的脸，喉咙一热，流出眼泪。我回到门边，那花母猪的咕噜咕噜声、在栅栏上搔痒的嚓嚓声好像惊战的、愤怒的她，从门缝里钻出，朝我扑来。我丢下袋子，端起袖子抹泪（娘哪，娘），左手从门缝里伸进去，摸到门角落那根榆木，挪到门缝里，伸出右手抓住它，腾出左手，把它挪到限木下，用力顶住，松出手来后，门吱嘎一声，关了。我轻轻地推了推，门一动不动了，这才背着袋子走了。

在寂静的黑漆漆的夜色中，园子里的棕榈树、酸枣树上传来灰林鸮嘟——崴特，嘟——呼，嘟——崴特，嘟——呼惊悚的叫声。我拐上塘基，过了石拱桥，摸上一条滑溜溜的田埂。我又端起袖子，抹了一把泪（娘哪，娘），脱掉解放鞋，拎在手里，继续向前摸索。解放鞋上沾了泥巴和灰尘，牵了蜘蛛丝。我在家很少穿鞋，总嫌它碍手碍脚，脚板在出猪栏粪、牛栏粪，犁田耙田、挖土栽菜的路上、田土间早就磨出如同锉刀般的茧。背上的袋子，装过氮肥、磷肥、钾肥，也装过种子、棉花、衣服，那些外出打工的汉子，则装被子、蚊帐、衣服、洗漱用品，拎着它往肩上一甩，钻进了开往长沙的班车、一路向北的绿皮火车，丢在行李架上或塞在肮脏的座椅下，站累了当凳子坐，困了当垫子靠。那些挣到大钱的汉子，把一沓一沓的票子藏在里面，塞在邋遢的座椅下、搁在人来人往的走廊边，然后在桌子上打牌、扯乱弹，或者躺在椅子上打呼噜，等到站了才想起它。在经历了漫长的颠簸之后，那些一沓一沓的票子被挤压得皱皱巴巴，但一张不少。可是，当他们拎着背着它挤公交车时，城里人就捂着鼻子躲开，它在漫长的颠簸间浸了汗水，

章 子 客

沾了灰尘、油污,那邋遢、丑陋的样范,刺鼻的酸腐味,让人恶心。乡巴佬。城里人骂道。但是他们照常在下一回进城搭公交车时拎着、背着它,像鲱鱼一样在走廊的人缝里穿梭。

袋子里除了一些零碎东西外,还有一个用塑料布包了一层又一层的、泛黄的边角被磨得发毛的书,一页一页竖排的如同大海一样无边无际的老字,散发出神秘的陌生的远古气息,打鼓垄人称之为族谱。村里的说书人和教书先生总免不了在人前夸我,说莫看我憨,肚子里有货。而那些为了看一场电影即使赶七八上十里夜路也不叫疲累的满哥,则暗地里讥笑,说我像个熏染了迂腐迟暮气味的老倌子。我只当耳旁风。族谱是太公传给公公,公公传给爷,爷再传给我的。公公叫成祖荣,曾任横店乡乡长,在起义投诚并升任某部一支队一团团长后,将族谱用油纸包好,藏在家后紧挨着炮台的一棵樟树下,才躲过了中央军的洗劫。那时爷才两三岁,住的是横店乡数一数二的大院,那高高的厚厚的用铁皮包边的槽门,槽门前威风的升旗台,终日在后山虎视眈眈的炮台,不管下多大、下多久雨也不积水的铺着青砖的小巷,铺着茶褐色水曲柳的楼板,透着明清气息的雕花红木床、茶几跟太师椅,柜子里来不及搬走的绫罗绸缎和古典书籍,被中央军愤怒的仇恨的枪托跟坚硬的撬棍、咆哮的火焰、贪婪的手、无情的手榴弹，毁于一旦。我不知道公公为何在那月黑风高的夜里把族谱看得这样金贵，就在行刑前的夜晚，当细阿婆去横店乡政府黑黑的马厩探望遍体是伤的公公时，公公就把族谱的秘密透露给她。直到爷长大后，细阿婆在弥留之际，才把这一秘密透露给爷。而爷在那场轰轰烈烈的斗争中，将族谱藏在牛栏顶上的稻草堆里，才躲过一劫。

爷的命并不长，我十九岁那年一个深夜，他躺在床上，张着嘴巴呼哧呼哧喘气，他用脚艰难地踢了踢坐在床沿上的我，眼珠却盯着床对面柜子顶上的一只被灰尘跟岁月侵蚀了的瓦罐，我蠢巴样看看瓦罐、看看他，他又踢了我两下，眼珠又盯着那只瓦罐，我这才起身，搬来凳子站在上面，搬下瓦罐，从里面取出一个包了一层又一层的塑料包，原来里面包着的是一套厚厚的族谱。爷看着族谱，随即闭上了双眼。

姐姐后来跟湾弯冲几个姐妹去了东莞，她在信中说，在老乡的介绍下，她们进了一家针织厂，每天在流水线旁坐十二三个钟头，屁股坐得生疮，腿坐得发肿，手织得发麻。她寄回一包包肉嘟嘟的叫荔枝的果实，我头一回听说荔枝这个名字，头一回尝到这世上还有这么好吃

章 子 客

的果实，以至于多年以后，一看到荔枝，就想起了那个纯而又纯、青涩而又青涩的姐姐，霸得蛮的姐姐。她在信中叮嘱我不要跟娘顶，闲时去集镇打点零工，到长沙抓点副业，又不是读书人，看那么多书有卵用。

娘是横店乡数一数二的美人，那年，她不顾外公外婆大舅二舅三舅的反对，毅然决然地嫁给了爷。她说，扯结婚证那天，爷穿着一件还算过得去的棉衣，一双喤嘟响的套鞋，跟她去了民政局。后来她在清理柜子时，问爷那件棉衣哪去了，爷说，那是借的张二皮匠的，还给人家了。她生下姐姐坐月子那阵，外婆踮着小脚，天蒙蒙亮从家里出发，爬垄过坳，行走四五里来到女儿家，又饿着肚子、踮着小脚在天黑之前赶回家。外公看了一脸愁容的外婆，说，怎么不歇？外婆说，她家米没有、油没有，歇了更增加负担。外公说，明天不要回了，没米没油不用管。第二天一早，外公从仓里撮了一担谷，将一罐猪油藏在谷中（生怕舅舅舅妈看见），挑着担子爬垄过坳，在离女儿家两三里远的打米厂打了米，用事先准备好的袋子背着油和米，送到女儿家后，再挑着剩下的米和糠回家。

爷走了后，汗水冲掉了娘身上的温柔、矜持（那时他才四十岁多一点点），只剩下了不肯服输的勇气跟苦熬的毅力。她养了一头花母猪，一年下两窝猪崽，每一窝都喂到出栏。她一看见皮毛粉嫩的猪崽像大柴一样码在母猪鼓胀的奶子边，看它们在猪食盆边抢食时的样范，就禁不住喜上眉梢，以至于她光着脚板一日日地踏在走廊暗淡的泥地上，将泥地打磨得如同一把闪闪发光的银器。她常常回想外公外婆苦口婆心的劝说，以及自己以同样的方式劝说我的情景，前者是出于她婚事的焦虑，后者是出于崽伢子执迷不悟的担忧。她脾气越来越暴躁，多次警告崽伢子如果再不听话就要一把火烧了柜子连同里面的族谱，甚至把他赶出家门再也不用回来。她常常铁青着脸，对那些一次次登门造访与崽伢子商讨续谱事宜的族人破口大骂，以至于他们的影子从此再也没有在我家出现。但这些丝毫没能浇灭我内心燃烧的火焰，我常常丢下田间地头的事，去邻村拜访那些德高望重的族人，为整理族史熬到夜深人静仍不愿关灯困觉。我眼光日渐迷离、神情日渐恍惚，面对娘的唠叨、咒骂跟警告均当作耳边风，以至于娘一次次地跪在爷的坟前流下痛苦的、指摘的、愤怒的、绝望的泪水。

　　我在渠水里洗去脚上的泥巴时，天边绽出了第一缕阳光。脸上的泪水早已干枯，她离我越来越远了（娘哪，娘）。我在一块大石头上晾干了脚，穿上了暖和舒适的解放鞋，四周清静得只听见流水的汩汩声跟喜鹊的叽叽喳喳声，脚下的沙沙沙声一路向前延伸，在空荡荡的、悠远的公路上空回响。随着光亮渐渐地从山尖喷出，身后那沉重的、持续的沙沙沙声越来越清晰，没多久，他拖着半边白花花的猪肉从身边擦过去，轮胎压得瘪瘪的。他离我家两三里，一到腊月二十四我家杀年猪时，就背着一个沉重的背篓、捎着一根挺杖来了，他高大的个子、壮实的肌肉、亲切灿烂的微笑，突然一钩子精准地钩住猪嘴巴拖上凳子、剥皮时把亮闪闪的刀子含在嘴里的样范，让娘的脸瞬间乐开了花。

没多久，又一台单车从我身边擦过，前车架上插着一把砌刀。我想，他一定刚刚吃完早饭（工地上只提供中饭），要赶十多二十里才能按时到达工地。那是个轰轰烈烈的年代，乡间、集镇破旧的土砖屋在抡起的大锤、挖掘机的巨齿下倒塌了，用石块、红砖砌起的楼房拔地而起，农民在农闲时奔赴离家或远或近的工地，或早出晚归，或一去两三个月，甚至半年一年，他们忍受抛下堂客崽女爷娘的念想、牵挂跟忧伤，忍受寒冷、酷热、劳累跟孤单，把挣到的工钱寄回家。

我匆匆朝前走，试着赶上那个学生，无疑，他是横店二中的高中生，在清晨的河边放牛时，我常常望着对面河堤上二中学生的影子发呆，他们沉静的脸、若有所思的眼神里，是无解方程，万有引力。他们一朝走出了横店，就告别了烟囱挑着的炊烟、杂屋墙上挂着的锄头、栏里哞哞叫的耕牛跟走廊外绵绵不绝的阴雨。他们的爷娘一方面对古老的土地心心念念，另一方面砸锅卖铁供他们读书，视升官发财为家族的骄傲跟荣光。他们如此决绝地驱使崽女逃离古老的土地，而自己却在古老的土地上耕种收割到奄奄一息。谁又能读懂他们激荡的、伤感的、勇敢的心？古老的大地烟火升腾，祖辈们仿佛吞下了上天专给他们精心炼制的丹丸，注定在或沮丧或无奈或忐忑或豁达里，把一生希望跟梦想的种子在横店古老悠远的土地上播撒。

我踏上了 M333，这时天大亮了，但是，那满载着背着木箱的章子客的班车，用竹筐载着草鱼鲢鱼鲤鱼鲫鱼的摩托车，满载着亮闪闪的煤块、灰乎乎的水泥、红彤彤的砖块的嘎斯车、解放车、东风车，在 M333 掀起一道道遮天蔽日的尘雾的情景不见了。我记起在 M333 路边跟一班大人养护公路时，一会儿从尘雾里进去，一会儿从尘雾里出来，眉毛头发上像打了白霜的样范，而那些汽车轮子在坑坑洼洼的路面震出的哐啷声，几乎把耳朵震聋。

我一路向北，朝要抵达的地方走。这时，看见前边停着一辆嘎斯车，满载闪闪发亮的煤块向路肩倾斜，一个戴鸭舌帽的、寡瘦的家伙从驾驶室跳下来，一枚银吊坠在胸前晃来晃去，亮闪闪的像铂金。他猫着腰看了一眼那只瘪了的轮胎，爬进驾驶室，下来时手里拎着一个千斤顶。不一会儿，在千斤顶的魔力下，那轮胎随着钢板的翘起一点点地鼓起来，悬在路面。他又爬进驾驶室，下来时手里拎着一个铁箱子跟一根撬棍。他蹲在那里，把套筒扳手套在螺帽上，把撬棍插进套筒扳手的柄孔里，握住撬棍使劲往下压，但是螺帽像是成心跟他较劲一样纹丝不动。我对他说，要不要帮手？他像是没听见，攀着车厢，站在撬棍上一下一下地踩，银吊坠在脖子下荡秋千，撬棍一翘一翘的，像弹簧。螺帽终于憋不住了，转了半圈。他又把套筒扳手套在下一颗螺帽上，又攀着车厢，站在撬棍上一下一下地踩，螺帽又转了半圈。但他还是没看我一眼，那双阴冷、奸诈般的小眼只顾盯在套筒扳手、撬棍跟螺帽上。我想他是不是脑壳短路了，还是故意不理我，总之我得做好心理准备。当他钻到车下卸备胎时，我把蛇皮袋搁在一边，也不管他鸟不鸟，帮他把备胎滚出来，套进车轴里。他不吭声，也不看我，点上一根东方红叼在嘴里（也不问我抽不抽），把烂胎滚到车屁股下，套上铁链，一点一点地摇上去，对着摇手说，去哪儿？我说，茅栗铺。他说，做什么？我说，寻人，一个死人，也许您听说过，叫成飞。他又对摇手说，都死了，还寻个卵？死人会开口吗？我说，他是族上的英雄。他没再追问，说车子只到双江村，离茅栗铺还有二三十里。我说没事，都走了几天了。他把摇手藏在车底下，拍了拍手，爬进驾驶室，也不吭声。我拎着袋子跟着爬了上去。

嘎斯车又驶上了省道，风从玻璃窗口拥进来，他吐在嘴上的烟雾随即扑来，我连呛两声，将身旁的玻璃摇下三分之一后，风就把烟雾挡过去了。他盯着前方的眼珠和握在方向盘上的手始终像浮在平行线上，省道旁的梧桐树、槐树在窗外潮水般退去。他瞟了一眼右边的后视镜，问我从哪里来，然后瞟了一眼左边的后视镜，看见一辆桑塔纳像箭一样从车旁射了过去，把他远远地抛在后面，掀起的尘雾一度挡住了视线。他大骂，娘的脚，总有一天会射死的。骂完后，像忘记了刚才的话，而我也不晓得要不要回答，就那么僵着。他那鹰隼般的小眼珠在两块后视镜跟挡风玻璃间睃来睃去，挂挡、退挡的手跟抵在刹车和油门间的脚像在弹钢琴。同时，他仍不时将两条胳膊肘抵在方向盘上，窝着手，用打火机点火。

他抽烟时更是神采飞扬，嘴巴讲个不停。

嘎斯很快就喘起粗气，像乌龟一样在长长的陡坡上爬行。我看见细细的烟雾在后视镜里漫开，引擎在艰难地轰鸣，嘎斯仿佛被一根看不见的巨大的绳索牵引着爬行，我也像是在坐过山车，随时坠入路肩下的深沟。我在默默地祈祷，嘎斯，挺住，这该死的路。快点。但他仍不时将两条胳膊肘抵在方向盘上，窝着手打火，鹰隼般的小眼珠在两块后视镜跟挡风玻璃间睃来睃去。后面跟来了一辆嘎斯。老天保佑，嘎斯，煤块，他，我，终于爬过去了，但下面又是陡坡，一个又一个急转弯，他猫在方向盘上，银吊坠在胸前晃来晃去，手脚、眼珠又像在弹钢琴。他说这是朝天门，要是遇上冰冻雨雪天气就是神仙也没法，不知有多少嘎斯在夜深人静里坠入路肩下的深沟，直到天亮后才被附近的居民发现。

过了朝天门，嘎斯总算驶上了平坦的路途，他说怪了，这一路走来也见不到几个人，难不成这世上的人死光了？我盯着他，没吭声，生怕他把这个不祥的兆头归根于我，说我将给他带来灾难或者不幸。当嘎斯行驶十多里后，终于看见前方有人影在晃动，但是，当嘎斯缓缓地靠近时，我看见前面横着栏杆，系臂章的他们举着牌子示意车子驶入左侧的一块空地，空地上停着三辆嘎斯，分别装着煤块、水泥跟卵石，不时有脑壳从车门里伸出来，朝我们这边看过来，像是在等待什么。他把头伸到玻璃外问为什么，他们说前面塌方，禁止任何车辆人员进入。

我跟在他屁股后面向前走，他领着我爬上了一条像从天上搭下来的山路，鼻子几乎贴到了路面，两旁生长的藤蔓似乎之所以要待在那里，是因为我跟他必将在某一天要从那里经过，然后其中的一个必将在那里原路返回。但它们也时不时绊住我背上的蛇皮袋，让它发出撕裂绸缎般的、清脆的响声。后来当我在山顶呼哧呼哧喘气间发现，被撕下来的片片像小旗在风中飘忽。真有他的，居然带出这么一条要使出全身力气跟胆量才能爬过的天路。分手时，他指着下面那条钻进灌木丛里的小路说，跟着它钻一阵子就看见前面有一条小公路，再跟着小公路走一阵子就到了茅栗铺地界。可不要缩手缩脚哟，慢了就要在山里跟那些最爱在夜里出来找食的野物切磋切磋吧。说得我毛骨悚然一身鸡皮疙瘩。说完，他吻了一下那个被汗湿了的银吊坠，转身走了。我对着他背影说，哎，还没问你郎嘎姓什么呢。他没回头，说姓丘。

我背着它钻进了灌木丛中的小路，它不时传来啞啞的碎响声，偶尔也传来撕裂绸缎的清脆声。小路在灌木

章 子 客

丛里向下延伸，时隐时现，两旁不时发出山鼠或者乌梢蛇被惊动后逃走的哧溜声。我像是变成了两个我，一个屏住呼吸，一个在枯枝败叶上踩踏出沙沙沙声，在碎石或者稍大个的石块上踩踏出哐当声，然后那滚下山去的石块又发出哐啷声，那时第一个我清晰地感知到第二个我正在茂密的山里穿行（后来我躺在寡妇张桃飞家静静的黑暗的厢房，会想起踩在枯枝败叶上、把一块石头踩踏到山下的响声，终于明白，只有在那样的响声里，才会意识到我实际上有两个我，一个在茂密的山林里，一个在山林之外的维度上。两者仿佛就在眼前，彼此清晰地感知到对方的存在）。林子仍是那样寂静，寂静得只剩下我的呼吸声，但是灌木丛越来越密，那些枯枝败叶上的斑斑点点消失了，只剩下了孤独的忧郁的阴影。

　　我突然看见灌木丛里冒出一块块寡瘦矮小的墓碑，在空荡荡的乱石中孤独荒凉地立着，我搁下它，攀着树枝猫过去，那上面篆刻的文字在岁月的洗涤间模糊了、暗淡了，不晓得他们属于哪一个家族，也不晓得他们的后人有没有将他们的名字房系载入族史，更不晓得他们的后人有没有在清明节那天来祭拜，他们是不是被这个世间遗忘了，仿佛从来就不曾来过，就算确确实实来过，也注定成了孤魂野鬼，在这荒凉阴郁里终日愁苦着游荡着，感叹世间的悲凉。

我轻抚着那些模糊的字，一瞬间看见他们古老的鬼魂就围在身边，惊异，猜测，诅咒，仇恨，愤怒，他们把所有的不满泼在我身上，让我一时脱不了身。我只好退回去打开那伤痕累累的蛇皮袋，翻出那一沓族谱给他们看，并告诉他们，我并不是他们要诅咒、仇恨、愤怒的人，恰恰相反，是他们时刻都在盼望等待思念的那类人。他们捧着它，一页一页地翻，那些年轻人看不懂的字一个也难不倒他们，他们甚至声称，那些字就是他们的先人发明创造的，他们从来就不曾怀疑、轻慢过。他们不停地感叹，有的甚至感动得流下了热泪，就算那里记载的并非他们的族人，也像是见到了日夜盼望的族人一样。我想，这下他们得致歉，说请我理解他们失去族人而终日愁苦，并拜请我回去后一定把他们的心愿传达给族人。我点点头，以时间不早还得在天黑之前走出这一片山林为由，尽快脱身。但是，我正收拾袋子准备拍屁股走人时，他们突然叫住我，说，我们在这里等待了漫长的岁月，也没见过背着族谱爬进深山老林来祭拜的族人，看我慌手慌脚的样范，一定不是什么好鸟，要么是脑壳进水了，要么是心术不正，他们欲狠狠地调教我，让我带点记性回去，以告世人，他们有着无比的尊严和美德，任何试图羞辱、玷污他们的人都将被视为侵犯。于是他们抓起地上的棍子，在我身上一顿暴打，打得我的皮肉骨头肿的肿、破的破、碎的碎，但是我没吭声，死死地抱住蛇皮袋，一点点地向上爬行，然后扶着一棵枞树站起来，扒了一根树枝做杖，背着蛇皮袋在灌木丛里穿行。

当我忍受怒火走出灌木丛时，天色渐渐地暗下来，踏上了他指的那条河堤（足有两米宽），单车、板车、拖拉机跟小汽车的轮子在路面上刨出一个个坑。当夜色来临时，我不时一脚踏在坑里，身子歪到一边，幸好坑里没水，也没扭到脚踝。走了一阵，公路就从河堤上分离出去，向右拐进了一片黑乎乎的田野，而河堤则一路向西。河堤两边长满了茅草，一条被踩踏出的小路泛着白光从茅草中钻过去。这时，前面有个黑影朝我走来，一点点地靠近，他掮着锄头，当他就要与我擦肩而过时，眼珠子鼓得牛卵子大，蠢巴样看着我，说，这位客官去哪儿？我说，前面。他的眼睛一眨也不眨地看着我蓬乱的头发、拉碴的胡子、邋遢的衣服袋子，又问，哪里的？我说，横店。他说，横店，好地方啊，把"啊"字拖得像 π 一样漫长。后来我躺在张桃飞家的床上琢磨着那漫长背后的谜团，愤怒得几乎要一拳将床板砸个窟窿，然

后从窟窿里钻下去，躲在下面永世不出来，娘的脚。但我那时没吭声，脸红得发烧，像一个并不怎么淘气的学生挨了老师的一阵狠批。我感到他仍然蠢巴样站在那里，愣愣地盯着我的背影，直到在黑暗中消失。

我在河堤上发现了一间杂屋，空荡荡的，夜来的风从门口灌进去，将一股刺鼻的霉味卷出来，屋檐的稻草在黑暗中呼啦啦响。我猫着腰摸到田埂边的稻草垛旁，扒了一抱稻草铺到屋里作垫子，又扒了一抱铺在上面做床，扒了一抱做被子，用袋子做枕头。柔软的稻草散发出的温暖的香甜气息，河水奔流的汩汩声，带我进入梦乡。后来躺在寡妇张桃飞家不失明清风范的雕花床上，我会回想起那夜深人静的河堤上，那杂屋里的稻草香。我在半夜里被冰冷的风吹醒，又在冰冷的风中入睡。

第二天天刚蒙蒙亮，我在饥饿中醒来，也就在那时，才想起三天来没沾一粒米壳了，不过我能熬过去，背着它拐上了那条公路。当天下午，在离茅栗铺集镇二十多里的地方，公路右边拐弯处的土坡上，我发现有片竹林，竹林里有一户人家，烟囱升起袅袅炊烟。那个人站在门里边，双手撑着门框边，左手上戴着一枚淡黄色的铜章，脑壳顶到了过木，下颌只剩下一颗当面牙，像一根耙齿孤单地立在牙床上，眼皮上翻，血红的翼状胬肉像红眼蝙蝠，盯着站在门外边地坪上背着蛇皮袋的年轻人。年轻人饿得寡瘦，转身要走，他朝年轻人招招手，年轻人就把蛇皮袋搁在门外的阶基上，这时他的手早已从门框上放下来，搬了条板凳搁在炉火边，在上面拍了拍，示意年轻人坐下，嘿嘿笑。正问话，门外伸进一只脚来，接着又是另一只，那是一双红红的高跟鞋，尖尖的鞋头上各有一只黑色的蝴蝶随着那充满节奏的、快活的嗒嗒声欲展翅飞翔。她又矮又胖，穿着一件红色的低胸羊毛衫、一条黑色的把屁股绷得紧紧的健美裤，这身充满激情与活力的装扮与她枯黄的脸、嘴角上的一颗黑痣、一只凹下去只剩下一块皮的眼珠，凸出的前额，形成落差。但是当她把一杯热腾腾的绿茶端到我面前时，那只清澈的眼睛朝我眨了眨，眨得我云里雾里。蝙蝠低头，从裤袋里摸出一个发黄的皱巴巴的塑料袋，戴铜章的手从里面捻出一片纸，在上面撒上烟丝，卷起喇叭筒，斜睨着我傻傻地笑。她把梭筒钩上的铁鼎锅从火上移开，揭开一条缝，一股香喷喷的蒸汽随着一阵哗哗哗声从缝里喷出来，她朝缝里吹了一口气，偏着脑壳看了看，便起身到碗柜里端出一碗剩饭倒进去。

他吸了一口喇叭筒，斜睨着我，傻傻地笑。我听见铁鼎锅内传来细小的哗哗哗声，接着有一股香喷喷的蒸汽顶起锅盖喷出来。张望间，她不见了。走到地坪上，看见她蹲在屋后的菜园里，扯了一把藠头，在菜沟外的一块石头上轻轻地敲去根须上的泥土，然后拔去根须。这时菜园外的小路上有人在嚷嚷，她回头看了一眼，是个伢子放牛回去，朝她扮了个鬼脸，对牛说，驾，驾，小咪咪，快走。他朝小咪咪屁股上抽了一棍子，小咪咪随即撒开四蹄，在路面上发出嘚嘚的响声，撑得鼓鼓的肚子一跳一跳的，鼻子把牛绹绳绷得笔直，像拖着小主人在跑。她望着小咪咪跟小主人的影子在眼里渐渐地消失，离开菜园，在堆满竹枝的偏房的鸡窝里捡了四个瓷白似的滚圆的蛋，蛋壳上沾着毛茸茸的毛。

　　他来到偏房，弯腰拾起地上编织好的散发出清香气的竹扫把，码到一边，又拾掇残枝，用草绳打捆，抱到灶屋的旮旯码好。我坐到灶口，抓起一把竹棍子塞进灶膛，用夹钳扒了扒火屎，火屎炫着火红的光，竹棍子在熊熊燃烧，哔哔剥剥。他不时举起一捆竹棍子从我头顶掠过，码在里边的旮旯。我看见她从碗柜里端出油盐坛子，搁在灶台上，铲了一勺猪油倒在锅底，清亮亮的猪油滋滋叫。她抓起一个鸡蛋，在锅边一磕，啪的一声，蛋从指下滑到锅底，哗啦一声炸开，蛋白雪白，蛋黄金黄。她轻轻一铲、一拨，蛋白卷起了蛋黄，再一铲、一炸，就变成了荷包蛋。当四个被煎得金黄的荷包蛋在锅底吱吱响时，她撒上一勺盐倒上一瓢水，盖上了锅盖。这时她来到我身边，歪着脑壳看了一眼灶膛，指着灶火哇哇叫，于是我急忙退火。

吃了夜饭，我背上蛇皮袋跟他和她道别，他从后面扯住蛇皮袋，嘿嘿笑，说，歇了明天走。我说，走了，谢谢啦。当他松手时，一股力量从背后突然扯了我一把，蛇皮袋不翼而飞，我一屁股坠下去，幸亏两手撑得及时，要不然就倒地了。等我爬起来时，看见她拎着它的影子在堂屋里一晃不见了。我的谱，我的谱啊，落到她手里怎么得了？我转身奔进堂屋，看了门背后立着的打谷机，转了一圈，便跨过隔壁的西厢房（地坪上传来他嘿嘿的笑声），门背、床当头、衣柜都寻了，没人影。从后门出去，那是一条空荡荡的走廊，外边的杂屋码着大捆大捆的竹棍子跟竹枝、编织好的竹扫把。在里面翻了一阵子，没人影。看了一眼隔壁的猪栏，几头架子猪朝我哼哼，猪栏顶上码着成捆成捆的稻草，走廊尽头朝内开着一张门，那是东厢房，干干净净整整齐齐的，泥地像一把老银器被打磨得溜光闪亮，席梦思床上的褥子、被子绣着一朵朵忍冬，又白又黄的色泽，散发出花露水好闻的香气。里面那间房则有点阴暗潮湿，散发出一股难闻的酸腐味，绞尽脑汁寻也没见到人影。这时，外面传来啊吧啊吧的叫声，跑出去，看见她站在那里，朝我张开两只空荡荡的手，然后拍手啊吧啊吧地叫。他站在一边，双手插在屁股上的口袋里，弓着背，鼓着血红的翼状胬肉，斜睨着我，嘿嘿嘿笑。我盯着他，说，袋子，袋子呢？他又嘿嘿嘿笑，瘪着嘴，说，鬼晓得呢，问她，嘿嘿嘿，问她。我转身找她，但是，我走一步，她就退一步，又拍手啊吧啊吧地叫。我站住，朝她比画，她像是看懂了又像是没看懂，拍手啊吧啊吧地叫。我的脸涨得通红，脖子上的青筋有筷子粗，跺脚，跺脚，但是越跺脚，她越啊吧啊吧叫得起劲。我去讨好他，麻烦叫她把袋子还给我。

他走着外八字路靠近她，扬起那蒲扇大的巴掌，呵斥，猪弄的，猪弄的，给他。但是她还是拍手啊吧啊吧地叫。我慢慢地靠近她，朝她摊开双手，大声说，藏哪儿了？藏哪儿了？她转身钻进了堂屋，那高跟鞋的嗒嗒声急促而又诡谲。追上去，看见她溜进了西厢房，进了走廊，然后不见了。当追到东厢房时，她站在对面角落里，像个木菩萨，那束眼光像箭一样朝我射来，火球般炽热。我有点慌，但又不会手语，便摊开手，指了指肩膀，但是她狠狠地剜了我一眼，跺着脚，从身边走过。

我站在那里云里雾里，这时他弓着背进来了，嘿嘿嘿笑，那血红的翼状胬肉斜睨着我，说，留你，留你，嘿嘿嘿。

我没吭声，从他身边绕过去。这时，天色昏暗，耳边传来隐隐约约的雷声，看了看堂屋，没人。又跨进西厢房，看见床上铺了新褥子、新被子，床前的一条板凳上立着我的蛇皮袋，鼓囊囊的。走过去解开，翻了一下，这才松了一口气。

黑暗中，我在蓝印花被淡淡的香味中睡着了。也不知过了多久，门外传来轻轻的咚咚咚的敲门声，睁开眼睛，躺在那里不能动。没多久，听见轻轻的撬门声，我摸到床头的拉线，轻轻地扯了两三下，灯没亮。记得入困前灯是亮的，是跳闸还是有人故意断了闸？在疑虑间，那只手仍以极大的耐心甚至以不达目的不放手的犟劲一下一下轻轻地撬。我张了张嘴，却发不出声，抬了抬脚，却挪不动，像遭了电打。我下意识地掀了掀被子，被子动了，我把它拖上来蒙住脑壳，像一只老鼠为了躲避一条菜花蛇的追捕缩在洞穴里瑟瑟发抖。当撬门声突然停下时，我又屏住呼吸，像是看见一个面目狰狞的家伙从门那边一步步地朝床走来，它那尖尖的、锋利的爪子就要掀开被子，就要掐我的脖子，剐我的皮，吸我的血，嚼我的肉，直到只剩下一个骨架。但是，我等待了那么久，也没见被子被掀开，也没听见脚步声，而窗外的雷声似乎一点也不怜悯我，轰隆隆，轰隆隆，房子在颤抖，大地在摇晃。我轻轻地掀开被角，看见房里空荡荡的，电灯居然亮了，房门也闭得紧紧的，但是那只手又轻轻地敲起来。我下了床，趿拉着鞋子来到门边，猛地扯开门，就在门开的那一眨眼间，一个影子扑进来，以一股野蛮的势不可挡的力量抱住我。我嗅到了洗发水、胭脂的香味，听到了粗重的喘息声和颤抖的哼哼声，那高高隆起的地方紧紧地压在我瘦瘦的胸脯上，胳膊像铁箍一样任我怎么挣扎也纹丝不动，那深陷的、只剩下一张皮的丑陋的眼，像魔鬼一样吓人。她的一只手摸到那里，我惊叫一声（仿佛连隆隆的雷声也吓蒙了），但是那只手仍然紧紧地握在那里，那高高隆起的地方仍然紧紧地顶着我瘦瘦的胸脯，任凭我揪她的头发、拧她的耳朵、掐她的脖子，大喊大叫也不松手，那滚烫的母狗一样的舌头在我脖子、脸、耳朵、嘴巴、鼻梁上乱舔，舔得我喘不过气。这时，一个又高又大的影子举着一根木方从她背后劈来，一声沉闷的响声过后，那木方又落到她腿上，发出沉闷的响声。她站着没动，也没回头。我看见她滴着黏液的嘴角荡起了狰狞的笑，接着泪水不断地从那只眼里流下来。那木方仍在一下一下地往她背上、腿上劈，

章 子 客

那沉闷的啪啪声，好似棒槌拍在一堆湿漉漉的衣服上。我绕到他面前，一把揪住木方，紧紧地攥在手里，以至于它怎么也夺不出去。他血红的翼状胬肉在颤抖，眼珠子鼓得像要蹦出来。他穿一件背心跟一条裤衩，瘪着嘴，诅咒她，猪呀，猪呀，愤怒得脸色铁青、血脉偾张、粗气直喘，紧握在木方那头的手一颤一颤的，戴在手指上的铜章翻了过去，在雪白的灯光下像栽了跟头。

我穿好衣服，背着蛇皮袋冲出了堂屋，黑暗中传来了沙沙沙的雨声、轰隆隆的雷声。没走多远，我就站住了，四周黑沉沉的，分不清东西南北。这时身后传来了咕哧咕哧的、急促的脚步声，手电光把我的影子泻在滑溜溜的山路上，啊吧啊吧，啊吧啊吧，我听见她的叫声越来越近，转过身去，看见她站在两三步外的地方，朝我递来了伞跟手电，像一只泄气的皮球浮在那里。我接过来后转身就走，在转身间，她把一样东西塞进我裤袋里，转身走了。

从小路两旁伸出的刺槐时不时从身上滑过，雨水打湿了衣服跟鞋子。我拐上一条山路，它渐渐地向下倾斜，那是一条陡坡，下面是深不见底的悬崖，我用肩胛跟脖子夹住伞把，一只手拽住陡坡上的狗尾草或者藤蔓，另一只手拎着袋子，嘴里叼着手电，一步步往下移。从山顶涌下来的雨水冲到路面上，汇集成一股激流，在路的低洼处冲开一个个缺口，飙到悬崖下。

我走进一片斑竹林，汗水跟雨水浸得眼珠又痒又涨。把蛇皮袋吊在竹枝上，把手电卡在竹枝丫间，雪白的光戳进黑黢黢的夜空，小雨在手电光里下个不停。我一屁股坐在雨水还没来得及浸湿的土墩上，摊开两脚，胳膊在后撑住身子，只觉得舒心惬意。等身上热气散尽，我才发现衣服黏在身上，冰冷，僵硬，沉重，不时有水滴从顶上的竹叶间坠下来，打在头上或者肩膀上。我累了，好想躺下去美美地困一觉。我打了一个喷嚏，又咳嗽了几下，好像受了风寒，于是便站起来，突然想起她塞的东西，在裤袋里硬邦邦的，摸出来一看，是块花花绿绿的手绢，包了一层又一层，里面是一沓票子，一块两块五块十块的都有，叠得整整齐齐。我没数，把它们压在胸前，只感到它们像炉火一样温热。又感触到了她那双野蛮的手、滚烫的吻，我想，要是她现在就在眼前，我决不抓她头发、拧她耳朵、掐她脖子。我冻得发抖，一股冷风刮来，手电光在头顶、在雨中摇晃，无数的水滴坠下来，像冰雹一样打在身上。我急忙收拾一下，背着袋子、打着伞跟手电又上路了。

雨在手电光里沙沙沙地下，鞋子里传来咕哧咕哧的

章 子 客

响声。我来到公路上，才发现绕了一个大圈。这时，两盏雪白的手电光一齐朝我射来，打在脸上、眼珠上，像灼热的火焰，刺得睁不开眼。两个男子胳膊上系着红袖章，戴着斗笠，年轻的穿着用化肥袋裁剪成的雨衣，背有点驼的穿着蓑衣，他们脚上的套鞋发出咂唧声。蓑衣冻得嘴巴发紫，说他们是治安巡逻队的，问我从哪里来，然后睃了一眼背上的袋子，问里面是什么。

我随他们来到一间废弃的打米厂，屋内墙上牵着蜘蛛网，网上落满了糠屑跟粉尘，地上还残留着一条斜长的坑道。屋中间生着炉火，被雨水淋湿了的木头冒出呛人的烟雾，一盏煤油灯挂在墙上，熏黑了一片粉墙。靠墙摆着一张书桌，蓑衣坐在书桌前，从抽屉里拿出簿子和笔，食指尖在舌苔上搭了一下，翻开簿子，对着簿子说，登记。我按照他的要求，将个人信息一一填了上去。

登记完，我咳嗽一声。蓑衣说，来，烤火，烤火。他坐在板凳上，用棍子扒着火屎，炉火像浇了汽油一样旺起来，哔哔剥剥，烟雾携带着火星升到空中，在屋内打转。蓑衣板着脸，也不看一眼，从旮旯捡来几块干柴，添在炉火上。我又咳嗽了，站在原地，不时捏一捏湿衣服。他盯着炉火，把棍子伸到炉火下，将其掏出一个小洞，火焰越来越大，把屋子灼得通红，哔哔剥剥的声音在屋里回荡。我捏着裤脚抖了又抖，一团团热气从裤筒里冒出来。他忍不住睃了一眼，对着通红的火焰说，来，烤火，烤火，天亮了再走。我噘着嘴，站着没动。这时，门外传来丁零零的响声，接着，就听见立单车和杂乱的脚步声，一个瘦高个、嘴巴厚厚的男子跨进门来。他腰板笔直，打着手电，穿一身被洗得发了黄的军装，后面跟着雨衣。蓑衣站起身，笑眯眯地说，来啦。村主任咧着厚嘴唇，在蓑衣肩上拍了拍，说，老张，辛苦了，辛苦了。转身对我说，小伙子，委屈你了，没啥事，只是检查一下。老张说，这小子犟嘞。

湿衣服热气腾腾，身子逐渐暖和起来。村主任拽着我的衣角，说，坐呀，坐呀。我瞟了一眼老张，这才坐下来，倒了鞋里的水，脱了袜子，赤脚搁在灶边的一块木头上，又把鞋子、袜子搁在炉火边烤干，然后把头埋在膝盖上，睡着了。

第二天上午，我离开了那里，在经过茅栗铺卫生院时，看见卫生院地坪上搁着两副担架，上面蒙着白布，白布下躺着尸体。跪在旁边的家属那撕心裂肺的哭喊声，响出很远，仿佛整个集镇的人都听到了。

那是 1987 年 12 月 9 日的清晨。

# 张　钦

　　1987 年 12 月 9 日凌晨，书桌上传来丁零零声（那是湘中打鼓垄有史以来最早的一部电话机发出的），我翻身下床，在书桌上摸起电话机，那头说，张主任，这么早，打扰了。我说，是刘主任呀，请问有什么指示？刘主任说，你们村上发生了一起交通事故，晓得吗？我说，不晓得。刘主任说，等下就晓得了。

　　我搁下电话机，愣在那里，半天没吭声。这时窗外传来咚咚咚的敲门声跟呜呜呜的哭泣声，我敢说，我之所以后来会卷入这场事故的纷扰中，全是窗外的敲门声跟哭泣声惹的祸，如果我能事先料到，或许就不会去开门，就会安安静静地躺着，然后在天亮时背着箱子坐车去拉萨或者上海打章子。不，我不是那号铁石心肠的人，从来就见不得别人在面前哭，别人一哭，我胸腔里就腾起一股怒火，恨不得将那些欺负人的狗东西一脚踢出去几丈远。当我在床头摸到那根麻线扯亮电灯，披上军大衣去打开堂屋门时，何石涘一下子跪在我面前，搂着我的脚放肆哭。我说，起来，有什么事起来说啊。他哼哼唧唧，一把鼻涕一把眼泪，说他堂客出事了，不知是死是活，堂客要是没了，他也不想活了，救救她吧，快去救救她吧，张主任，张主任哪，你不答应，我就不起来。我说，答应还不行吗？他说，这是你说的，老天做证。我说，嗯。他这才松开我的脚，从地上爬起来，挂在尖下巴上的一滴眼泪滴到警服上（那是他在成都市公安局武侯区分局派出所胡警官家打章子时，胡警官送给他的领花上有松枝围绕着红色盾牌的警服，他一回家就穿在身上，昂首挺胸地走在乡间的田埂、乡亲家的地坪上，在乡亲面前装出一副很神气的样范）。没多久，他堂弟何石三打着手电来了，他高高的瘦瘦的，穿着一身草绿色军装和一双褪了色的解放鞋（那是他从一个退伍表哥那里搞来的），站在我面前发抖。没多久，对面的田埂上，几盏手电光朝大枫树这边照来，打在田埂上，打在空中。易晓红敞开红毛衣端着衣袖抹着眼泪来了，后面跟着她大哥——那个不顺眼的吴兵。藤蔓穿着单薄的夹衣来了（不时弯腰擤鼻涕，然后那只捏鼻子的手指在鞋跟上一擦，在手板上搓一搓），后面跟着堂弟桃春。

我又见到了那个跟我争抢狗屎的把我嘴巴打出血的侥幸躲过棕榈弹的家伙，我失败了，这么多年来，我和吴兵从没握手言和，我看见他眼里尽是仇恨、愤怒的火焰，即使在几千里外的成都、兰州的大街小巷遇见他，他仍然未能放下那一颗棕榈弹偏离轨迹的狠狠一击的愤怒和不屈，而我也未曾忘记被他按倒在蕨类植物上挨揍的耻辱。多年以后，也就是1987年12月9日凌晨，我看见他的眼珠躲躲闪闪，跟在弟媳屁股后尿了。

我嗅到了死亡的血腥味，预感到一场由事故纠纷而引起的惊心动魄的是非即将来临，我将不可避免地卷入其中。我将一捋额上的刘海，从床当头的木盒里翻出那枚铜章，它的边框跟界面被磨得闪闪发光，字体间的缝里散发出淡淡的印泥的清香。每次出门，我都要把它戴在左手小拇指上，把它伸在眼前看了又看，就感到格外舒心惬意，仿佛间，时光倒流，又回到了吉林的珲春街、成都的兴隆街、兰州的阿干镇，那么多城市的街，我嗅到了煤油灯跟酸液的香甜气味，铜、铝、银的光泽像打鼓垄的稻谷一样闪亮迷人，像乡亲们的眼光一样憨态。我看见了几千年前我们的祖先留下的甲骨文、青铜铭文、图腾徽识，陶拍上的纹饰，盖有印记的检封或者封泥，打在驴马跟木器上的烙印，挂在胸前或者悬于腰际的玺，文字像鸟雀一样展翅的大秦"传国玺"，刻着吉祥语或者咒语的"四灵印"，在生产队记工簿上像火焰一样升腾的私章；我听见了由远及近的隆隆的铁蹄声跟马嘶声，还有旌旗的猎猎声；我看见了身披铠甲、威风凛凛地骑在骏马上的将军，面对着眼前来势汹汹的叛军，高举用黄绸包裹的四四方方的帅印宣告；我看见自己在一份合同、一张证明、一份文件上按下的手印或者私印，我听见了权利、责任、信用、担当的呐喊声，一如那惊心动魄的隆隆的铁蹄声、马嘶声跟旌旗的猎猎声，它们威严的、骨感的、辽阔的、宏大的声音在广袤的打鼓垄原野上久久地回荡、尖叫。

我说，你们哪，赶紧回去，在家等。

我脱了军大衣，在睡衣上套一件毛线衣，在毛线衣上套军大衣，在袜子上套袜子，对娘说，听着机子，说不定等下刘元福又会打电话来。她说，犯得着去吗？这么冷的天，莫凉了。我说，不去行吗？这么大的事，打鼓垄从没出过。她说，有吕波呢。我想了想，对呀，便拨通了他的电话，听筒里传来的是嘀嘀嘀的声音，搁下后又拨，但是传来的还是嘀嘀嘀的声音，这样重复了五六遍，听筒里才传来他的声音。当我汇报完后，听筒那边半晌没吱声，我说，吕波。这时听筒那边才说，还是等天亮了去吧。我说，什么？等天亮？这么大的事，等天亮去黄花菜都凉了。听筒那边说，急什么，事故有交警处理。我说，哼，你就这么信任交警？你就眼睁睁地看着家属们不管？听筒那边说，都跟你说了，不要急，既然事故已经发生了，急也没用，先让他们去，等天亮了，情况了解清了，再去也不迟。我说，你，你……这时听筒那边传来嘟嘟嘟的声音。

　　我又看见了他那冰冷的脸，我敢说，那是全世界唯一的一张脸，他雪白＋零下四十摄氏度，散发出的冷气让我老远就寒到彻骨。当我在家门口的大枫树下、当我在牡丹江那个市场门口感受到他的冷气时，当我从他手里接过那一沓他给驼子动手术的票子时，我感到那冷心散发出的淡淡的温暖。他年纪与我不相上下，高中毕业，离我家有两里路，住在打鼓垄的坳子冲，是一个八岁孩子的父亲，他跟我一样也是个章子客，常年背着箱子带着一帮人在全国各地打章子，见多识广，脑壳灵泛，挣到了不少钱。大凡上下邻居扯皮打架的事，只要他出面就能息。

　　有一天，隔壁邻居家的小两口打架，大概是堂客吃了亏，回娘家哭诉，脾气暴躁的父亲喊了满满一车族人，直奔女婿家。那时他正好从外打章子回家，那个哭诉的女人的男人慌忙来到他家，害怕得瑟瑟发抖，向他求援。他了解情况后，赶到邻居家，站在高高的凳子上，向那些来势汹汹的族人慷慨激昂地历数了邻居男子的优点，但也指出了缺点，既理解族人的心情，也指出族人的错误，既表明了个人立场，也表明了所有邻居的立场。他的话铿锵有力，他的态度诚恳真挚，只听见他的话在静静的地坪上空回荡，那些族人的激愤情绪渐渐地散了，最后一个个爬上车子，默默地走了。那时候我骑单车正好经过，便挤进了看热闹的人群，他站在凳子上的慷慨激昂，他冰冷的脸，镇静的眼神，打动人心的话语，给我留下了深刻的印象。从那以后，我就认定这个人是个不一般的人。其实在外打章子的过程中，对他也有所了解，但是真正了解他，还是在他担任打鼓垄村一把手与我共事时开始的。一夜之间，他成了我的上司，从此在工作中我得服从他的安排听从他的指挥，自然，理所当然，一开始，他那冷气也并不怎么样，不过，随着接触的深入，我感受到他的冷气越来越浓，越来越刺鼻，越来越让我难受。

我啪地挂了话筒，双手撑着腰，说，吕波呀吕波，要是这事搁在你那个组，你早就去了，还等现在？她说，是吧？连吕书记都说不要急着去，你就安心上床困觉。我说，不行，都跟他们说好了。她说，哼，这些人求你时喊你做爷都要得，不求你时尿都不尿你。我说，干部嘛，就得有干部的风格，来了事就要挺身而出。她说，就你有风格，人家吕书记没风格？我说，您哪，少说两句行不？快帮我找手电。她说，硬要去？天亮去不行？我说，少废话，手电哪去了，天黑时还在。她说，在这儿呢，眼珠这么不当事，都说了不要去，偏要去，他们这么多人，难不成堵不住一辆破车？我说，他们卵都不懂，搞不好就被人算计啦。再说，事故原因还没搞清呢。她说，哼，就你搞得清。我说，哎，单车没气了，下午骑都有呢。娘的脚，你越急它越不急。还愣着做什么，快点寻打气筒。唉，但愿不是爆胎。她说，嘿，这不是打气筒是什么，眼珠这么不当事。我说，哎，压住气芯。她说，压着呢，急个屁，他们没这么快。我说，按一按，按一按，够了吗？她说，再打就爆了。

　　我将一将额上的刘海，拨了拨章子，到大门外望了望，说，嘿，来了，来了。她说，里面多穿一件衣咯。我说，够了，守住机子，说不定好多人找呢。老天保佑啊，可怜的，可怜的。

我跨在单车杠子上，把军大衣下摆挪到后座上，左脚在脚踏板上一蹬，屁股就稳稳地落到了坐垫上。我们把矿灯、手电绑在单车前架上，在黑黢黢的山谷间飞奔。从北方奔来的嘎斯车在公路上掀起一道道尘雾，尘埃在矿灯手电的镜片上铺上薄薄的一层，罩得灯光发黄。我那军大衣下摆在单车坐垫后像迎风鼓起的船帆。单车越骑越重，越骑越慢，像有人在后面故意捣蛋一样。快到M333那个叫回水湾的地方时，大家跟着我下了车。左边的路肩在手电光里一点点地向前延伸，前方有人影在晃。路肩上一棵大白杨被撞得歪歪斜斜，树尖在它的三分之一处折断了，倒挂在那里，像吊着一具死尸。树下凌乱的草地上散落的斑斑血迹散发出一股腥味。路肩下是水沟，水沟外是水田，田中间有一处被小车侧翻出的凹槽，一摊摊鲜血染红了泥巴跟禾蔸，就像刚刚经历一场杀戮。人影在手电光里晃来晃去。一个翘嘴男子告诉我，第一个到达现场的是他，第一个喊救人的是他，第一个回家打电话叫来救护车的是他，第一个帮着把伤者抬上车的还是他。问我是不是家属，如果是，就得意思意思才行。我问，伤者呢？他说全都到了茅栗铺卫生院。我问，肇事车呢？他说一帮不知哪里冒出来的年轻哥赶在交警到来前，叫来吊车，把它拖走了，听说拖到北港的一个钢

章 子 客

铁厂去炼钢。我问司机呢？他说莫提了，一身的血，人事不知。我问，交警呢？他说走了。我转身就要走，他一把揪住我，问我是不是家属。我说是来处理事故的村干部。他问其他来的人呢？我说有的是、有的不是。他说，你贵姓？我说张，张飞的张。他说，张干部，日后搞赔偿也得考虑考虑我啊，我从热被窝里钻出来，连衣服都没来得及添，现在冻得跟冰窖的，没功劳也有苦劳啊。我说，感谢感谢，一骗腿上了单车，朝茅栗铺卫生院方向奔去。

当我们赶到茅栗铺集镇时，天刚蒙蒙亮，街道上静静的，只听见脚下轮胎摩擦地面的沙沙沙声，风在耳边吹过的呜呜呜声，两边商铺的卷闸门还紧紧地关闭着。一进集镇，我就闻到了那股熟悉的温暖的味道，嗅到了紫铜、黄铜、白铜、青铜、铝线，硝酸、盐酸、硼砂跟煤油的香味甜味，又看见坐在街边的木箱后，猫着腰捶搓铜坯、在上面用錾子刻字的情景，那里人来人往车来车往，喇叭声呼喊声吆喝声跟引擎的轰鸣声闹腾着，尘世的烟火气在那里精彩纷呈。

当我们在二楼17病室见到美美时，她像是困了一样。后来才晓得，进院时，她在床上滚来滚去，发出深沉的呻吟声，给人的感觉就像是肚子疼得不得了一样，慢慢地，那呻吟声小了、消失了，她侧卧在那里一动不动，但医生还没来得及给她检查伤情。她静静地躺在那里，从上到下找不到一丁点伤痕，让人很难相信此前她经历了一场地震般惨烈的事故。那时她才二十岁多一点点，爷娘还在朝医院这边匆匆赶呢。藤蔓看着昨天还是蹦蹦跳跳的转眼间就像困了一样的表妹，禁不住发出撕心裂肺的号哭声。

兰兰躺在 18 病室床上，头发披散在被撞伤的脸上，跟血粘在一起。何石涣眼睁睁地看着昨天还嘻嘻哈哈的堂客转眼间就没了，那撕心裂肺般的哭声让人禁不住流泪。

吴桐桐也躺在 17 病室的床上，鼻子里是血，嘴巴里是血，耳朵里是血，眼睛肿得只看见一条缝，脑壳肿得像只大西瓜。笑笑、琪琪、瓜瓜、香香、忍冬、刘军民他们在 16 病室，香香跟瓜瓜的手脚伤势严重，其他人则擦破点皮、流了点血，并无大碍。

肇事司机则一直昏迷不醒，全身是血，听说他堂客张桃飞一见丈夫就晕了，是医生把她掐醒的。

突然飞来的横祸，像一阵狂风将屋顶上的瓦檩条一并卷入空中，撕成碎片后坠入远处的水塘、河道跟田野上，让光秃秃的土墙孤苦伶仃地立在那里。

双潭县人民医院的救护车呼啸而来，肇事司机、吴桐桐、香香、瓜瓜被抬上救护车，香香的丈夫刘军民、瓜瓜的丈夫、琪琪、易晓红、张桃飞跟着上车了。易晓红后来告诉我，当男人被抬上车时，她突然看见一直昏迷不醒的他的一只手轻轻地扯了扯衣角，就像在无边的暗夜里突然燃起的一片火光，她如释重负，在心里说，哎，这下有救了。瓜瓜说，那天深夜所经历的天崩地裂般的惨烈的瞬间，深深地烙印在她记忆深处，在梦里她一回回发出撕心裂肺的叫声，不堪回首的自责、懊悔、伤感、疼痛，只能深深地埋在心里，让漫长的岁月跟世事的更替淡忘它、抹去它。笑笑跟我说，她至今也不晓得兰兰埋在打鼓垄哪个地方，她跟她是很要好的姐妹，一天不见就像丢了魂的那种，她目睹了她离别这个世间时的样范，让她害怕得瑟瑟发抖，她不愿在人前提起她，也不愿别人在面前提起她。她不愿提起笑笑和忍冬，要不是那天她邀她去打台球，她们至今还是她的好姐妹，活得好好的。她们的男人也不会怨她恨她。她内心背负着懊悔、罪责，一如沉重的枷锁，在漫长的无尽的夜里祈祷上苍，让她以无尽的悔恨救赎自己的灵魂，不再想起她们，不再在梦里看见她们的鬼魂，她们的鬼魂，啊，别再来纠缠，让她们活着，好好地活着吧。

我们把美美跟兰兰摆在卫生院门前的地坪上，让她们静静地躺在那里，空气中散发出血腥、死亡的气息。我又看见了那棵大白杨，它折断的树尖吊在那里像吊着一具尸体，那泥巴上、草上、禾蔸上的斑斑血迹，像刚刚经历过一场血腥的杀戮。我也看见兰兰坐在单车上，何石涣拖着她在打鼓垄原野的田埂上飞奔，她捧着一束金黄的油菜花，朝在后面追赶的一群细家伙咯咯咯地笑，油菜花在她手中舞动，他们的影子消失在花海里，那银铃般的咯咯咯的笑声在打鼓垄上空久久回荡的情景，从此再也不会重现。我眼眶倏忽间湿润了，那躺在白布下的亡魂，是那个曾经手捧油菜花咯咯咯笑的女子吗？那个像细家伙一样伏在担架旁啼哭的男子，是她男人吗？不，不是，他只不过是喝多了酒而已。我又想起了美美，当我揭开那块白布时，她的脸那么安详，如果她不是在那样的时间、那样的地点，如果没有那块白布，没有那副担架，我只当她熟睡了。她才二十岁多一点点，还没来得及尝一尝做娘的滋味，用不了几天，就会躺进那个盒子、那个土眼里，那个人人迟早都要躺进去的地方，在那里一天天地腐烂到只剩下一堆白骨、一把头发。她姨娘就住在我家对门，中间只隔着几丘田、一条日夜流淌的小河跟一个土丘，每次去那里，她都要横过我家门

章子客

前大枫树下的公路，沿着对门的田埂走去。我看见她出落得越来越靓丽迷人，那时兴的健美裤、高跟鞋，粉红色的短装上衣，齐耳的短发，长长的睫毛，微微翘起的臀部……哦，她实在太美了，追她的满哥都快把她家的门槛踩烂了。

我在美美跟兰兰的旁边低头沉思，在围观的人群的窃窃私语中叹息，又在那些议论声中震惊、疑虑、揣测，以至于在随后处理"12·9"重大交通事故中都难以平息心中的怒火，因为随着调查的深入，我发现一个惊人的秘密。我疲累、焦虑、忧伤、恐惧跟愤怒，踩着单车飞奔进窄窄的铺着古老青石板的巷子里，在一家出售瓦罐、瓮坛的店门前下车，戴老花镜的老板说长途一块五、短途五毛。我将一将额上的刘海，拨了拨指间的铜章，听筒里说，吕波打电话来了。我说，娘的脚，才发现这样当书记的，出了这么大的事，还缩在家里，幸亏没听他的，及时赶过来了，但还是晚了一步，车子不见了，死的死，伤的伤，乱七八糟，看了就要呕。哎，他打电话做什么？听筒里说，问你去没去。我说，你怎么说？听筒里说，早去了。我说，哎呀，怎么不说听领导安排，在家待着？听筒里说，你呀你，人家是领导，领导怎么说就怎么做，还尽是理？我说，哼，还说什么？听筒里说，没了。哦，对了，刘元福打电话来了，说四中队的交警会来处理，司机转到北江医院就落气了，家里欠一屁股债，堂客闹离婚。搁下话筒，骂了声娘的脚，希望的泡破了，死的白死了，伤的白伤了。

卫生院门前看热闹的人越来越多，我在骚动的人群中看见那些从打鼓垄赶来的熟悉的面孔，他们一看见我就围拢来，我提了提军大衣领子，说，看热闹的赶紧回去，有什么好看的，没见过死人吗？事故村上正在处理。有人说，交警哪去了，政府的人鬼花子也没看见嘞。我看了一眼，说，端七，拱什么火，关你屁事？回去，都赶紧回去，村上会处理。我凶狠地盯着那些仍然不想离去的熟悉的面孔，那些等待处理事故的家属则盯着我，焦虑，担忧，期待。我说，现在只能指望政府了。我领着何石浃、藤蔓、吴兵、桃春、何石山，然后又叫了端七跟德鑫（两人就是那种凡村里出了点事就爱跑跑腿，又不讲报酬的角色）。一行人骗腿上了单车，骑了没多远，看见前面来了一辆警车，我立马下车，朝车子挥了挥手，车子刹住了，摇下了玻璃，伸出一顶大盖帽来。我连忙推车子过去，说，请问是交警吗？大盖帽说，你们是？我说，村干部，来处理事故的。大盖帽说，正找你呢。说完，把车子停到路边上，下了车。他自称李健，我跟他交谈一番后，说，李队长，肇事车呢？他说，我不是队长，车子拖到四中队了。我说，家属都没到，就拖了？他说，这些都是家属吗？都到卫生院四楼去。说完钻进警车，走了。

卫生院四楼会议室散发出紧张的窘迫的气味。李健和同事坐一边，他说，这次发生交通事故，是大家都不愿看到的，我代表队里向家属表示同情和慰问。现在，肇事司机死了，你们应得的赔偿得不到执行，队里经费也非常紧张。出于人道，队里给每个死者家属准备了六千块钱，赶紧拿去料理后事。至于伤者的治疗费用，队里实在拿不出钱，还请多多理解包涵。

经过我的一再争取，李健向队里汇报后，愿意为每个死者家属补偿一万块钱，只是手里还没这么多钱，得想办法去凑，请我们在那里等。

大家在卫生院院子里蹲的蹲、站的站、走的走，有的伏在楼梯扶手上吸烟、吐痰、擤鼻涕。

端七递一支烟给我，帮我点火，我吸了一口，又想起这起打鼓垄有史以来最惨的交通事故，总觉得有什么不对劲的地方，难道就这样了结了？为什么肇事车那么快就被拖走了？他们为什么要在第一时间拖走？这中间究竟隐藏着什么秘密？那些伤者的巨额医疗费从哪里来？他们到哪里筹这笔钱？我一口接一口吸烟，越想越不是滋味。眼看李健迟迟不来，便交代一下何石浃、藤蔓，让他俩守在上楼的楼梯口，其他人跟着我来到了院门口的地坪上。看着散发出血腥味的白布跟下面的亡魂，谁也不吭声，虽然死的不是我的家人，赔多赔少或者不赔也不关我卵事，但毕竟是一个地方上的人，我们的祖先世世代代在古老的打鼓垄土地上生息繁衍，他们一起抵御外侵一起熬过艰辛，一代一代延续至今，这种基因千百年来深深地植根在我们的血脉里，在那里呐喊、尖叫、咆哮跟奔走，像那震得大地隆隆作响的远征的铁蹄，血性而又温情，义无反顾。

　　地坪上又聚集了不少看热闹的人，他们面对死者亲人的悲伤，小声议论着，哀叹着。我蹲在地上，吸着闷烟。蹲累了，站起来伸伸腰、踢踢腿，捋一捋额上的刘海，拨一拨指间的章子，走动走动。这时，一个戴鸭舌帽的男子来到身边，神神秘秘的，在我耳边说，你是他们什么人？我盯了他一眼，说，来处理事故的村干部。他说，好惨嘞。我叹了口气，说，司机死了，怎么得了？他朝我眨眨眼，说，借一步说话。我跟在他身后，来到旁边的一个角落里，他看了看四周，凑到我耳边，说，领导呀，你是聪明人，那部车子是茅栗铺派出所所长秦涌卖出去的报废车嘞。他刚调到派出所时，从县里带来的。开了几年后，不晓得送还是卖给社会上的溜子，跟那些溜子特别合得来，那溜子一直用它送客。我说，好心人哪，感谢提供这么好的线索。你家里有电话吗，能不能告诉我？他说，不行，晓得了就是死的。又说，你们干脆把死尸抬到派出所门前，看他们怎么搞。我想了想，说，搞不得。随后我把所有人叫来，拨了拨指间的章子，把印面亮在众人眼前，说，我张钦身为村主任，一切都是为了老百姓，现在，大家一切行动听指挥。接着便压低声音把刚得到的消息说了。吴兵说，那干脆把死尸抬到派出所去。德鑫说，对，不赔钱就不起尸。藤蔓说，娘的脚，太邪了，闹，放肆闹。这时有人大声说，闹到哪去？大家齐刷刷看过去，原来是吕波。我说，吕书记来啦。吕波把南方125立住后，盯着我，说，闹什么？我说，这，这不是在商量嘛。他说，商量？商量个鬼。我把他扯到一边，在他耳边细细地说了一番，他说，打算怎么搞？我说，先到派出所了解一下情况。他又说，回去先向刘元福反映，请求乡党委、政府出面，跟茅栗铺政府这边核实、沟通、协调解决。我说，都什么时候了？他说，你呀，总把我的话当耳边风，这个人命关天，没有乡党委、政府出面，搞得好？我说，搞得好。

说完，捋一捋额上的刘海，就要走，被他一把扯住军大衣，他说，张钦。我说，吕波，别的事我信你的，这件事，对不起，恕不能从命。说完，用力一扯，挣脱开来。他冲上来，拦住我，说，张钦，你这样做，考虑过后果没？我拍拍胸脯，说，放心吧，又不是去闹是非，调查了解情况。这时，大家围上来，一个个盯着他，藤蔓说，吕书记，这事不趁热打铁，我们到时要吃大亏。端七说，吕书记，张主任说得对。吴兵说，找派出所去。德鑫说，对，找派出所去。桃春跟何石山齐声说，张主任，我们听你的。我说，吕波，看到了吗？大家心情非常迫切，不过，请放心，我办事有分寸。

在带领大伙儿去派出所的路上，老实说我还不大相信鸭舌帽说的是不是真的，唯有以事实来印证。派出所在街道的尽头，并不宽大的院子，金色的盾牌挂在牌坊顶上，上面覆盖着一层被风、被穿街而过的车辆掀起的尘埃。一栋两层小楼，石灰墙灰暗而斑驳，有的地方露出了打底的黄泥。院子里的桂花树高的高矮的矮，地上的落叶静静地躺在那里。我独自跨进了值班室，一个女警察坐在办公桌前，眼睛盯着电脑显示屏，手指在键盘上敲打出嗒嗒嗒的单调的响声。我说，请问这位女同志，所长在吗？我是来处理事故的村干部，想向所长了解一些情况。女警察一抬眼，连忙搁下手上的工作，站起身，说，这位大哥请坐，有什么事慢慢说，接着又忙着给我泡了一杯绿茶，在转身间，她看见门外不时有脑壳伸进门来，便走了出去，对门外说，你们是一起的吗，进来坐吧。于是，大伙便扭扭捏捏地进来了，眼珠子盯着我。我也没说什么了。女警察见沙发椅坐不下，便到隔壁办公室搬了几把椅子过来，一个劲地请坐，还给每人泡了一杯绿茶。大伙原本都窝着火，见女警察这么热情，也就觉得怪心虚的，脸上露出了红晕。

　　我一边喝茶，一边对女警察说，所长在吗？她说，出去了，应该过不了多久就会回，大哥找所长什么事，可以告诉我吗？我说，昨夜你们辖区不是发生一起特大交通事故嘛，由当地群众反映，肇事车是报废车，是你们所长转卖给肇事司机的，我们来问问情况，没别的。她说，我刚调到所里不久，这个要等所长回来才晓得。正交谈间，我听见身后的院子里传来小车引擎的轰鸣声，我们一齐扭头望去，一部桑塔纳警车在院子里停下来，从驾驶室钻出两个警察来，腰间的皮带上别着手枪、电警棍跟手铐，其中一个警服上有三颗星，一看就是所长了。他不高不矮，额头黝黑，眼光像刀剑一样锋利，透着寒光。我们转过身，让出一条道，看着二人缓缓地走进来。女警察跟二人打过招呼后，就把我的话转告给所长了。所长没吭声，把我领到隔壁的办公室，中间隔着一张桌子，我说，秦涌所长是您吗？他说，不是，他调走一两年了。我说，那肇事车是不是贵所流入社会的？他说，是的，是秦涌经手的。当年派出所刚成立，经费不足，局里看那部车子质量还好，就交给所里了。所里开了一两年，买了新车，就把它处理了。具体情况不清楚，要问秦涌。

我们离开了派出所，走在寂静的街道上，心里七上八下的，看新来的所长坦诚，秦涌已被调走，而且又是几年前的事了，心情不免沮丧。端七双手插在裤兜里，叼在嘴里的烟挑着长长的烟灰，德鑫跟他并排走着，眼珠子睃着两边，在经过老粮站门前时，他突然看见里面停着一部崭新的嘎斯车，上面装着一部被撞得稀巴烂的小车。我们朝他手指的方向望去，怀着小心谨慎的好奇跟期待，默默地走过去。老远，就闻到了一股血腥味，就像卫生院门前地坪上那两块白布下的味。也许是美美跟兰兰阴魂不散，她们在冥冥之中把我们指引到那里，把那部要了美美、兰兰跟肇事司机性命，重伤三人的该死的车子亮在我们眼前。

我第一个爬到嘎斯车上，那浓浓的血腥味扑鼻而来。

章 子 客

小车车头扭成麻花，挡风玻璃中间被掏空，边缘露出锋利的锯齿，显现出被猛烈撞击后的痕迹，车内前排后排椅子上沾着一摊摊暗红的血。我看着这辆已经失去原貌的肇事车，心想如果是报废车为什么没有报废？为何上路没人管它，为何酿成重大交通事故至今也像没发生一样？李健说拖到三十多公里外的四中队去了，为何却隐藏在老粮站的角落里？难道这起特大交通事故的始作俑者就没有责任吗？

　　我从嘎斯车上跃下来，拍拍手，捋一捋额上的刘海，拨一拨指间的章子，在心里说，吕波呀吕波，看，看吧，信了你的，过了今天，或者再过一两个小时，或者半个小时，报废车还会停在老粮站吗？或许马上就被运到钢铁厂炼钢了，我们休想见到它，作为这起特大交通事故的唯一证据，我们永远也找不到了，不光死伤者家属得不到应有的赔偿，类似的事故还会继续发生。作为村干部，我们的良心将备受折磨，老百姓赋予我们的职责、使命将成为一句空话，社会的车轮将停滞不前，如此种种，难道我们能熟视无睹吗？哈，吕波，我再一次赢了。我对端七、德鑫、吴兵说，去找摄影的来，快，快，快。大约等了半个小时，他们才请来摄影师，我几乎都快等疯了，脑壳要爆炸了。

我爬上车，手指着车牌号，镜头就对准车牌号咔嚓响，像吹起了冲锋号。我手指过的地方，将长久地永久地定格在胶卷里，定格在 1987 年 12 月 10 日上午 10 点 17 分茅栗铺粮站，报废车。我双手撑在腰间，血管里回响着咔嚓声，眼睛不断变换着姿势转换视角的影子在眼前跳跃，凯蒂牌，乡亲的血腥味，汽油的苦杏仁气味，那巨响声间的疼痛、呻吟、哀求、恐惧跟绝望，朝那无边无际的深邃的梦幻般的水域划去，划去。

# 何石涘

我望见那里的灯亮了，仿佛亮在黑洞深处，高高地
孤傲地亮在西南角上那夕阳在黄昏里落下的地方，像天
边陌生的时隐时现的一颗星星。她住在那山头，在山脚
与水库之间是一片连绵的成梯形的水田，在水库尽头的
拐角处消失了。

我穿上那身警服，抹了抹鼻子，打着手电踏上那条
路。那天凌晨，天还没亮，我跟张钦、藤蔓、桃春、易
晓红、吴兵骑单车就是从那条路出发的。我家就在张钦
家屋后的山坡上，几乎每天都要从他家门前的大枫树下
走过，它张开的枝丫有如一把巨伞，把公路和一部分房
屋罩在下面。当我来到伞下黑黢黢的影子里时，我睃了
一眼那扇门，揿了手电，拐上了左侧的那条田埂。那天

凌晨，藤蔓、易晓红他们就是从那田埂上哭哭啼啼而来的。那时他们跟我一样焦急、茫然、恐惧、无助，就像是被一种可怕的力量堵在一条狭窄的黑暗的洞穴里，可怜的命运早已由不得自己掌控，剩下的只是脆弱的任由上天主宰的哀怜、恐惧跟绝望。现在我倒不是重复他们或自己的来路，而是踏在似乎并无多大希望但又隐约可见星光闪烁的一条路，这其实是摆在他们或者我本人面前的同一条路，我只是第一个最先上路而已。接下来他们会以同样的姿态跟上来，领头的不是他们中的任何一个，而是大枫树下那窗子下的桌子上打鼓垄有史以来最先安装第一部私人电话机的主人，一个曾经领着我们踏遍大江南北大街小巷的、曾经一掌将东北虎打倒在地的章子客，我的哥儿们。我想，他会尽心尽力指引或者率领我们走向不知有多少艰难凶险的，并没多大胜算的路，但是，也不确定或者说有把握料定他会那样做，我堂客跟藤蔓表妹都进了土眼，我跟藤蔓姨父在交通事故处理协议书上按了手印盖了私章，拿到了那一笔钱，他替我们争取了。接下来，他会不会在我们可怜的无助的卑微的眼神里，以及为了打鼓垄章子客的荣誉、尊严毅然再次举起大旗，我猜不透，因为在这个诡谲的世间，谁也不晓得谁会怎么想，他就拿那点工资，我甚至都搞不清

章 子 客

他为什么不带我们去打章子了，会为了这少得可怜的工资不惜跟吕波、跟政府针尖对麦芒，却什么好处都没捞着，究竟为哪般。

泥土路光溜溜的，在星光照映下，像镜子一样闪光。我拐上那条杂草丛生的河堤，再拐上一条窄窄的水圳，然后才踏上她出门后必然要走的那条路。

那是通往老宅唯一的一条路，她原来可以在门前的地坪上开出一条箭直的好走的路，但是她没有，她始终行走在宅子后的那条路上。现在我踏上了那条路，在高高的松树、杉树和大伞一样的油茶树、栗树间穿行，在覆盖着枯黄的落叶和柔软的松针间散落着野兔、乌梢蛇、斑鸠的粪便，时不时有黄荆拦在路上，在用棍子挡回去后又弹回来挡在路中间。林子里时不时传来一阵急促的窸窸窣窣的响声，当听到脚步声后便唰的一声消失了。灰林鸮落在某一株枞树或者杉树上，在黑暗中传来瘆人、深沉、孤寡、悠远的惊悚声，仿佛是对死亡的哀鸣与警醒，对不幸灾难的预言，对孤寡、寂寞的怜悯。

我在路旁的一块石头上坐下，端起袖子抹干脸上的汗珠，抹一下鼻子，吸了一根烟后，深吸一口气，踏上了那条架在山崖与宅子间的直通到二楼的木桥，那时楼上的一扇窗户发出昏黄的光，但当我穿过木桥敲门时，窗户上的灯光熄灭了。我揿亮手电，推了推门，门吱嘎一声开了，一把伞从墙角倒在地上，压在地上的一双套鞋跟一双布鞋上，房子里空空的，地上落着灰尘跟从窗户间飞来的落叶、松针和鸟类的羽毛，还有发霉了的老鼠屎，那苦涩的难闻的气味让人想吐。走了几步就到了楼梯间的协台，我摸了一把鼻子，揿灭手电，轻轻地推了推协台旁的门，仿佛用厚重的石块打磨出的门，像装了轴承一样灵活，用手指顶开一条门缝，正准备挤进去，门缝里传来她的咳嗽声，于是我也咳了一声，但是门砰的一声闭得严严实实。于是我猜她在以另一种方式跟我说话，就像我们章子客说行话一样。我们在城市的街边摆摊，把一元两元三元四元五元说成"建老春罗吴"，比如说"吴老倌"就是五元。还有就是说夹话，在一元两元三元四元五元前分别加"哆来咪发嗦"，比如说"哆一"就是一元。外地人听不懂，只有打鼓垄的章子客才听得懂。我待了一会儿，轻轻地顶了顶门，但是门像是被她闩上了一样，我用手推、膝盖顶，能感受到她从那边传导过来的力度恰巧与我的力度保持了平衡，门在两股力度间晃动，我暗自发笑，深信这个女人存心玩游戏，像细家伙一样。刚想开口，但话到嘴边又吞了下去，又试探性地推了两下，这下门松动了，我感到她扯开了门闩，用身子或膝盖顶在那里，我故意清了清嗓子，又咳嗽了一下，这时黑暗中传来了门轴的转动声，门朝里开了，黑漆漆的。我屏住呼吸，愣愣地站在那里，不晓得站在黑暗中的是人是鬼，但我深信那是她，但是，她为什么熄灯，也不开口说话，为什么让我进来，甚至也不晓得进来的人是男人还是女人。我想她一定是鬼魂，自从我钻进林子后就被她盯上了，她在屋里设了机关。我摸出手电，就在揿开关时，她像是看见了一样，咳嗽声尖厉起来，像泼了一碗冷冰冰的水在地上，警示我一旦揿开关，她将做出出乎意料的可怕的某种决断让我受到惩罚，于是我那只揿开关的大拇指悄悄地移开（不明白她到底要我做什么），如果转身就跑，估计能跑掉，但是不熟路，一旦撞到门或者栏杆，要是被她捉住，也许就要变成僵尸或鬼魂了。

我像是被一股无形的力量吸住了，摸了一把鼻子，下意识地去揿开关，但是搭在开关上的大拇指居然不听使唤了，而她像识破了意图一样，又咳嗽了一声，于是大拇指又缩了回来。刚要张嘴，她又不失时机地咳嗽了一声，像是在警告我，又像是一种本能反应（一瞬间，我想起了那个躺在卫生院门口地坪上白布下的鬼魂，她躺在离家一里多地的山岗上的土眼里，当我夜里打牌或

章 子 客

者耍了回来时，她站在地坪上，散乱的头发粘在眼窟窿流出的血上，她端着一个瓢，把水浇到血糊的脸上，然后用手去搓，血水滴到了地上，像屋檐水那样滴答响。啊，可怜的，可怜的）。我轻轻地一揿，手电亮了，雪白的光像一道闪电照亮了房间，她就站在门外的走廊里，背对着我，从背后看，她就像死去的老婆，一件灰黑色的长袍裹着她高高的瘦瘦的身子，仿佛一阵风就能把她吹到空中，那头发像抱窝的母鸡，散的散、飘的飘、卷的卷。她没有回头，在雪白的光里一步步地走向走廊尽头的那间房，在跨过门槛后反手带上了门，那空洞的、恼火的、砰的一声的回声，顺着走廊朝我扑来，从身边擦过，被身后呜呜呜叫的风声吞没。我站在那里，只听见灰林鸮瘆人的叫声透过窗户上的塑料膜在屋子里像幽灵一样游荡。

我转身走了。

# 张桃飞

当年瘸子伯伯瞒着我送了那么多钱给死伤者家属后，不久两腿一蹬就死了。临死前，我坐在床头，当时他嘴里咕噜咕噜响，已经说不出话了，他用脚指头踢了踢我的屁股，我看了看他，走到他面前，问他是不是要喝水，他摇摇头，又问他是不是要吃点糖，他摇摇头，眼珠子却死死地望着吊在横梁上的一只落满灰尘的蛇皮袋，就问他是不是要那只蛇皮袋，他点了点头。于是我捎来梯子，搭在横梁上，取下蛇皮袋，解开后发现里面有只塑料袋，塑料袋里还有一只塑料袋，解开塑料袋里面有个布包，布包里还有一个布包，里面装着一沓沓十元面额的票子。我捧着票子给他看，他点了点头，喉咙就不咕噜咕噜了，眼睛就闭上了，鼻子里也不出气进气了。我哇的一声哭了。

　　给伯伯办了后事后，我把余下的钱存进了银行，这么多年来，我都没取出来过，放在那里吃利息，再加上我挣的钱，一个人过日子怎么也花不完。

　　这天我把一桶猪食倒在猪栏门口的槽子里，回到灶屋，透过堂屋门，我看见地坪上来了个披着蛇皮袋的满哥，脚上蹬一双烂解放鞋，身上穿一套皱巴巴的西装，胡子看上去好久没刮了，他望望堂屋，像是在找人。我把桶子搁在潲缸边，舀了一瓢水淋了手，在围裙上擦干，穿过堂屋，来到地坪上，在离他四五步远的地方站住，看了他一眼，他的眼睛如同一股山泉水那样清澈明亮，一点也看不出在外打流而受了苦累的样范。我从围裙下的口袋里摸出沅水烟，手指弹了一下烟盒底，一根烟头就从烟盒里冒出来，我抽出来叼在嘴里，用打火机点燃，在他面前优雅地吸了一口，烟雾就从鼻孔里喷出来，毫不客气地熏在他脸上，钻进他的鼻子，他连呛两声。我站在那里，朝他呵呵呵笑，加之地坪上残存的鞭炮冥纸碎末，以及从房前屋后随风吹来的硝烟、烧酒、香烛、油漆的混合气味，死亡的气息，很难让人猜到我在几天前还沉浸在失去男人的哀伤跟悲痛中。我手里夹着烟，眼睛因熬夜而充满血丝。满哥扛着木棍，木棍那头挑着鼓囊囊的蛇皮袋，他说，这是成建飞家吗？我说，嗯。他说，成建飞在吗？我说，他死了。他说，哦。听说，他是成飞的后裔。我吸了一口烟，吐了一团烟雾，然后点点头（鬼晓得成飞是谁呢），问了几句，就请他进屋。灶屋里有点昏暗，我在门背后摸到那根麻绳，轻轻地扯了一下，屋里就通亮了。我招呼他在桌子边坐下来，麻利地把一碗绿茶端到他手里，舀了一瓢水倒进锅里，用刷子刷干净，把水倒进潲缸里，一边往灶里添柴一边操起锅铲炒菜。

他坐在那里，几次起身欲帮我烧火，都被我喝住了，我说，远道而来的宗亲，辛苦了，歇会儿吧。碗柜里摆满了一大碗一大碗的菜，是早几天办完丧事剩下来的猪肘子、猪脚、五花肉、鱼肉，我用菜刀划开肘子，剁些新鲜的红辣椒，拌上大蒜，倒进锅里焖一焖，淋点料酒，香喷喷黄澄澄的肘子出锅了。到屋后的菜园里掐了一把嫩嫩的白菜薹，用猪油一炒，撒点盐，油水漉漉的青菜出锅了。在饭桌边，我扎起衣袖，提起一瓶邵阳大曲，往他面前的杯子里倒酒。他紧张得满脸通红，连忙伸手来拦，说不喝。我挡回他的手，说，哪有满哥不喝酒的。他说，真的不能喝，一喝就头晕。我说，晕就晕，怕个屌，反正今夜就住在这儿，东厢房里的床都空着呢。他吞吞吐吐，说，嫂子，这，这。我说，怕什么？嫂子能吃了你？我端起杯子一口一杯，那是男人生前酿的米酒，度数虽不高，但后劲大哩。他禁不住我的劝，几杯下肚，被风沙刮得黝黑粗糙的脸火辣辣的，烧得像关公。我朝他呵呵呵笑，不时夹起一坨肘子肉伸到他碗里。他早就饿了，鬼晓得饿了几天了，哪里还顾得斯文，一副饥饿的馋相，大口喝酒，大口吃肉，大口扒饭，没多久，就酒足饭饱，有了几分醉意，伏在桌子边打饱嗝说胡话。

我搀扶着他到东厢房，把他放倒在床上，盖好被子。他躺在那里，还在说胡话，我担心他会不会吐，便给他做冷敷，直到他打起了呼噜，才关好门，转身离开。

# 张家山

那屋的墙是用沙土糯米石灰盐夯实而成的，在裂开的缝里能看到起支撑作用的竹条，两间屋，一间宽大，但除了一个灶台跟一个小碗柜外再没什么打眼的东西。假如你到屋里来，就会嗅到一股在别人家嗅不到的气味，那是一样东西放置在某一个角落长时间没人理睬而渐渐生出的气味，还有像我这样上了岁数的人身上发出的那种异味。房里有几条踩出来的小路，一条到灶台，一条到里面的厢房，一条到一边的小碗柜，上面印的大多是我的脚印，当然还有张桃飞的脚印。

屋里光线阴暗仿佛置身于洞穴里，那扇被虫蛀和雨水侵蚀的木门在门框边耷拉着，上面长出了绿色的苔藓，仿佛在那里耷拉了一个多世纪。那扇门我从来没关过，从灶屋进厢房、从厢房到菜园的两扇门一天到晚也只是象征性地带一下，从没闩过。

厢房里阴暗潮湿，里面的气味也跟灶屋的气味没什么两样，一个老式壁柜正对着床铺，没有柜门，里面堆放着衣服、被褥等杂七杂八的东西，柜底塞几个坛子，坛子槽里的水中涌动着孑孓。老式雕花床上的玻璃上，那些奔跑的老虎狮子，唱歌的斑鸠、老鹰、喜鹊，年老色衰了，暗淡了。那用荨麻织的蚊帐在一年又一年的烟熏火燎间黑了黄了。枕头旁有一把手电，一次可装四节电池，雪白的光劈开黑夜里的浓雾。那是我在担任生产队看水员时打造出的打鼓垄有史以来的第一把加长版手电，在漫长漆黑的夜里横扫打鼓垄一百二十一亩水田跟其间二百四十一个缺口。紧挨着手电的，是一本被黑牛皮套着的厚厚的《圣经》，被翻得皱巴巴的内页不时露出被烟火烧出的小眼跟被口水浸湿的痕迹。

这天清早，我是被窗外的一对八哥的尖叫声惊醒的。我一瘸一拐地来到灶屋，从热水瓶倒一些开水到脸盆，羼些冷水，蹲在门外的阶基上洗脸。手上的章子滑到了脸盆里，发出沉闷的响声，我把它戴在手指上，拨正印面，上面篆刻着我的名字。在担任生产队看水员记工员期间的一天，我在大雨滂沱间赶水进水库时，它滑到了

章 子 客

水沟里，雨停后，我在水沟的烂泥里花了三个小时零七分将它摸上来，以至于乡亲们以为我丢失的不是一枚铜章，而是一枚价值不菲的金章。这时我听到塘基的拐角处传来丁零零的响声，接着，扎马尾辫的张桃飞骑着单车从塘基上冲下来，在地坪上刹住。单车的横把上挂着一块新鲜的猪肉，上好的前腿肉，看样范是在集镇上砍的，后来我从她手里接过来看了一眼，看见它一颤一颤的，像是活物。

我淘了米后，把铁鼎锅挂在梭筒钩上，将盛满水的壶子搁在灶火边。我坐在凳子上，不时夹一块干柴添到火上。她挨着我坐，从裤袋里摸出沅水，手指弹了一下盒底，一根烟头就从盒里冒出来，她递给我一支，又从盒子里弹了一支给自己。我夹了一粒火屎，伸到她面前，她低下头，把烟搭在火屎上，吸了一口，两股细长的烟雾从鼻子里喷出。我说，他还没走吗？要是没走，怕不怕地方上人说闲话？她说，怕的才是他呢。他说从横店来，一路上经历了很多事。说是寻成飞的。我也不晓得成飞是谁，他说是成家族上的英雄，您侄郎的先人，我可从没听说过。我说，那就不要骗他，不晓得就不晓得，他可能轻信了你的话。她说，他不寻到就不回去。大前天，我带着柴刀，穿着皮草鞋，带他去将军山寻将军墓，听当地人说，确实有个叫成飞的将军，墓就立在那山上，那是茅栗铺最大的一座山，南北长约一里，高一百多米，在我们那里，一直传说山里埋有清朝的将军，将军山的名字就是这样来的。听说我们茅栗铺出了不少湘军将领，成飞就是其中一个，但他是不是我们成家的先人，我就搞不清了。小成说，只要找到墓碑就一清二楚了。在他的一再催促下，我带他上山了。早上山里潮湿，杂草深，藤蔓都把原先的路封了。以前跟成建飞爬过那座山，怎么走，还有点印象。出发前，小成就跟邻居聊过，他们都说，从将军山山顶左边下来那个坳下面的一片地坪就是将军墓，全用麻石砌成，上面盘着龙跟蜈蚣。我用柴刀砍断路上的荆棘树枝竹子，一路走一路砍，小成也带了柴刀，我走在前他跟在后，爬了几座小山，终于找到了墓，但是墓碑上刻着，刘氏墓，咸丰六年立。小成连连摇头，说哪是什么将军墓。

第二天早上，请冬阿公带我们去，冬阿公说他晓得将军墓的位置在哪里，他以前是猎人，经常背着一支鸟铳，带着一只猎犬进山，为此，我对他深信不疑。我们那一带，说山里的情况谁最熟悉，非他莫属。我们小心地跟在老人身后，都带着柴刀，一边砍一边前进，冬阿公选择的是另一个方向，我们都担心老人的安全，哪料老人摆摆手，说不用担心，爬这样的山他一点也不受累，就像走平地一样，连粗气也不喘，而我们两个都爬得上气不接下气，弄得一身透湿。老人只好放慢步子，说现在的年轻人，身子都娇惯了，吃不了这个苦。爬了近一个钟头，我们终于来到一座古墓旁，老人指着墓碑说，那就是将军墓。可是小成上前一看，上面刻的却是赵恒公大人之墓，是清朝道光年间修建的。我和小成都不甘心，冬阿公说，山上还有两座古墓，去看看，看能不能找到。小成一听就答应了。后来冬阿公真的又带我们找到了那座古墓，但压根不见将军墓的影子。回家后，小成一点也不沮丧，说总有一天，他会找到成飞将军的墓地，因为族谱上有记载。问题是墓地有没有被盗，有没有毁坏，他担心，作为湘军名将的墓，很难逃过盗墓贼的黑手，如果真的完好地保存下来，就是不幸中的万幸。他说，他还要在我家住一段时间。张桃飞说，您看要不要让他走？假如他不肯走。我说，你就是为这个来的？她说，不，我心里乱糟糟的，想到外面走一走。我说，饭熟了叫你。

她穿过厢房，沿着菜园里的小路横过一条窄窄的田埂，就到了晒谷坪。那时忍冬家搬到冲里的新屋了，但老屋还没拆，她家的田都在塅里，老屋用来存放农具稻草跟粮食，晒谷就在旁边的公用晒谷坪。那时我正在家做饭，她到晒谷坪时发生了什么不清楚，后来才晓得，她在晒谷坪碰到了忍冬。忍冬胳膊上戴着袖筒，背着背篓，穿着解放鞋，看样子是去割野猪草，一看见她，眼珠子像芭茅草那样锋利，充满了愤怒跟仇恨。她盯了忍冬一眼，从裤袋里摸出沅水，抽出一根，叼在嘴里，慢悠悠地划了一根火柴，吧嗒吧嗒连吸两口，烟雾在她那愤怒跟仇恨里漫开。忍冬放下背篓，来到张桃飞跟前，说，再喷一口试试。她说，怎么？忍冬说，丑死了。她说，关你屁事。忍冬说，既然有钱抽烟，就有钱赔呀。她说，赔？哼，要不是碰上你们这群背时鬼，我男人现在还在街上送客呢。忍冬说，哼，倒打一耙是不？她弹了弹烟灰，一摊手，说，扯平了。忍冬一把揪住张桃飞的手，抢过烟，砸在地上，用脚尖踩得粉碎。

我在家听到外面的争吵声，便熄灭火一瘸一拐地出来看。赶到现场时，两人已撕扯到了一起，扯的扯头发，箍的箍脚。我拨开人群，大声喊住手，但都不听。我扯住侄女的一只手往外拖，她像一袋沉重的面粉，两只脚拖在地上，哇哇哇叫，我累得气喘吁吁。她挣脱我的手，又冲过去，指着她鼻子说，你怎么没死？老天呀，您老糊涂呀，让最该死的不死，让最不该死的死了。忍冬捡起落在地上的一只解放鞋就要扑过来，这时她男人拨开人群挤进来，一把夺过她手里的解放鞋，说，莫跟那癫婆子吵，你伤口刚愈合呢。忍冬像是没听见，一把推开他，朝我侄女扑去，一把揪住我侄女的头发，猛地一扯，我侄女几乎是在同一时间揪住她的头发，两人你扯我扯，不久就倒在地上，在上面打滚，像两条大蛇纠缠在一起。这时人群里钻出一个人，大声喊，吃饱了撑的吗？大家一看，是张钦，那两条大蛇像触了电一样，突然不动了，那纠缠在一起的样范让人哭笑不得。两人松开对方，从地上爬起来，搞得一身泥土，披头散发的像鬼一样，脸都抓破了，忍冬嘴角还流了血。张钦清了清嗓子，捋一捋额上的刘海，说，你们都是受害者，都不要怨谁，更不要窝里斗，斗给谁看？张桃飞，你不在家里待着，跑到打鼓垄做什么，还不赶紧回去。忍冬，现在唯一的出路，就是找派出所解决问题，找她做什么？她家里的情况，你不是不晓得。大家散了，各自回家，散了。散了。

　　侄女拎着鞋子跟着我回家，我给她倒了一盆热水，她对着洗脸架上的镜子捋一捋头发，摸一摸脸上被抓破的伤口，这才感觉有一点点疼，但不久就笑了。我说亏你还笑得出，过去的都过去了，还提它做什么？她说，就看不惯她那凶巴巴的样范，横了肠子要跟她打一架，打赢了打输了就当出了气解了闷，心里舒坦，所以就算输了也赢了。我说，蠢嘞，蠢嘞，你一个外地人到打鼓垄打架，要是当地人夹板的话，不把你剁成肉酱才怪。幸好他们都认得你，晓得你是我张家山的侄女，看在我的面子上没整你。张钦也来得及时，没出事。下次千万不要再逞强了，莫说打架，就是吵嘴也不行。要是不听劝，就不要抬脚进伯伯家门了。她扒着饭，没吭声。

这时，隐隐地听到菜园外有人在喊话，我一瘸一拐地穿过厢房，站在菜园中间，只见他站在对面的田埂上，朝这边喊，瘸子，听好了，叫你侄女小心点，要是我堂客出了点什么事，老子饶不了她。我看他在那里指手画脚，正在气头上，在胸前画了个十字，祷告，上帝宽恕他，他是个没文化没主见的章子客，受堂客的怂恿，在那里胡闹。他又在喊，没良心的猪婆，都是你男人一手造成的，要赔，得赔我们几十万块嘞。人家都没找你赔，还在这里倒打一耙，良心给狗吃了？小心点，哪天我们一齐上你家去抬家什拆屋子，看你怎么搞。我说，她男人都死了，也是受害者嘞。要找，就找政府，是他们放出报废车，出了事故，责任在他们。他站在那里喊，都要找，她赔不起也得赔，娘的脚，到这里倒打一耙，老子屋里的要有个三长两短，听好了，老子要拿棍子抽你，张桃飞，抽你。我没搭理他，转身进屋，在门槛边碰上了她，她躲在门边，伸出半个脑壳远远地望着门外，见我进来了，就退到房中。我板着脸，把她拉到一边，说，都是你闯的祸，看到了吗？别把他惹毛了，他可是个小心眼呢。她盯着我，吓得脸色发白。我在胸前画了个十字，祷告，上帝保佑她平安无事，她是个无辜的可怜的女人，保佑。完了就扯着她进了灶屋，打发她赶紧走了。

# 张　钦

　　我听见房门发出的旋转声，以及随之而来的急促响亮的脚步声，接着看见一个影子站在蚊帐外，刺啦一声，用荨麻织成的蚊帐向两边分开，她站在床边，掀开蓝印花布被，说，还不起来，太阳出来好高啦。我用手背擦了擦眼睛，望见对面窗子泛出淡淡的白光，随即朝床里边打了个滚，伏在被子上，拖着慵懒的讨嫌的腔调说，还要困嘞。不一会儿，我便在她的唠叨声和吧嗒吧嗒的脚步声中打起了呼噜。

　　当我再次被她叫醒时，我看见窗子白晃晃的有些刺眼，从地坪上传来公鸡追逐母鸡发出的咯咯咯声，我这才下了床，性急洗了脸刷了牙，钻进猪栏屋旁的茅房，出来时肩上披着一把一米多长的粪耙子（它有四根锋利

灵巧的齿，是从鲁铁匠那里定制的。他的钢火杠杠的，
母亲总是说，他打的家伙靠得住、用得久，贵是贵了点。
每次拾狗粪回家，我总要在水沟里把它清洗得干干净净，
在沙子里擦得闪闪发亮），粪耙子上挑着一只箢箕，穿过
屋后的晒谷坪，就踏上了一条硬邦邦的田埂。

我穿着一双用旧轮胎做的皮草鞋，笨拙而厚实。鞋
子有点大，我把粪耙子和箢箕搁在路上，弯腰扎紧用橡
皮筋做的带子，鞋面随即翘起来，窝得像条小船。清晨
的露水打湿了皮草鞋，我的小脚在里面溜来溜去，随时
有可能摔倒在地。我不时抬头望望四周，看有没有比我
起得更早的。早就想好了要去的地方，紧赶慢赶，生怕
有人赶在我到那里之前把狗粪拾了。

我爬上铁炉坡，那里生长着像大伞一样的黄褐色茶
子树，我的陀螺都是用茶子树做的。把茶子树茶碗大的
枝子砍回家，用锯子锯成一截一截的，先用柴刀砍出陀
螺的毛坯，再用菜刀一点点地削，削出标准的锥形，再
用砂纸打磨出青绿的溜光的色泽（就像章子客打磨出的
一枚铜章），然后在尖上钉进去一个钉子，在磨刀石上磨
去钉帽的边缘，一个陀螺就做好了。在夕阳西下时，和
老鼠、粑粑、藤蔓、驼子、何石浼、吴桐桐他们来到晒
谷坪上，用尼龙绳发动陀螺，只听见啪嗒啪嗒的清脆的

浑厚的很有节奏的鞭子声，宛如老鼠他爸在铁砧上捶撻铜坯发出的好听的声音，大的小的高的矮的陀螺，青绿的色泽，沉甸甸的质感，在经久不息的嗡嗡嗡的旋转声中比拼，看谁的在不加鞭的情况下转到最后，就像一只只可爱的听话的小猪猪在小主人的指挥下拼搏。

　　坡上还有一排排棕榈树，在秋收时节，我就和粑粑、藤蔓、驼子、何石涘、吴桐桐他们上山采棕榈果，远远望去，棕榈果一大串一大串地吊在棕榈树上，在棕榈叶间炫耀它们黄澄澄的色泽。它们的核非常坚硬，外壳中间有一条凹槽，采摘回家可做子弹。那时我们人人都有一把手枪，用双层铁丝制作而成，外用电缆线缠绕，在准星处有两个孔，向两边叉开，孔里扎着橡皮筋，把它套在棕榈果的凹槽里，绷紧架在手枪的后座上，在瞄准目标后扣动扳机，棕榈果就会在橡皮筋的惯性作用下弹出去打中目标。但是，我和驼子的手枪的材质跟他们的不一样，我们的枪架都是用黄铜做的。我们从老鼠他爸那里偷来紫铜，把坩埚架在煤火上将紫铜融化成铜水，在里面加入锌片，搅拌均匀，使两者融合起来，然后倒入一条细长的用泥巴做的槽子里，冷了清洗干净后就获得了一条铜条。随后我们将其搁在木板上用吹管朝上吹火，烧软后用钳子夹着搁在铁砧上捶撻得又细又长，回

章 子 客

火后再用拉丝板拉成均匀的铜线，用钳子折叠、剪辑、加工成枪身，它黄澄澄亮闪闪的，套上橡皮管，安上橡皮筋后，手枪就做成了。它沉甸甸的，像铁打的一样坚硬，让小伙伴们羡慕得不得了。我们用来打鸟，但更多的是用来打架，粑粑就吃过恶亏，被何石涘的棕榈弹打中眼睛，肿得又青又紫只看见一条缝，像被黄蜂叮了一样。

　　我来到一片低矮的灌木丛，在一栋土砖屋后，那户人家有一条母狗外加三条小狗，母狗拖着两排长长的鼓胀发红的奶子，瘦得皮包骨。早几天我从那家屋门前走过，它躺在阶基上的草窝里，身边冒出三只毛茸茸的胖胖的小脑袋。听娘说，带崽的母狗最凶，不吭声的狗防不胜防，我的神经绷得像拉在手枪上的橡皮筋，但还是装出一副大大方方的样范，装作没看见，不紧不慢地从它眼前的地坪上走过。我听到从身后传来它悄无声息的脚步声，嗅到了它身上散发出的温热的腥味，我站住，它也站住；我走，它也走。它屏住呼吸，像一头偷偷靠近的狼、狐狸或者野猫。听娘说，对付这种狗的办法只有一个，就是挺胸抬头大大方方向前走，不要怕不要慌，莫回头，它反而不敢扑上来。我想象着在它眼里一点点地消失，它瞪着我站在后面，然后乖乖地回到窝里去。

章 子 客

我吓出一身冷汗，好像它冷不丁扑来，张口就咬，我猛地转身，举起粪耙子朝它脑壳狠狠地挖去，愤怒的锋利的耙齿与硬邦邦的地面撞击出火花，它一边退，一边吠，那尖厉的吠声在清静的山谷间响去很远。

那时，我一手提着箢箕，一手握着粪耙子，一路寻，一路拾，箢箕的分量在一点点加重，如我所料，坡上不但有母狗的粪，还有背后山下屋场那几条公狗的粪，有的是昨天的，有的是大前天的，有的是今天的。几天没来，果然没人拾，藤蔓鲁莽，耙耙懒散，何石浣尿急，吴兵傲气，他们嗅觉麻木，对狗粪的气味反应迟钝，相反，我则不然。

离开那片坡地，我来到另一个屋场，那三户人家有七条狗，它们常常在屋后的林子里追逐撕咬，我不知道这几天有没有人来拾过，但只要一去心里就有底了。一过去，果然没人拾过，箢箕的分量在一点点地加重，回去娘又会在耙耙、藤蔓、吴兵娘面前夸，哎呀，我家钦伢子今早又拾了一大箢箕嘞。他们母亲一回去就训，人家钦伢子一早又拾了一大箢箕，哪个说的没得拾？分明是发懒筋，六月的日头，躲得一回是一回。明早给老娘早点起床，拾不了一箢箕莫想打标枪（吃饭）。

这时，我听见一阵嘶啦嘶啦的脚步声从前方清晰地

章 子 客

传来，那是穿过灌木丛的声音，我站在那里，那声音在一点点地朝我移来，可就是不见人影。我猫着腰，正要将一坨狗屎耙进篾箕，这时，从侧面突然冒出一把耙子，把我的耙子压在下面，抬眼一看，原来是吴兵，他高高的壮实的身子如同一堵墙，堵在我身旁，板着脸，眼光阴森冰冷蛮横。我试图扭动耙子，但鲁铁匠打的家伙，在关键时刻失去了灵性跟血性，竟然倒在某一个无名铁匠打的家伙的淫威下，像被一座大山压住。我说，我先看见的。他说，我早看见啦。我说，都没见你影子。他说，看都没看见你影子。我说，扯。他说，扯什么扯？我说先看见，就先看见。我说，哼。他说，哼。我说，松开。他说，就不松。我使劲扭耙子，但是他使劲往下压，把鲁铁匠的一世英名压在深深的土里。我松开手，丢下篾箕，恨恨地盯着他的眼睛，猛地扑过去搂住他的一条腿，用力一拱，把他拱倒在地，把一片蕨类植物压在下面。我压在他身上，两只手死死地掐住他脖子，但是他一翻身就爬起来，骑在我肚子上，捉住我的手，左一下右一下地扇耳光，把我的脸打得又红又肿，火辣辣地疼。我朝他脸上吐痰，他掐我的嘴，掐得出了血。

　　我躺在蕨类植物上，喘着粗气，迷迷糊糊中，看见自己漂浮在水里，水流在身下暗涌，我轻轻地，轻轻地，如同一片叶子在水上荡起，流水温柔，恬静，飘逸。我随着流水轻轻地静静地穿过高山、田野、峡谷的倒影，漂向一眼望不到边的地方。当我睁开眼时，天上下起了毛毛小雨，雨点打在青肿的脸上，顺着嘴角流到了脖子上，滴到了蕨类植物上，带走了我的疲惫、疼痛、愤怒、仇恨，散发出腥甜的气息。我爬起来，四周静静的，只听见小雨扑打在树叶上的沙沙沙声。我用耙子挑着簸箕，披在肩上，跌跌撞撞地走了。我蹲在一条水沟边，捧起沟里的水洗去嘴角的血和脸上的灰。田埂溜滑，皮草鞋滑溜，簸箕在耙子上晃。我低头穿过屋后的晒谷坪，当把狗粪倒在茅坑里出来时，看见那熟悉的影子站在猪栏门里边，我低头从她身边擦过。但是在饭桌边，尽管我只顾埋头扒饭，她锋利的眼光还是没放过我。她说，跟哪个打架？我说，摔了。她说，抬头看看。我没抬，丢下碗来到睡房，从枕头下摸出那把手枪，扯开桌子抽屉，抓了一把棕榈弹，塞进书包，匆匆地出了门。

　　我踏在滑溜溜的田埂上，从书包里摸出手枪，黄澄澄的橡皮管，超强弹力的橡皮筋，超耐磨的牛皮子弹垫，超硬的棕榈弹，沉甸甸的质感，堪比货真价实的勃朗宁手枪，装弹，瞄准，扣扳机，棕榈弹嗖的一声如离弦的箭，在啪的响声过后，棕榈弹深深扎进壕沟上的一棵刺槐树里，我接连打了三颗，颗颗击中了那个屌毛的心脏。在河堤上同学们的影子里，我搜寻着那个幽灵，手枪已上膛，藏在裤腰带上。

我耳朵回荡着她的声音，崽呀，娘就你一棵独苗，不要在外面闯祸啊。伤了人家，要赔钱；伤了自己，要受痛。我们家在地方上孤孤单单，只有老实做人嘞。她的口头禅，在我脑壳里像黄蜂一样嗡嗡叫，像细雨一样沙沙沙响，低沉，哀愁，悲戚。她在灶屋墙角插着一根嗜血的鞭子，长不过三尺，黄里透黑，柔里透刚，笑里藏刀，嗖嗖有声，在我的脚上背上脸上横扫出带血的印痕，让我领教它的愤怒、威风、蛮横。上天在冥冥之中像是打发我到尘世堕落一回，瘦弱、矮小、孤单，一生下来就没见过爷的样范，没听过他的声音，他是谁？在哪里？她说，他在我还没生下来时就去了那边，我不信，因为何石涘、粑粑、老鼠、藤蔓、桃春说我是野种，是某个单身人的种，我的眼睛、眉毛、鼻子、嘴巴像死了那个人，简直是一张皮。但是她暴跳如雷，诅咒起誓说不是，绝不是，莫听那些砍脑壳的挨千刀的不得好死的家伙的话，他是在我还没生下时就去了那边，是背爷崽。在一眼看不到边的深沉漆黑的原野上，我奔跑，呐喊，哭泣，愤怒，咆哮，但冥冥之中，神不肯告诉我，我是谁的种，是谁种下我，我是野崽吗？他们在羞辱我吗？杀，杀，杀。我不是田螺，不是。我不是野种，我对付他们的武器是拳头、石块、棍子、刀。

我来到学校，在厨房冷冰冰的黑黢黢的蒸笼旁，吴兵朝我扮了个鬼脸，一惊一乍，说，怎么，又摔了？呀，惨惨惨。我最终没把那只盛米的搪瓷缸砸过去，对他笑了笑，把搪瓷缸放在蒸笼格上。离开时，我的手碰了碰腰间那硬邦邦的家伙，打鼓垄数一数二的铜手枪，它在那时那刻保持了沉默，和我一样。

放学了，同学们背着书包像一群麻雀飞出教室，但是隔壁班的六年级还没一点动静。我跨出教室门，从书包里摸出那一本小说，其实都看腻了，有一步没一步的，远远地落在他们后面，不时回头望一眼，当看见那群麻雀从六年级的教室门里飞出时，我赶紧把小说塞进书包，打起飞脚跑。

他回家的线路有两条：一条是水库线；一条是毛公路线。前者要近，但要经过一个菜园，菜园旁有一条小路，窄窄的，常有种菜的进出，有时路中间搁着杉木桶，多半出自鲁铁匠之手的锄头、铁耙，木桶里翻滚着蛆虫，散发出的阵阵臭气隔老远就能嗅到，只有那些急着赶回家或者对一条黄瓜一个地瓜早已流口水的家伙才走那

章 子 客

条线。

我穿过大队部，那里有打鼓垄商店、打鼓垄药店（那时候父辈们酷爱这样起名，如伍来商店、竹竿油榨坊，伍来是大队名，竹竿也是，似乎不把当地大名冠在商店、药店、肉店、理发店、油榨坊、豆腐坊前，就不能显耀它们的高大上了），商店里有大白兔奶糖、钙奶饼干、麦丽素、拉丝糖、汽水、发饼、白糖、红糖、冰糖，好玩的摔炮、橡皮筋，还有遮雨的斗笠、油纸伞、遮太阳的草帽，但是当我从门口走过时，远远地就嗅到一股好闻的香味、甜味、奶酪味，那味道像一只无形的手揪住我的心，让我狠心地把那枚在手里焐得发热的银个子（硬币）抛到柜台上，终于把梦里的大白兔奶糖含到嘴里，在舌苔上美得甜得津津有味。药店有切成一根根的灰褐色的甘草，含在嘴里，一股浓浓的甜味让你在多年以后美美地回味。但是那时不是贪嘴的时候，也不是可供选择的地方，那里人来人往，如果那家伙总是惦记菜园里的某个黄瓜或者地瓜，就可以埋伏在水库堤下的灌木丛，等他从上面经过时，瞄准，扣扳机，啪的一声，他一定会嗷嗷叫。我迅速赶到田地与水库线的接合点，下面有一段长长的下坡路，坡的一边是悬崖，一边是两米高的土坎，坎上长着一丛丛的沙柳、芭茅草、蒿草，高大的刺槐，我埋伏在半人高的芭茅草丛里，下面的正前方是个转角，是那家伙的必经之地。

　　同学们嘻嘻哈哈的笑声拐进了转角，从下边穿过，我静静地等待，食指搭在扳机上，眼光穿过准星瞄准转角，我感到一只细小的家伙爬到了那根食指上，另一只也跟着来了，痒痒的、隐隐的痛感，在指尖蔓延。不晓得那是两只蚂蚁，还是两只蚊子，或者两条百足虫。我一动不动，就算有条眼镜蛇或者五步蛇爬到了身上，我也不准备挪一下，静静地等待，那该死的家伙。终于，我听到了他的声音，那声音尖厉而又愚蠢，伴随的还有两个人的声音。他走在最后，苍天有眼，但是，必须等到前面两个过后才能扣动扳机，也不能错过最佳射程和最佳视角，不能。可惜我事先没在现场模拟一下，将各种可能出现的情况及应对方法做一番演练，那样就万无一失了。但是一切都只能靠运气了，我估摸他的身高、设想他站的位置，只要枪响，不管有没有打中，必须迅速逃离芭茅草丛。

　　他来了，有时走在伙伴背后，有时走在中间，拍一下前者的后脑壳，捏一下后者的小鼻子，嬉皮笑脸，滑稽搞笑，在两人间钻进钻出，像发现我早已埋伏在这里，把我当猴耍。我鼓大眼睛，逮住那一眨眼就错过了的千

章　子　客

载难逢的机会，啪，枪响了。我逃走时，一根手指被芭茅草割了三道口子，流出血，但那时我毫无痛感，甚至没发觉，连滚带爬，屎都踩烂了。前方是断头路，下面是一丘水田，从上到下足有丈把高，我眼一闭，跳下去，两脚在泥巴里插进去好深，倒下去压倒一片禾，一抽脚，解放鞋陷在泥水里，我像在河里摸鲫鱼一样摸到它，拎在手里，跌跌撞撞地穿过齐腰深的禾苗。我又看见那棕榈弹精准地击中了他的右眼，他哎哟了一声，捂在上面。不晓得棕榈弹威力多大，是否击碎了眼球，或者仅仅是擦一下，仅仅伤到眼角，或者眼睑，不晓得那眼珠是玻璃还是豆腐。我想它瞎了，从此以后，他获得一个漂亮的唯我独尊的绰号——独眼龙，哈哈哈，报应。我被按倒在那片蕨类植物上的耻辱得以雪葬，他为他的骄横和愚蠢付出了代价。我战胜了自己的弱小、恐惧跟卑微，将被小伙伴们冠以神枪手的威名。我踏上田埂，拎着鞋子向对面的一片树林跑去，我又闯了大祸，耳边传来娘在黑暗中绝望的哭泣声跟沮丧声，吴兵跟吴桐桐兄弟二人愤怒的讨伐声、紧追不舍的脚步声，恐惧包围了我。

　　我拎着笨重的解放鞋钻进了那片林子，一屁股坐在一个土墩上，柔软的红红的松针铺在上面，我抓了一把擦拭干鞋面和鞋里以及脚上的泥巴，穿上它，躲进旁边的一片灌木丛。闷热的干枯的风像蛇芯子一样在脸上舔来舔去，一只斑鸠在枞树上跳来跳去，林下的屋子里传来公鸡悠长的鸣叫声，山泉水在山沟里哗哗地回响，林子里静静的，我爬出灌木丛，躺在一片厚厚的地毯般的松针上，长长地松了一口气，这才感到一身疲累，手指被芭茅草割了的伤口、在灌木丛被荆棘划破的血口，那时才有了痛感，我在迷迷糊糊中睡着了。醒来时，天黑了，一根根黑色的柱子像地狱之牢把我囚禁。我从地上爬起来，擦了擦眼睛，眨了眨，背着书包，借着从枞树上漏下来的光亮，扶着枞树一步步地离开了。

第二天一大早，当在学校厨房的蒸笼旁遇见那个家伙时，我看见他的右眼睛居然毫发无损，左眼睛也是，我傻傻地站在蒸笼旁，提在手里的搪瓷缸掉在蒸笼上，磕到了另一只搪瓷缸，翻了个跟斗后，摔倒在另一只搪瓷缸上，米撒在好几只搪瓷缸里。当天下午，那个可怜的倒霉蛋，当时与吴兵做伴的两个中的一个，在他娘的带领下找上门来。我那时才晓得，那曾经一度引以为傲的棕榈弹，在关键时刻，鬼使神差，居然击中了不该击中的目标，可恶的吴兵居然躲过了一灾。后来听说，可怜的倒霉蛋被吴兵搀扶着来到大队部旁的赤脚医生胡铁军家，胡医生的两根手指撑开他那肿得眯成一条缝的眼皮，用手电照了照充血的眼球跟眼睑，用神秘的药水清洗了，用湿冷的毛巾敷了，然后贴上了雪白的纱布，叮嘱他隔两天再去换一次药，随后让那个可恶的家伙搀扶着离开。当二人返回那个拐角处时，留在现场搜寻的那个伙伴站在那里等候，声称搜遍了整个坎上的蒿草、芭茅草、沙柳丛，也不见那个坏蛋的影子。最后发现断崖下的水田倒了一片禾，出现一串凌乱的脚印，显然，那个坏蛋从那里逃走了。过了两天，吴兵带着倒霉蛋又到胡医生那里换了一贴神秘的敷药，眼睛止了血消了肿，视力恢复如初。

倒霉蛋在娘的陪同下一次次登上嫌疑人家门，在嫌疑人娘面前一次次地讨要公道，唯一的证据是那深陷在水田里的一只脚印，那个倒霉蛋的娘根据同伴跟目击者的指引赶到现场，将其中一只较为完整的脚印用铁锹小心地铲了回家，暗地里与嫌疑人的脚做了比对。在铁的证据面前，我娘甘雪梅也亮出了她的撒手锏，她让嫌疑人站出来把那天清早在铁炉坡拾狗粪的遭遇原原本本地讲述出来，声称吴兵才是罪魁祸首，要找就该找他，如果不是吴兵无聊，下手太狠太毒，儿子绝不会寻找机会报复他，绝不会傻乎乎地藏在芭茅草丛中伏击从来就不曾与自己有一丁点过节的同学，如果果真如此，不是脑壳进水了就是神经错乱了，他要伏击的目标是可恶的吴兵，但是吴兵在两人间蹿进蹿出，以至于他看花了眼，打错了人。整个过程完全是误伤，如果硬要赔，就只能叫吴兵赔。俗话说"行要好伴，住要好邻"，自己也要承担一点责任，跟一个可恶的调皮捣蛋的家伙为伍吃亏是迟早的事，老娘顶多赔个不是。但是，奈何那个细声细气的女人带着崽赖在我家不走，眼看着要开夜饭了，仍然没见一点要走的迹象，声称不赔医药费的话就住在我家不走，嘴硬的娘拿她没法，只得在鸡窝里捉了两只老母鸡打发了她。

章 子 客

# 张 钦

〜〜〜〜

太阳悬在正中，田里的水烫脚，田埂上塘基上的沙砾冒火星，菜土里的辣椒叶蔫了，广袤的原野上看不见一个人影，狗伏在阴凉处哈哧哈哧喘气，肚皮一起一伏。甘雪梅躺在灶屋门口的门板上打鼾，南风从猪栏门外吹进来，一根鸡毛浮起来飘到走廊上空，穿过灶屋门，在她额上停了停，飘到对面的灶台上。

我躺在房门口的门板上，从窗子间和门里吹来闷热的风，汗水从额上滚到脸上，溜到脖子上，滴到门板上。我睁开眼睛，坐起来，光着脚，穿过堂屋，蹑手蹑脚地从她头顶绕过去，穿过猪栏走廊，从猪栏门口溜出去。湾里静静的，邻居家灶屋门口也铺着门板，上面也躺着一个人。我转身走过一段弯弯曲曲的田埂，路面烫得脚后跟不敢着地。不久，我便拐上一条水圳。水圳中生长着牛毛毡、苦草、槐叶草、浮萍，水从草间流过，几乎听不见响声，看不见水的影子，那些浮在草间的米虾、泥鳅、黄鳝，在我经过时哧溜一声钻进了水底。水圳另一边是一堵高高的围墙，墙边的斑竹、刺槐、苦楝树、棕榈树间盛开着蔷薇花、牵牛花、忍冬，菜花蛇、青竹蛇、乌梢蛇跟百步蛇躲在里面，等待那些毫无防备的麻雀、斑鸠、喜鹊或者老鼠、鹌鹑送上门。水圳这边是一条一年到头凉沁沁黑黝黝的松软田埂，田埂边是一丘高出水圳几十厘米的旱田，每到双抢时节非从最下边的小河里抽水灌溉不可，突突突的柴油机响个不停。我一声不吭地朝前走，空气中飘荡着忍冬、蔷薇花的香味，泥鳅的腥味。四周没人影，又毒又辣的太阳光刺得睁不开眼，我小跑着在前方的岔路口左拐进那条熟悉的小路。它顺着土墙向前延伸，从哑巴家门前穿过。他家的墙用黏土、盐、石灰筑成，墙体的裂缝间可见用来支撑墙体的竹条，一到下雨天，稻草顶上不时有千足虫掉下来，在潮湿的走廊上爬行，散发出刺鼻的恶臭味。小路的尽头就是忍冬家，两家之间共着一堵半月形围墙，墙上生长着密集的斑竹，藤蔓缠绕在它们身上，如同一道天然的屏障，将墙内的菜地跟池塘与外界隔开。进她家门的

章子客

右边是一口天井，阳光照在湿漉漉的天井里，在井底的火砖缝里生长的苔藓和苦草上闪着微光。左边是一间房，住着她公公，个子矮矮的，是打鼓垅打章子的大师。他常常坐在阴凉的天井边，摇着蒲扇，讲他带老鼠出去打章子的事。

1960年正月十六，天还没亮，大师一根细扁担挑着两个布袋子，一个装着铜坯、铝坯、卡子、锤子、錾子等工具，另一个装着衣服和布伞，悄悄地离开打鼓垅，第一个顶着风险来到二十多里外的蒙市乌河堤上。修河堤的队员们围着他，只需付上两毛钱就可以戴上雕刻着自己大名的一枚铜章或铝章，将章子在印泥里摁一摁，往纸上一压，自己的名字红红地印在工分簿、借据或者保管员、生产队长手里的领条上，他们在那一刻真实地体验到了自己的存在，打鼓垅的大师给了他们活着的荣光和信心。

大师手快眼尖，十分钟不到就打出一枚章子，一天走走停停，好耍一样，居然打了一百多枚。在天黑时分，赶到集镇上的好再来旅社，大眼睛的老板娘说，没铺了。他又找到悦悦旅社，高鼻梁的老板娘说，要住，只能打地铺。于是他又去找下一家，最后只得在街角搂了一捆稻草，铺在旅社的阶基上，头枕着布袋和伞，用衣服蒙住头，在夜里的冷风中蜷缩一夜。

第二天，天刚蒙蒙亮，大师又挑着袋子来到堤上，队员们围着他，争抢着为自己雕刻一枚神圣的章子。大师出门带的坯子眼看着就用完了，荷包里的票子也鼓起了，但是，大师很不走运，他被巡逻的治保会成员抓住，荷包里的票子被搜走，他在忍饥挨饿中回到了打鼓垄。

三年后的一天，也就是在经历了无数的冒险后，大师又要出远门打章子了，这次他汲取了以往的经验教训，到生产队瓜瓢队长那里请假，瓜瓢不同意，好话讲了一皮箩，才在约定每天投入一块钱（那时一个社员一天的产值是六分钱）的情况下，怀揣着瓜瓢出具的证明，到双潭县公安局备案后，才屁颠屁颠地出了门。这一回他带上了刚满十五岁的崽老鼠，沿着现在的M333省道走到二十多里外的大良集镇，从那里坐汽车到娄底，一下车，大师跟崽以公路为界，一人走一边，各打各的章子。第一次出远门的崽心发慌，在铁砧上捶摞时手发抖。二人在娄底火车站会面的那一刻，崽的眼泪出来了。那时娄底火车站不大，相当于一个集镇，住旅社两个人共困一张铺，一个人两毛五分钱一夜，不管同铺的人生不生熟不熟，安全不安全都得困。那年代人穷，都没多少钱，一间十多平方米的客房放四张铺，两个人挤一张铺。在饭店吃饭倒是很便宜，那年代一斤猪肉才卖七毛六分钱。

　　第二天一早，大师带着崽登上了开往新化县的火车，满票才一块多钱，大师耍了个心眼，花八毛钱搭到涟源，剩下的路程搭偷车，那年代的火车是慢车，一个站要停很久。那时老鼠晓得个卵，也不晓得爷只打到涟源的票，只晓得跟他走。二人在火车上遇到乘务员查票，要么躲进厕所，要么躲到座椅下。多年以后，我也曾搭过偷车，那种做贼时心跳的感觉到死也不能忘却，打鼓垄老一辈人常常说，在家千日好，出门半时难，千真万确。那时候外出打章子凭的是运气，运气不好，挣不到钱怎么办？我们从来也没想过去捡废品，去打零工，以此解决回去的路费和饭钱，因为我们觉得回去后没脸见人，有失章子客的体面，没饭吃就吃点包子馒头饼干，没钱交住宿费就欠着，欠久了房东就催，催急了夜里我们爬到窗子上，顺着用床单做的绳子溜到楼下，在月黑风高里拍屁股走人。没钱坐车，我们拦在路中间逼司机停车，司机见我们如此胆大妄为，也怕吃亏，我们喊在哪停就在哪停。当然，要从几千公里外的地方回家，还得坐火车，没钱照样坐，先从检票口混过去，然后在火车上跟乘务员玩捉迷藏的游戏，万一被逮住，也只好实话实说了。当然，那种一根筋的乘务员极少，顶多叫你在下一站下车，不过也只是说说而已，有的见我们饿得寡瘦，还帮我们买东西吃呢。那时候我们感动得流泪，只感到在家时我们讨嫌的厌倦的平淡生活其实是那样金贵，但是，我们还是宁愿在外饿、在外困大街也不愿在打鼓垄享受那种平淡。

二人一路上有惊无险，终于到了新化县，下了火车后，又搭汽车到了桃源，约好在横板桥会面，又以公路为分界线，一人走一边，沿途各打各的章子。走了二十多里，打了数不清的章子。到了横板桥，二人再次会合，在那里打了一天，袋子里的坯子打完就准备回家了。这一趟出门，历时三十三天，二人挣了两百多块钱，那时在园林县工地上打一天工，累死累活才挣到两块钱，一个月满工才挣到六十块钱。老鼠说，一路上吃的苦、受的累、担的心，似乎算不了什么，一觉醒来就忘得干干净净了。

在大师的带动下，打鼓垄章子客以亲友带亲友、朋友带朋友、邻居带邻居的方式不断发展，到了20世纪80年代，打章子的营生不再受到政府部门的管制，打鼓垄章子客一时间如过江之鲫，以打鼓垄为轴心，辐射到全国各地的大街小巷。1981年下半年，大师跟老鼠从湘阴、汨罗打章子回来，路过长沙时，撞上东山路百货商店搞促销活动，但光有钱没用，还得有票。二人想方设法搞到了票，花了二百五十元各买了一块表回来。回家后，老鼠去田间地头做事就把表收在柜子里，夜里洗了澡打了摩丝出去看戏就戴上，外出打章子也当成宝贝保护着。

1982年，大师跟老鼠去了安乡，正月十六出去，在二三月插田时节赶回家，一般出去一趟三四十天。过了端午节，到了南宁。过了中秋节，到了贵阳。年底，经媒人介绍，老鼠跟忍冬订了婚。1983年，二人在北海的百货商店各买了一双流行的三接头牛皮鞋。在那个年头，如果老百姓能穿上一双三接头皮鞋，那是很风光的事情。但老鼠穿了一天，脚指头就擦去一块皮。1984年，二人出去半年，从广西南宁到百色，再到云南的开远、昆明，有的地方没生意，有的地方不准摆摊，一路奔波，勉强挣到一笔钱回家，当年腊月，老鼠跟忍冬结婚。

我在经过大师房门时，房里空荡荡的，中间摆着那个曾经游历多个城市大街小巷的黑油油的木箱，木箱上头用橡皮筋绑着一块厚厚的橡皮，中间搁着一把铁锤和一把拉丝钳。箱子中间的抽屉敞开着，装着锉子、剪刀、镊子、小锯片、玛瑙、铜刷，各种型号的錾子，其中最不显眼但最为关键的是一个木卡子，用榆木做成。我仿佛看见大师将马鞍形的铜坯嵌在木卡子上，用木楔子固定铜坯的两只脚，用锉子磨平铜坯的界面，用大号錾子凿出长边，用中号錾子凿出宽边，用小号錾子分出字体结构。大师想了想，就开始刻字，根据字形选择不同形状的錾子（横、竖、撇、捺、折钩），他考虑用隶书还是楷书，抑或是篆书，最终选择了后者。他戴着老花镜，坐在箱子边，头顶的灯光罩着他，他一手握着錾子，一手握着锤子，弓着背，两只眼睛盯在界面上，敲一下锤子就挪一下錾子，看一看界面，接着又把錾子立在界面上，用锤子捶。他动作迟缓眼睛发花，刻一枚章子要几个小时。我常听他长吁短叹，想当年，刻一枚章子顶多十分钟，那时候手快眼尖，叮咣叮咣，客人坐在一边只看见锤子錾子的影子在晃，好像大师根本不用看一看界面，全凭手指的记忆就能把章子刻出来。是的，那时候大师刻章根本用不着看界面，一切凭手的记性去完成，就像后来电脑兴起时，那些打字快的高手根本不用看键盘，只听见吧嗒吧嗒的响声，说是盲打。刻章也可以叫盲刻了。我站在那里，大师的长吁短叹声在耳边回荡。木箱边光溜溜的地上搁着一块中间被火烧焦了的木块，木块边搁着一盏煤油灯，煤油灯旁搁着一根细长的铜吹管，铜吹管旁立着一口坩埚，我曾经站在坩埚旁，看着大师将一块紫铜和一块锌片熔化成铜水，将铜水倒入用泥巴做的一字形模子里，冷却后清洗干净铜条，回火后在铁砧上敲去上面的渣渣，用錾子锉成手指头粗、五六厘米长的条子，大师用尖嘴钳夹住条子，在铁砧上捶揲出两头尖中间宽的马鞍形铜坯。

阳光从瓦屋顶眼里漏下来，聚集成一道道细小的光束，密集的尘埃在光束里如同孑孓一样游弋。铁砧、锤子、坩埚在光斑里闪烁，煤油、铜片跟錾子散发出温暖香甜的气息。我来到堂屋，左边靠墙摆着一张桌子，里边的角落是一间用水泥板拼装成的谷仓，谷仓对面的墙上挂着锄头、铁耙、鱼罾。堂屋里空荡荡的，有点闷热，门敞开着，里间是她的睡房。我跨过门槛，看见她穿着一条白花花的裙子，一头油黑的长发盘在后脑勺上，慵懒地翘在那里。她摇着蒲扇，坐在床沿上，胸前翘起来，鹰钩鼻尖闪闪发光，但这些都算不了什么，如果比赛的话，最终获胜的将是她的眼睛。当我跟她在窄窄的田埂上相遇，她回眸的一瞬间，当雷声滚滚大雨即将来临时，我在禾场上帮焦急的她收完谷子会心一笑的一瞬间，当娘叫我把一碗香甜的蒿子粑粑送到她家，在她双手接过时与她对视的一瞬间，当她抱着孩子坐在我家桌子边跟娘闲扯，她时不时偏头看一眼坐在灶火边烧茶的我的一瞬间，她已深深地印在我的心中。多年以后，我也无法描述那双眼睛有多迷人、神奇，她向我传递她的欢乐、惊喜、惧怕、勇气、热情，我也向她传递我的欢乐、惊喜、惧怕、勇气、热情，我们的眼波穿越时空，在无声无息中完成了庄严、圣洁、永恒、执着的仪式。看着她的眼睛，我能清晰地读到她的相思、苦痛、失望跟纠结，我甚至听到了她的声音，不晓得是不是人们常说的叫爱的东西。爱到底是什么，是不是非得像面包或玉米粥一样实在，是不是得经历漫长的等待跟煎熬才能得到。

我站在那里，心在咚咚咚地跳。她看了我一眼，趿着拖鞋走来。我回头看了看堂屋，望了望斜对面的窗子，窗外是被高高的围墙环绕的菜园，菜园里静静的空空的，中间有一口小小的池塘，池塘边放着一只尿桶、一根长瓢。风从窗外涌进来，又燥又热。她来到我跟前，看了我一眼，从身边擦过时，胳膊轻轻地碰了一下我的肩膀，跨过门槛，在堂屋里转了一圈后来到我身边。那一刻，我没看见在外串门的、手把手教我捶揲和冶炼的大师和他在远方打章子的崽，伸手抱住她，把她压在单瘦的胸脯上。她像一袋面粉，鼻息温热、喷香。她抱着我，那生满茧子的粗糙的像铁钳一样的手紧紧地箍着我的腰，让我喘不过气来。这时天井那边传来急促的脚步声，她急忙松开我，压低声音说，他们回来了，随即扑到门边，扯开门。我猫着腰，顺着菜园间的小路，溜到那土墙下，攀住一根斑竹，爬上墙，从斑竹缝里钻过去，然后纵身一跃跳下去。一跨进猪栏门，就看见她坐在灶屋门口的椅子上，手里摇着蒲扇，盯着我朝她走来，当我从她身边经过时，她问我到哪儿，我说粑粑家。她说，是吗？明明看见你从哑巴家出来。我连忙改口，想到她家摘黄瓜吃。她说，寡妇门前是非多。

　　我又躺在那门板上，这时，听见她站在窗子外，对蒙在上面的塑料布说，她准是在勾引你……她就那样面对着塑料布有一搭没一搭地唠叨，我火冒三丈，对着塑料布吼道，看见了？你，她什么时候勾引了？叽叽呱呱叽叽呱呱，讨卵嫌。她说，有人说你那天夜里跟她在一起。我说，哪天？她说，别装糊涂，就是乌牛山唱戏的夜里。我说，扯，那夜跟粑粑、何石涞、吴桐桐在一起。她说，反正有人看见了。我说，哪个？说出来听听？倒要问问他在某时某刻某地看见的，旁边还有谁。她说，这个你不用操心，难不成人家诬告你？吃饱了撑的。不做亏心事，半夜不怕鬼敲门。才多大点呀，胯里才生毛嘞，将来还要讨堂客，一旦坏了名声，还有谁嫁给你，只有像张家山一样打一世单身。她就是那样对着塑料布有一搭没一搭地唠叨，我听得耳朵都生茧了。

这天天黑了，她提着镜灯，牵着秋秋跨进我家猪栏门，那时我正在桌子边扒饭，从灶屋门那里能看见猪栏走廊。走廊的墙上挂着镜灯，娘伏在栅栏上，盯着那鲜红鼓胀的奶子，一脸的微笑。我听见母猪哼哼着，嘴巴拱着食槽边湿了的稻草。她一见娘，就对秋秋说，喊婶婶。小女孩说，婶婶。娘弓着背，笑眯眯的，说，哎呀，秋秋，乖。她说，你郎嘎吃过了？娘说，刚吃过，里面坐，里面坐。她松开秋秋的手，提起镜灯对母猪说，要生了。早该生了，比上次推迟了两天。娘说完便偏头朝灶屋这边喊，钦伢子，吃完没？我说，什么事？她说，吃完了过来。我说，还没呢。她说，饭胀屎坨坨。我说，什么事嘛。她说，换草。我打着饱嗝，慢吞吞地走去。她穿着黑裙子，乌黑的头发不是盘在后脑勺上，而是披在肩上。她将一捋耳朵上的头发，那清水般的眼睛瞄了我一眼，没作声。娘从门角落摸出铁耙，递到我面前，说，把台上的湿草耙到坑里去，垫上干草。我说，垫多少？一捆，她说完便对秋秋说，走，到里面去，婶婶拿好东西给你吃。忍冬说，不去了吧，你郎嘎这么忙。娘说，没事，到下半夜去了。忍冬说，那一夜没得困哟。娘说，习惯了。

忍冬和秋秋跟着娘进了灶屋，我穿上套鞋，翻过栏

章 子 客

杆，把平台上的湿草耙到下面的粪池里堆起来，拿着竹扫把把平台扫得干干净净，从走廊里搬来梯子，搭在猪栏的横梁上，爬上去，楼板上堆满了去年秋末收回来的稻草，我拖一捆，让它顺着梯子滚到走廊上，收了梯子后，解开缚条，将一捆捆稻草拆散，均匀地撒在栅栏那边的平台上。

母猪一看见干净的、散发着清香气息的稻草，像见了亲人，爬到平台中间，那笨重硕大的身躯几乎占去了台面的一半地盘，怎么呵斥它也不走开，我只好把一把把稻草撒在它宽阔的背上，不久稻草就将它覆盖了，只看见稻草在动，它仍旧在快乐地哼哼着，不停地用嘴叼着、用脚踩着从背上滑下去的稻草，为即将出世的崽崽垒起窝来。我找来一根铁丝，把挂在走廊上的镜灯吊在猪栏顶上的横梁上，拍拍手进了灶屋。

灶屋桌子上摆着一碗炒熟了的花生，忍冬把剥去壳的花生米放在秋秋面前的桌子上，嘴里嚼得嘎嘣响。娘见我进来了，便起身从碗柜里端出一只脸盆，揭开蒙在上面的一块麻帐布，端到忍冬面前，说，嗅嗅，香不香？忍冬凑到脸盆边，嗅了嗅，说，香。娘喜滋滋的，又把脸盆端到秋秋面前，让她嗅。小女孩学着娘的样范嗅了嗅，说，香。娘说，想吃吗？小女孩说，想。忍冬赶紧说，你郎嘎莫费心了，这么客气，还要不要人家下次来哟。娘剜了她一眼，说，没什么客气的，你呀，平常也不来坐坐，相隔一跨脚，也太见外啦。说完，便对愣在一旁的我说，去灶里烧火，煮甜酒吃。我坐在灶台后的旮旯生火，也不敢看一眼忍冬，脸羞得发烫。忍冬也故意不看我，一边给秋秋剥花生，一边跟娘搭话。在娘等甜酒滚开的间隙，忍冬说，明天家里扮禾，请了好几个劳力，就差个晒谷的，你郎嘎明早肯定起不来了呀。娘说，没事，实在起不来，就让钦伢子来，换个人晒谷喽。忍冬看了我一眼，说，那不把他累坏了？娘说，虽说不能挑肩磨担，但手脚利索，割禾搂禾扮禾都做得。忍冬说，那难为啦。娘说，还欠着你家一个工呢，难为什么？

娘把煮开的甜酒冲蛋舀到饭碗里，一碗碗端到忍冬跟秋秋的桌子前。我汗得一身透湿，一屁股坐在门槛上，摇着蒲扇，不时睃一眼忍冬，忍冬则装着没看见，用勺子搅着碗里的甜酒，舀上一点点，吹了吹，小心地送到秋秋嘴里，问她烫不烫、甜不甜。我歇了会儿，起身洗了一把脸，端起灶台上的一碗甜酒，坐回门槛上，舀了一勺送进嘴里。我总纳闷，娘明明知道我跟忍冬有点私情，不但没冷落她，还炒花生煮甜酒给她吃，更是爽快地答应让我明天去她家帮工，也不晓得她耍的什么心眼。

屋背后的晒谷坪上晃荡着忙碌的影子，人们揭开堆成圆锥状的谷子上的塑料布，把散发出湿热气息的谷子均匀地摊在打扫得干干净净的水泥地上，扫去夹杂在里面的叶子草屑，那些头顶蒙着手巾的妇人，则在满心欢喜地等待从田间挑上来的毛谷，在火辣辣的阳光下，翻晒、出毛。这时离晒谷坪不远的山岗上，传来了高亢的歌声：我家住在黄土高坡／大风从坡上刮过／不管是西北风还是东南风／都是我的歌我的歌……歌声高亢热烈、深情激荡。那是打鼓垄有史以来第一台 VCD 发出的声音，是傻子从街上买来的。他家在山岗那边的山窝，他常把它挂在一棵高高的刺槐上，朝山岗下一眼望不到边的田野、高高矮矮的山丘、弯弯曲曲的河流以及一湾湾人家，敞开喉咙唱，打鼓垄广袤的田野上忙碌的农人、坐在阶基上捶揉的章子客、在晒谷坪上打陀螺的细家伙，都禁不住跟着 VCD 吼一句"我家住在黄土高坡／大风从坡上刮过"。

我拿着镰刀，捋一捋额上的刘海，从天井旁跨进了她家堂屋。堂屋里来了好几个帮工，她的两个表妹，吴桐桐、吴兵兄弟，何石涞，端七，粑粑。背驼了眼花了脑壳顶秃了的章子客大师，正在堂屋里边的灶屋烧火。

张家山坐在长凳上，拿着柴刀削了一个楔子，钉进木耙子的卯榫头，在地上耙了耙，嘴角露出了笑容。忍冬穿一件的确良衬衣，戴着点缀着喇叭花的袖套，喇叭裤盖过了脚踝，头发盘在后脑勺上，用橡皮筋扎住。秋秋在堂屋里穿进穿出，跟耙耙玩得起劲。忍冬一见我就说，要辛苦你嘞，一边说一边用抹布擦干净大桌子，然后叫吴兵摆碗筷端菜上桌。

她家的田在双河桥旁的右下角，一丘大的一丘小的，上下丘，高高的河堤上，生长着茂密的构树、刺槐、水柳，中间夹生着一丛丛斑竹、芭茅草。芭茅草旁一个个菜碗大的洞口，露出一堆堆新鲜的泥土，那里隐藏着一只只在夜间钻进钻出的竹鼠。她安排何石浼、吴桐桐踩打谷机。吴兵、端七担毛谷。从双河桥到我家背后的晒谷坪差不多一里半路，中间还有一段上坡路，一担毛谷有一百多斤，没大力气是担不了的。身材高大壮实的吴兵、端七脖子上围着毛巾，头上戴着草帽，腰间扎着皮带，打着赤脚，一肩就能挑到岸，浑身是劲。张家山被安排晒谷。我跟她站在一排，手里握着镰刀，唰唰唰地割起来，禾把在屁股后东一把西一把的，松松垮垮，她的禾把则头对头尾对尾，在一条直线上摆得整齐。我割一阵就伸伸腰，她只顾往前割，只看见背跟那顶酱红色草帽，只听见咔嚓咔嚓的切割声，沙沙沙的稻穗撞击声，把我远远地抛在后面。她一排割六兜禾，而我只割四兜。我决定赶上她，忍受着腰酸背痛，咔嚓咔嚓，唰唰唰，但是怎么也赶不上，她跟两个表妹一路领先。太阳白晃晃的，禾叶上的露水被蒸干，气温越升越高，汗水把衬衣吸在皮面上，像铁箍一样把身子箍得紧紧的，刺得眼珠又痒又痛，我端起衣袖擦一擦，但是衣袖湿漉漉的，像是刚从水里捞出来一样，只好用手指刮了又刮，然后眨眨眼，把剩下的眨出来。这时何石浃在后面喊，还不快点，等下扮什么？我羞得一脸通红，咔嚓咔嚓，咔嚓咔嚓，憋着一股气，低着头一路割去，管他娘的。这时我听到身后传来咔嚓声，回头一看，看见那顶酱红色草帽随稻穗的涌动一起一伏地朝我扑来，没多久就扑到身边。她割了一行，又靠着我另割了一行，那一行挨着田埂，窄的窄，宽的宽。在我俩屁股后，打谷机铿铿地鸣叫，一路赶来。在她割过的地方，黄澄澄的稻穗排列在一条直线上，一摞摞地搁在禾兜上，像在举行某种仪式。我割一行，她割两行，还把我甩在后面。嗅着她散发出的体香跟汗水的气味，我回想起那个晌午时分搂抱她的情景，还有那天夜里从乌牛山看戏回来时的情景。路上，我跟她肩并肩前行，嗅着她在砍柴掮树、犁田耙田、挑谷子、出猪栏粪后身上散发出的气味，我想，她就是那个米豆腐西施，我不晓得她有意无意地跟着的秘密，她是秋秋的娘，那个大师的崽的堂客，我还没长胡子，胯里还没生毛，脚板还没磨出老茧，肩胛还不曾脱皮，还是个初中二年级的学生，暑假一结束，就要去十多里外的学校读书，娘还盼着我考上高中大学，过上城里人的生活，延续张家的香火，为她养老送终。

　　夜幕降临，帮忙的人拖着疲累的身子离去。晒谷坪上，新打的谷子堆成一座座小山，她为自家的小山盖上塑料布后，扛着锄头、打着手电朝双河桥走去。河堤上水渠边的田埂上，男人摸黑犁田的吆喝声，女人叫孩子回家吃饭的呼喊声，抽水机突突突的轰鸣声，争水的咒骂声，在黑暗中传来……盛夏夜的酷热在黑暗中一点也不平静。

　　她穿着解放鞋，裤脚盖住了脚踝，一只手拖着一个稻草人笨重地爬上河堤，在那里排成长队。我突然出现在她眼前，吓出她一身冷汗。在她家吃完夜饭后，我捎着锄头，打着手电，跟娘说去田里看水，就直奔双河桥而来。我把手电搁在河堤上的一个土墩上，照着下面的田，和她一起拖稻草人，挨个挤在一起。她说，明早要放水，下午要犁，后天要插。男人不在家，女人活受罪。

夜来的蚊子不时撞在脸上钻进眼里鼻子里，时不时在脖子上耳朵旁手上狠狠地叮一口，蝙蝠如幽灵般在我们身边盘旋，发出啪啪啪的响声。笨重的稻草人将禾兜压倒在泥地上后又撑起腰，倒伏在那里。那看上去毛茸茸的稻草尖磨得手掌麻辣火烧痛，然后生起了水泡，水泡破了，汗水滴进去钻心地痛，后来娘问，假如我在那个时候叫你去田里拖草，你会去吗？你会说，哎呀，脚板痛，蚊子咬，蛇咬人，要困。事实上，有那么几回，娘夜里在田间缚草扯秧看水割禾，我却在床上困觉，第二天醒来时，只见娘衣没换脚没洗躺在床下的木板上打呼噜，也不晓得夜里几点回来的。

　　我俩有点累了，一屁股坐在河堤上，两手撑在身后，半躺着，汗水沁湿了薄薄的衬衣，紧紧地吸在皮肤上，把身子箍得又僵又硬。两束手电光一前一后一晃一晃地朝我们这边走来，她突然从地上站起来，压低声音说，辛苦你了，回吧。我从地上站起来，说，还有不少呢，得拖到什么时候去？她说，让人看见不好，来人啦。我突然抱住她，把她拉到胸前，等待这一刻像是等待了漫长的时光，摩挲着她湿湿的背。她一把推开我，小声说，你娘太好了。我说，她一向这样。她说，不，不一样，她在提醒我。我说，怕什么？她说，怕，我怕。说完，捏了捏我的鼻子，说，他要回了。我说，扯，白天都没听你说。她说，捎的信，这几天回，哼，禾扮了田插了就回了。我像是被她泼了一盆冷水，一想起他，就在他面前抬不起头，一切仿佛在梦中，稀里糊涂，浑浑噩噩，我究竟做了什么？她是我爱的人吗？直到多年以后，当M333特大交通事故发生后，我才懂得，她不是那个在芙蓉镇上卖米豆腐的女人，那个好看、单纯的女人，但是，我还会在孤独的深夜偶尔想起她身上散发出的香甜气息，那气息与她清水般的眼睛在我的呼吸里并存。我把美妙的梦想、青春年少的气息毫不保留地在那个昏昏欲睡的晌午时分注入她的血管跟骨髓，深信如此将会激起她内心的波澜跟回声，然而这一切将在几天后随着他，那个后来跟随我出征东北的章子客，我师傅的崽的回家而灰飞烟灭，我听到了墙体崩塌河堤溃败的轰隆声，再一次把她紧紧地搂在怀里，在她散发出汗水体香的嘴巴、脖子、脸、鹰钩鼻上烙下年少的吻。她喘着温热的鼻息，坠入我怀里，让我尽情地享用一心想得到的东西。多年以后，我曾经无数次地责骂自己是蠢货傻瓜，因为我在那个晌午时分仅仅只是在她身上摸了摸嗅了嗅，当然，也难怪，因为那个驼背老头（我师傅）带着孙女回来了，但是，如果我狠心一点或者早点下手，就不至于在多年以后诅咒自己蠢货傻瓜了。只是那时候我这个胯里还没长毛的小弟，还不懂她跟她男人的那点事，而她也不想引诱我深入她的腹地。哦，或许还有一种可能，就是她不愿做甘雪梅的仇人，但是她男人，后来跟我一起去牡丹江的章子客老鼠留下她，让她独守空房，她身上早已爬满了上万只蚂蚁痒痒的难受得快要癫了，唯有我能救她，可我却看不见她身上的蚂蚁而她又没点拨我。

这时，远处抽水机的突突声消失了，急促的沙沙沙声从不远处的石拱桥上传来，在离我跟她不远的河堤上突然揿亮了手电，那刺眼的光打在抱在地上打滚的我跟她身上，她猛地推开我。我蒙了，跟着她从地上爬起来，她一眼就看清了我娘的脸，我娘也一眼就看清了她的脸，她背对着我娘，我低着头，那浑身的燥热骚动如同一块通红的烙铁掉进了一桶冷水里，随着那哧的一声响，一股青烟从水里冒出，烙铁凉了。她不敢面对我娘如同刀尖般锋利的眼光，低着头，等待我娘那尖酸刻薄狠毒的诅咒。但是我娘居然没吭声，像哑巴一样，从我身边擦过，绕到她面前，把刺眼的手电光打在她脸上，一只手捏住她的下巴一抬，咬着牙，用那气急败坏的恶毒的眼光瞪着她，然后狠狠地扇了她一巴掌。我冲过去挡在她面前，但是我娘照样扬起了那只生满老茧的大手，一巴掌扇在我脸上，接着又是一巴掌，扇得她呼哧呼哧喘气。这时河对岸那边一束手电光透过水柳树间的缝隙，从我娘的头顶上穿过，伴随而来的是一声惊悚的喊叫，谁呀。但是我娘还是没吭声，一把揪住我的手就走。没走几步，我从她手里挣出来，转身就跑，但是，借着身后打来的手电光，我没看见忍冬的影子，她像幽灵一样一眨眼间从河堤上隐去了。我压低声音喊道，忍冬，忍冬。但是我没听见她的回声。这时娘从后面扑上来，一把揪住我的手，压低声音咬牙切齿地说，给老娘回去。我像是没听见，望着前面黑黢黢的水柳林，嘤嘤哭泣。

哭死。给老娘回去。她小声说，有人来了，老娘的脸给你这畜生丢尽了。我这才擤了一把鼻涕，压抑住哭泣声，回头望了那黑黢黢的水柳林一眼，我知道她一定藏在那里，与我相隔不过十来步远，我想象着一条百步蛇就盘在她脚边，朝她吐着长长的嗜血的芯子，她命悬一线，但是我再次被娘拽走了。在经过那个土墩时，我又从她手里挣出来，弯腰捡起那两盏早已耗尽了能量的发出微弱光亮的手电，揿灭后握在手里。这时那个在河对岸打手电的人来到我俩面前，用手电光照了照我俩的脸，说，哎呀，原来是你们母子俩，这黑咕隆咚的，做什么呀。娘用手电照了一下那人的脸，说，看水，看水嘞。那人说，你家的田在李树坝那边，怎么到双河桥看水，路都隔好远。帮邻居看水。娘说完，也不听那人说话，揪住我的一只手，拽着就走。

我跟着她走了一程，眼看着那人走远，便站住了，她也站住了。我说，等下就回。她说，不行。我说，她手电在这儿，等下被蛇咬了怎么办？她说，跟老娘回去。我说，她要是出了点事，怎么交代？她说，蠢，蠢得死，那么个大活人，死不了，老娘就晓得你被那狐狸精迷住了。老鼠就要回了，到时不把你打个半死才怪。但是我就是听不进去，揪亮一把手电，转身一步步朝前走去。我听见后面传来气急败坏的压抑的喊声。走了十多步后，我就跑起来，到了双河桥河堤，照了照那丘田，昏黄的灯光，什么也看不清，就沿着河堤往下走，走几步就照一下旁边的水柳林，压低声音喊，忍冬，忍冬，听到了吗？但是无论怎么喊，也听不见她的回音。河堤两边凡是手电能照见的地方都照了，也不见她的影子。堤下有一丘熟透了的等待收割的稻子，风起了，稻穗在风中摇曳，发出沙沙的响声。我站在田埂上，微弱的手电光根本照不见多远。我想她一定是躲在里面，就是不肯露面。我压低声喊，忍冬，忍冬，出来呀，你不出来，我就一直喊下去。出来，出来，出来。但是，我听见的依然是稻穗在风中摇曳时发出的沙沙声，开始怀疑她没躲在里面，因为无论任何人听到我揪心的喊声，都忍不住出来。也许她就躲在那水柳林里，也许早就神不知鬼不觉地回家了。但是，我觉得不可能，她没回家，还在怄气，跟自己怄气，跟我娘怄气，跟那扇在脸上的巴掌怄气。

我在田埂上走来走去，稻穗无语，黑夜无声。我回到河堤上，在那水柳林旁压低声音喊。这时，一束刺眼的手电光快速向我移动，摇摇晃晃，不久，就听到喊钦伢子钦伢子的声音，我站在那里，蚊子跟飞蛾在光束里扑上扑下。她来到我跟前，手电光打在脸上，呼哧呼哧喘气，说，喊死，早就回家了。老娘的脸都给你丢尽了，还不快走。可是我还是站着不动，不认为她那么快就回家了，不可能，不可能，我想，她要回家，只能从河里蹚过去，又没手电，她一个女人家，难道不怕蛇吗？有那么大胆吗？但是她说，早就回家了，她看见屋里亮着灯，还听见她哄秋秋的声音呢。我半信半疑，跟着往回走，来到岔路口，径直踏上了去她家的那条路。她压低声音说，还去碰鬼？我扔下一句，还手电，接着朝前走，要亲眼见到她才肯放心。

来到她家门前，我一边轻轻地敲门，一边压低声音

章 子 客

喊，为了不吓着她，我把手电光打在门板上，以便她一开门就看见我。我焦急地等待她的回音，但是什么也没听见，只好继续敲继续喊，终于，屋里传来吧嗒吧嗒的拖鞋声，接着从门缝里射出一缕昏黄的灯光，门开了，来人是我师傅。他提着镜灯，看了看我，我从他身边擦过去，穿过天井，跨进堂屋，但见那扇门关得死死的，我用力一推，一动不动，我这才明白了，转过身，把手电光打在紧跟在后的师傅脸上，说，忍冬回来了？师傅呆呆地盯着我，说，什么事？我什么也没说，把那把手电塞到他手上，头也不回地走了。

第二天，我掮着锄头出门，在路上遇见何石涘，他把满满一担秧堵在路中间，一会儿指指忍冬家，一会儿指指我鼻子，扮了个鬼脸，干笑。我正要从担子边绕过去，被他一把揪住，说，昨夜喊的是你？我的脸一下子涨得通红，说，关你屁事。他在我耳边小声说，怕老鼠吗？怕吗？说完，又朝我扮了个鬼脸，干笑，担着秧走了。我没上前将他揪翻在地，低着头，掮着锄头往前走。在转过下屋场拐角时，听见后面传来说话声，一个说，昨夜有人看见他抱着她亲嘴嘞。另一个说，你看见的？前一个说，对门八老倌在田里看水回家，亲眼看见啦。后一个说，那她又开洋荤了，十几岁的满哥，鲜嫩的嘞。

前一个说，还有人听见他在河堤上又喊又哭嘞。后一个说，怎么？两个吵架了？前一个说，不晓得，反正他在双河桥到处寻她。后一个说，等老鼠回来，准保有好戏看，嘿嘿嘿。

昨夜的事就像一阵狂风刮过打鼓垄，几乎人人都晓得了。我和她被推到了风口浪尖，我起先愤怒，后来一想，既然嘴巴长在别人脸上，就由他们去吧。回到家，她把我喊到房里，从床头的席子下摸出一把红绸子镶边的纸扇，摆在我眼前，说，谁的？我低着头，没吭声，想不到这下又被她抓到了把柄。

那天夜里，月光像水银一样泼在田埂上毛公路上，我和粑粑、吴桐桐、藤蔓、桃春几个去湾湾冲看电影。一路上，我们嘻嘻哈哈打打闹闹，吴桐桐、藤蔓大声说，湾湾冲某个妹子的屁股翘得多高，某个妹子如何风骚。接着，又是吹口哨又是唱我家住在黄土高坡，那热烈的气氛感染了队伍中的每一个人。我们在门前湾碰上了忍冬、易晓红、瓜瓜，于是大家结伴而行。忍冬有一搭没一搭地问我爱看什么小人书、什么电影，时不时用肩膀碰一下我。天气闷热，她摇着一把红绸子镶边的纸扇，身上的洗发水和那股好闻的体香，时不时扇进我鼻子里，香得我的心怦怦跳。在回来的路上，她悄悄把纸扇塞到我手里。我怕别人看见，就把它插进裤袋里，而她则像个小姑娘一样蹦跳着去追她们。回到家，在豆大的灯光下，我把它打开，收拢，打开，收拢，看一看，扇一扇，嗅一嗅，那海飞丝跟身体的气味，香喷喷的。我想象着把她搂抱在胸前，体验那此前从没尝过的味道。我把它藏在枕头下的席子下，当娘不在家或者困了时，就偷偷地翻出来扇一扇，嗅一嗅，看一看。她盯着我，脸色铁青，拿走了红绸子镶边的纸扇，从那以后，我再也没看见过它，不晓得她是替我收着，还是把它丢到灶火里烧了，或者背着我找到了忍冬，当着她的面在地上踩得稀巴烂，警告她从此以后不得再勾引她的崽，否则将打断她的腿打残她的手撕烂她的嘴。

　　我不愿再见到她，内心升腾起一股愤怒的怨恨的火焰，我不晓得愤怒、怨恨的理由是什么，只晓得懵懵懂懂地坠入了她温柔、甜蜜的陷阱，在她红绸子镶边的纸扇间，在她海飞丝的香气里，在她如同面粉一样坠入我怀里的瞬间，在她温热的鼻息里，在她如同燕子一样轻柔的呢喃里，在她清水般的眼神里……我诅咒自己，诅咒她，不晓得，是不是上天在冥冥之中有意让我和她上演如此一出闹剧，还是命中注定和她要走到一块，似乎一切都只是开始，精彩的好戏还远没来得及彩排，抑或一开始就宣告结束，我很快就在那琅琅的读书声之中渐渐地淡忘了那镶红绸子边纸扇的香味、那个晌午时分在双河桥河堤上抱着她打滚的瞬间。

# 张　钦

　　我们收拾好箱子跟行李袋，出了冰铁旅社，在珲春街拦了两辆的士，直奔吉林火车站，坐上了开往延吉的火车。

　　龙井街边店铺的招牌上顶格写的是朝鲜文，下边写的是中文。当地人既说朝鲜语，又说汉语，就像每到一地，当地人既说方言又说普通话一样，挺新鲜的。但是，新鲜归新鲜，我们深知自己是过客，袋子里有没有票子才是重要的。自进入东北以来，我们一直在吃老本，花的都是在长沙至北京西火车上挣的钱，眼看着吃饭喝水住旅社花钱如流水，我担心不已。再说，一旦进入九月份，东北地区将进入寒冷的季节，在出发前，我们只带了几件单薄的替换衣，就是一般的冷也受不了。时间紧迫，我们把希望寄托在龙井，但有没有生意，只有天晓得。我们像一群在东北的天空失去方向感的鸟雀，挣钱，几乎全凭运气了。在没外出打章子前，我一直是不相信运气的，但自打章子以来，终于明白运气是怎么回事了。动身前，老鼠把东北的生意描述得天花乱坠，大家信了，毕竟，只有他到过。

夜里，望着天边皎洁的明月，大家都很想家。一直在望娘的回信，我是在入住冰铁旅社的第三天夜里给她写的信，寄的是快件。我想她早收到了，回信或许正在路上，或许在我们刚抬脚离开旅社时，信就到了。可是，她的信能不能收到，只有天晓得。在外奔波，浮萍一朵，当时旅社也没电话，更没手机，有的信就永远石沉大海了，当然，有的也出现了奇迹。我在旅社的走廊上徘徊，仿佛看见她坐在大枫树下，抬头遥望着漫天的星星，寻找那颗北极星，猜测章子客们说的东北，到底离打鼓垄有多远。她摇着蒲扇，念叨着我的乳名，掐算着我离家的天数，心里说，出去这么久了，没一点音信，生意好不好？假如没挣到钱，吃什么？住哪里？怎么回来？她长叹一声，好像真的看见她的崽跟朋友流落街头了，哎呀，你看咯，饿得寰瘦嘞，风都吹得起嘞，晓得饿了好久了，可怜嘞，你以为在外挣一个钱那么容易吗？在她看来，生活中似乎总是充满了不幸跟苦难，因为她就是在那不幸跟苦难里一步步走过来的。事实上，那是我们最艰难的时候，伙伴们对当前的处境悲观失望，甚至做好了随时打道回府的准备，认为东北的生意也不过如此。那些到过东北的章子客之所以尽吹牛皮，是因为只有那样，才能把更多的章子客引诱过去，他们好在别的地方挣大钱。

坐在龙井街边一天不开锤，待了四五天，我们再也坐不住了，于是搭班车到了图们，但在图们待了四五天，也没生意，一车搭到牡丹江。心想，如果再没生意，就只有回家了，老天要这样安排，我们又有什么办法呢？我们能斗过老天吗？一到那里，在老鼠的带领下，我们直奔光华街（他说有章子客曾在那里挣到了大钱）。那里车水马龙，街两边有专为个体户划出的经营区，缝补的，配钥匙的，修钟表的，卖山货跟药材的，远远地，我就听到了叮咣叮咣的捶揲声，那熟悉的声音，就像乡愁一样温馨、甜美，激起了我们的好奇、诧异跟希望，我暗地里猜测那一伙章子客是哪些人，离我家有多远，认不认识，来了多久了，生意好不好，是谁带来的。

我们背着沉重得如同铁块一样的木箱，提着大包小包，被汗水打湿的衬衣沾着皮肤，每挪动一下就感觉被什么缠住了一样，又僵又硬，但那时因为兴奋一点也不觉得难受，鼓着牛卵大的眼睛，朝那叮咣叮咣响的地方奔去，好像冥冥之中有什么在召唤一样。在服装经营区旁的马路边，围着几堆人，被围在中间的五个章子客忙得几乎没时间歇一歇，打下手的忙着熔化、回火、抛光、收钱，端着样品盒让顾客挑选，为他们解说。为主的坐在木箱边，一四七凸锤，二五八撩锤，三六九卡锤，那被尖嘴钳夹住搁在铁砧上的银坨坨，与锤子合二为一，在锤起锤落间，有节奏地翻滚，大拇指大的银坨坨一点点地被捶揲成条形，并不断向前延伸，叮咣叮咣的捶揲声震得耳朵嗡嗡响，錾子在锤子下一点点地游走，横、竖、撇，在方寸之间，在小小的方框内，或苍劲有力；或棱角分明；或鸿鹄高飞，邈邈翩翩；或蚕头燕尾，方劲古拙。不到十分钟，一枚银光闪闪的章子就戴在了顾客的手指间，他们看了又看、拨了又拨，满心欢喜地走了。我站在一旁，发现顾客都是送料加工，料子几乎是电闸片，章子客们先得把上面的银片烧下来，再将银片放在坩埚里熔化，撒上硼砂提纯后出条。有的顾客送来的电闸片，一小袋子，不光只打章子，还打韭菜边、空心耳环、手镯，我不禁叫了一声好，那章子客抬头一看，我禁不住喊了一声，吕波，原来是你们呀。吕波望了望，喊了一声，张钦。但那种几千里外相逢的喜悦、温情散去后，我的脸便涨得通红，几乎在同时，我跟他想起了班车经过打鼓垄大枫树说过的话，那时我们问他去哪里，结果我跟他都没去彼此承诺的城市，却鬼使神差地去了同一个城市——牡丹江。

他从铁凳子上站起来，拍了拍手，挤出人群，把我请到一边，见我身后跟着四个背箱子、拎大包小包的，先是一愣，接着便一一打招呼，掏出长白山来散。我从他那一愣间感到尴尬、冰凉，但他的脸上还是结着冰。他问我们从哪里来，到过哪些地方，生意怎么样，是怎么到牡丹江的。其实，从我们狼狈、落魄的眼神里，他早就猜了个八九不离十。当轮到我问他时，他说，他们到昆明后，几乎每天吃老本，于是一车搭到南宁，在那里倒是把本钱挣回来了，不过，接下来生意就淡了，听说东北的生意不错，于是就搭火车到了哈尔滨，然后到了牡丹江，找到了这个市场，不过，一提到市场，他喉咙像被什么东西堵住了一样，不吭声了。我也不便问，只好不吭声。最后，他终于说，这个市场我们包了。我说，包了？他说，嗯，要不，你们再去找找，夜里到北方之家坐坐。我的脸唰地一下红了，背对着他，说，没事，有空就去。说完，我背着箱子头也不回地走了。伙伴们蒙了，追上来问。我气呼呼地说，屌他干吗，他以为占了市场就蛮了不起。

走了一阵，回头一望，只见他们那里围着的人，我的脚就挪不动了，在一个角落里坐下来，像霜打的茄子，一片茫然。我左想右想，觉得这样离开有点窝囊，有点可惜，如果只有我一个人，那好办，关键还有四个伙伴，不忍心抛下他们，眼巴巴地望着他们要么搭偷车回家，要么到工地上担红砖挑灰桶，要么忍饥挨饿继续到街上摆摊，或者到街头巷尾捡破烂，他们的结局，无一不是灰溜溜回家，曾经跟随他们走南闯北的木箱或许早就扔垃圾堆里了。我要跟他撕破脸，哪怕是打架、扯皮，哪怕是打得头破血流，或者半残废，也要在那里摆摊。但是粑粑说，有没有别的办法呢？都是打鼓垄人，搞得眼珠不对鼻子，又有什么意思呢？这倒是启发了我，我突然想起了箱子里有个宝贝——一只银手镯，那是在龙井街上从一个小贩手里买来的，当时它看上去又老又旧，经过淬火抛光后，光亮如新。

我领着伙伴们找到了阳明街的光华社区，找到了工商所的负责人，一个头顶光秃的男子。我让伙伴们站在办公室门外，提着木箱跨进去。他端坐在办公桌的电脑前，那锋利的审视的眼神盯着我油污疲累的脸，像是要一棍子把我轰出门一样，那被羞辱的愤怒的火焰在胸膛里腾起，如果不是有求于他，如果不是身陷绝境，就要与他针尖对麦芒、钉子碰铁砧。我赔着笑，说明来意。秃顶盯着我眼睛，说，那个市场已被人登记了。我说，领导，我们千里迢迢来到贵地，人生地不熟，加上一路奔波劳碌，路费都花光了，还请网开一面。他双肘搁在桌子上，想了想，端起杯子呷了一口茶，说，批了，他们有意见；不批，你们也没饭吃。我说，大家都是凭手艺吃饭，不偷不抢，能有什么意见？他沉思一会儿，从高背椅上站起来，领着我来到隔壁办公室，交代一个戴眼镜的下属处理，然后就返回了自己的办公室。

我们在光华街杉木桥服装大市场旁的光达旅社住下。天早早就黑了，从西伯利亚侵入的寒流冻得人发抖。躺在床上，肚子咕咕咕叫，隔壁传来切菜炒菜声，香油跟猪肉的香味让我直吞口水。第二天一早，我们把身上的钱凑起来，在街边的早餐店三下两下扒完了碗里的馄饨，顿时力气大增。在离他们数十米远的市场口摆下木箱和样品盒，规规矩矩地坐在铁凳子上。没多久，他们打着饱嗝背着木箱来了，其中一个脸上有刀疤的丢下木箱，三步两步冲到我面前，说，哪个叫你们摆的？我从抽屉里摸出那个小本本，打开给他看。他一把抢在手里，一边看一边说，不可能。不可能。然后一扬手，啪的一声，将小本本砸在地上，悻悻地走了。藤蔓擦了把嘴角的口水，眼睛鼓得牛卵子大，刚要张口骂，我瞪了他一眼，他就闭嘴了。我起身捡起小本本，吹了吹上面的灰尘，塞进了抽屉。

没多久，吕波来了，给我们发长白山烟，然后把我请到一边，说，刚才我不在，那人是我姨父，多有得罪，还请钦哥不要计较。我看了看他那张依然冰冷的脸，说，给你们添麻烦啦。他看了我一眼，见我还没点烟，就掏出打火机，左手紧贴着右手，做挡风状。我连忙低头，叼上烟，把卷烟纸伸到火的外焰上，吸了一口就点着了，然后在他右手上拍了拍。吐完烟后，看了看烟，肚子里的火消了一大半。他在我肩膀上拍了拍，走了。

终于可以摆摊了。但是没多久，一个俄罗斯模样的男子来到粑粑箱子前，屁都不放，背着箱子就走，好像箱子是他的一样。粑粑半晌没转过神来，蒙了。等他转过神来后，哎哟一声，拔腿就追。俄罗斯男子大步朝前走，也不回头，粑粑在后面追得上气不接下气，心里咚咚跳。后来他回忆，在经过他们摊位时，刀疤朝他呵呵呵笑，气得他咬牙切齿。

藤蔓见他出了事，也从后面追上去。两人在俄罗斯男子配钥匙的摊位前站住，俄罗斯男子看也不看粑粑，径自站在工作台前，拿着一片钥匙跟一片毛坯，装进配钥匙机子的卡槽，揿了电动按钮，钻子发出吱吱吱的响声。粑粑恨恨地盯着他，喊，还箱子，还箱子。但是俄罗斯男子哑巴一样，只顾忙手里的活。藤蔓一眼就看见立在俄罗斯男子屁股后用纸板盖住的箱子，便绕到他身后，背着箱子就跑。俄罗斯男子连按钮也来不及揿，拔腿就追。粑粑跟着藤蔓跑，眼见俄罗斯男子就要追上了，藤蔓就把箱子递给粑粑，粑粑背着箱子，拐上路肩，俄罗斯男子也拐上路肩，粑粑随即拐到马路上，俄罗斯男子也拐到马路上，一把揪住箱子的背带，拖住箱子，粑粑死死地揪住背带不松，俄罗斯男子从背后踹了他一脚，粑粑连人带箱子扑倒在地，脑壳砸在地上，錾子、钳子、锤子、铜片、铝片从抽屉里滚出来，撒了一地。藤蔓扑上去，朝俄罗斯男子当胸就是一拳，俄罗斯男子一脚扫过来，正好扫在藤蔓一条腿上，向前一跪，脑壳差点像粑粑一样砸在地上。我当时到市场里上厕所去了，藤蔓等赶到现场时，就拦住了俄罗斯男子。他说，你是谁？我说，你是谁？他说，小南蛮，去打听打听，这条街谁说了算？我说，对不起，冒犯了。俄罗斯男子看了看从地上爬起来的藤蔓跟粑粑，鼻子哼了一下，走了。粑粑的额头磕出血来，我叫围过来的驼子捡起地上的东西，扶着粑粑到附近的诊所清洗消毒，缠了纱布。问他脑壳疼不疼，他说有点嗡嗡响。我说，以后碰到这种情况，不要硬来，不就是个箱子吗？他说，没了箱子，还打卵（章子）？我说，你晓得是什么人吗？敢明目张胆地收箱子，肯定来头不小啊。他说，还想做什么？

根据路人的指点，我和他来到阳明派出所，在报警处，接待我们的是个剪着齐耳短发的女警察，她拿过我俩的身份证，在登记簿上做记录，完了说，回去吧。我俩当时坐在长凳上，粑粑正要起身，我悄悄踢了他一下，他连忙坐下，睃了我一眼，我朝他眨眨眼，他随即哇的一声号哭，像个细伢子，一把鼻涕一把泪。女警察说，喂，同志，你这是干啥？粑粑说，你们，要是不管，我，我就不走。我也装出一脸哭丧的样范，说，我们不敢回去，那个人又来打人怎么办。女警察说，我们会处理的，你们这样不好使。正在这时，大厅外走来一个中等个子的男警察，鼻梁下有一颗黑痣，听到哭声径直跨进了报警室。女警察于是把刚才登记的材料递给他，简单地陈述了事情的经过。男警察没吭声，说，先回去照常摆摊，下午我到光华街找你们。我叫陈伟。我说，谢谢陈警官。陈伟说，不用谢，回吧。

章 子 客

我们在光华街的生意果然如吕波他们那样好，五个人忙得团团转。当天，驼子接了个袁大头，在手里掂了掂，对着它吹了一口气，再放到耳边，说像是听到琴声。客人是个姐，驼子说，可以打十个韭菜边，三元一个。姐说，好使吗？驼子说，好使。将它烧软后，用大号錾子从中破开，直到破成十份。

　　老鼠忙完手里的活后，就从驼子手里领走五份。把银块烧红后，撒上硼砂，熔化成银水，冷却成坨后，用尖嘴钳夹住，搁在铁砧上捶揲，一四七，二五八，三六九，叮咣叮咣间，银坨一点点地延展成银条，目测过长度后，回火，淬火，把银条搁在铁砧上的凹槽里捶揲，就成了韭菜叶，再在锥形棒上定型，用布轮、玛瑙抛光，第一枚韭菜边成了。

　　当时，我在伙伴中间穿梭，负责接待，粑粑受伤，安排他做回火熔化抛光的事，另外，陈伟说要来，生怕他找不到人，也得时时留意。当然，他会不会来，也没底，要是他只是随便说说，要是他去处理别的案子去了，等也是白等。但是，下午两点钟左右，一部车顶闪着警灯的桑塔纳在我们摊位旁停下来，从车里钻出来的正是陈伟。他来到我面前，第一句话就是，马上就要走，没多少时间。我喊粑粑快来，却不见人影，原来他正向顾客收钱，其实早就看见警车来了，当他赶上来时，我朝他使了个眼色，他脸一红，慌忙从裤袋里摸出一个小纸包，我接过来，一层层打开，里面是一枚银光闪闪的章子，我把它伸到陈伟面前，说，上面刻的是你的大名，看看，名字印在纸上了，篆体。陈伟接过去看了又看，说，哇，漂亮，多少钱？我说，不要呢。他说，怎么行？我说，多亏陈警官关照，感谢还来不及哩，怎么好意思收钱？他把章子塞到我手里，说，我也是湖南人。我说，湖南哪里？他说，岳阳。我说，离我们不远。他说，上车吧，带你们去找那个人。

桑塔纳在俄罗斯男子摊位前停下，当时他正在操作打孔机，火星四溅，吱吱响，一见陈伟，便揿下按钮，双脚在地上啪的一声并拢，一只手贴在眉毛上，说，首长好。陈伟摆摆手，指着粑粑额上的纱布说，咋回事？俄罗斯男子收敛了笑容，装出蒙了的样范，两手一摊，说，不知道啊。粑粑指着他，对陈伟说，就是他抢我的箱子，还打人。陈伟盯着俄罗斯男子，说，是吗？俄罗斯男子看看粑粑额上的纱布，再看看陈伟的眼睛，哆嗦着手，从裤袋里摸出长白山烟散开，说，哦，整误会了。整误会了。陈伟推开他的长白山，说，上车。俄罗斯男子说，这，这，客人等着拿钥匙呢。站在一旁的客人说，快点，等着用呢。俄罗斯男子说，马上，马上。陈伟说，给你三分钟。俄罗斯男子转过身去，揿下按钮，打孔机又吱吱响起，溅着火花。

光华街的夜市灯火通明，我们的摊位被顾客围得水桶一样，五个人连吃饭甚至上厕所的时间都紧巴巴的，这么好的生意，可以说是我打章子以来少有的。我原本负责收钱接待，但嫌粑粑手脚不够麻利，就让他收钱接待，扎起衣袖，扯开架势，坐在箱子后，手起锤落，一般章子不到十分钟就搞定了。我对驼子说，质量差不多就行了，能快就快。驼子说，够快了，说这么多做什么。我瞪了他一眼，嘴皮子动了一下，话到嘴边又咽下了。他脸色铁青，背上的锅子像块大石头，压得他气喘得急。我没时间跟他较劲，相比时间、速度而言，他更专注的是品质。

驼子在昆明给一个大老板刻章，对方说他的章子充满了匠人的灵气、智慧，当即赏了他一百块钱，还请他到公司做客，用茅台酒招待。一时间，在打鼓垄传为佳话。他为章子客挣了体面，但也让大家有所顾忌，因为一般的顾客，看不出一枚章子的质量高低，曾经，我把一个顾客的名字刻反了，对方竟然没察觉。一般情况下，如果顾客排队，就尽量快，因为顾客排队的情况不常有。

但驼子例外，他从不讲究快，哪个要催，就跟哪个急。我拿他没法，只好随他，毕竟，打出让顾客称心如意的章子，是打鼓垄章子客多年来的传承跟荣光。我之所以这么讲究速度，是因为担心生意一旦冷清下来，伙伴们又得吃老本。另外，还有一个原因，有的来料看上去像偷的（都是些完好无损的电闸片），厂家一旦报警，警察追查下来，我们脱不了干系。这样的情况在兰州碰到过、在郑州碰到过，有的章子客干脆把摊子摆到厂门口，方便那些上班的职工，他们时不时从厂里摸点银子出来，加工成章子或戒指、耳环、手镯。章子客出门在外，身不由己，有时明明晓得触碰了红线，也要去打，不打没饭吃、没地方住、家里没法交代。谁愿意冒着被警察抓去蹲黑屋子、罚站、挨打、箱子被收缴、钱被罚的风险去打那些来路不明的金属材料？谁不想在家过安稳日子？当我们挣到大钱在打鼓垄乡亲面前嘚瑟时，充满羡慕的眼神里，哪里晓得我们在那些陌生的大街小巷闯过了多少不为人知的雷区、吃过了多少不为人知的苦？风光的背后是悲怆，欢笑的背后是酸楚，嘚瑟的背后是狼狈，希望的背后是绝望，章子客的生活，是一枚硬币的两面。

相比之下，吕波他们的生意大不如前了，当夜幕降临时，他们背着箱子收摊了，而我们这边，还围着一堆顾客。刀疤听着熟悉的叮咣叮咣的捶揲声，闻着那熟悉的煤油、硼砂、金属气味，气得破口大骂，骂我们黑心，恨不得跟我们拼命。

驼子虽然对我的唠叨有点气恼，但面对顾客焦虑难耐的眼神，他还是在不知不觉中加快了捶揲的速度。后来，他躺在牡丹江人民医院病床上回忆，冥冥之中，感觉有股力量在逼他，快点、快点、再快点。他想起这趟出来，并不一般，他必须在外挣到一笔钱，然后用这笔钱回去跟那个妹子订婚，于是就甩开膀子捶。

相比之下，粑粑一点也不性急，他用那夹杂着打鼓垄方言的半吊子普通话，那憨憨的笑，跟顾客有一搭没一搭地扯这扯那，不时帮他们试戴，调整松紧度，有的顾客嫌章子不够亮，他就再用玛瑙、布轮子抛光；有的戴在手上感觉有点刮手，他就用砂纸打磨；有的嫌字刻得潦草，嚷着要退货，他一看就晓得是藤蔓打的，毛毛躁躁，就交给驼子或者老鼠修正，驼子一看，说，要得个卵，重新打。顾客是个姐，摊上这事，也闹心，因为她急着赶回去，老爷们在家等她做饭呢。

忙完手里的活，将那枚章子搁在烧焦了的木头上，点燃煤油灯，抽动打气筒手柄，火焰呼呼呼，章子在熔化，他撒上硼砂，硼砂鼓出白泡，等银水冷却成坨后，他用尖嘴钳夹起，搁在铁砧上，一锤子砸下去，硼砂水竟然溅到了左眼睛里（后来他说，当时只感到一阵灼热的刺痛），哎哟一声，坐在一旁的姐吓得惊叫一声，我跟粑粑赶过去，只见驼子一只手捂着那只眼睛，痛得哇哇叫。我扶他到市场里一家商铺的水龙头旁，捧着水浇那只眼，叫他不停眨眼，但是那眼睛肿得睁不开了，像被黄蜂叮了。我那时心里凉凉的，预感到灾难来临，在街上拦了一辆的士，跟粑粑一起，火速将他送往牡丹江市人民医院。一下车，他那被疼痛折磨得苍白无力的样范，让我的手抖个不停。我和粑粑几乎是抬着他冲进急诊室的。眼科医生用生理盐水清洗，用仪器仔细检查后，得出的结论无异于地震，因眼珠烧灼严重，回天乏术，必须尽快摘除，否则将有可能感染另一只眼睛。我蹲在急诊室外楼梯间的协台上，手揪着头发，仿佛自己的一只眼睛将被迫摘除，从此打鼓垄的人将叫我独眼龙，从此再也没脸见忍冬，而忍冬也不再理我了，多可怕呀。我蹲在那里，猜测他能不能接受这残酷的现实，他那章子客的头衔、打章子的手艺跟对待手艺的态度的名声，迷倒了打鼓垄一位善良人家的妹子，以至于他背上隆起的令妹子们失望的那一部分，在那妹子看来也是智慧、健美、财富的象征。他被那妹子的勇气、决心、眼光跟一往情深感动得落泪，因为这是他活到三十一岁以来第一个冲破世俗的藩篱甘愿与他携手前行的妹子。他说，上天在冥冥之中保佑他，让他跟我登上了从长沙到北京西的绿皮火车，在那里挣到了一笔数目不少的票子，尽管后来又悉数花光，但在一番波折后，上天又让他跟我来到光华街，让他有机会实现心中的愿景。但是突然飞来的横祸，一瞬间将他的激情跟愿景推向深渊，他想，心爱的妹子以最大的勇气、决心、耐心战胜了他背上隆起的那一部分后，是否还有勇气、决心、耐心战胜他那一只即将空洞的眼呢？

我来到他床前，说，想开点，人都说，天有不测风云，人有旦夕祸福，事情既然发生了，就勇敢面对吧。至于手术费用，不用操心，大家想方设法去搞。他说，难为兄弟们了。我盯着他另一只眼睛，那里面竟然没有一丝丝哀愁，那张瘦小的、黝黑的脸也绽放出笑容，我暗地里诅咒他的麻木，也为刚才在楼梯间的焦虑、担忧而自嘲，惊异于他这种处事不惊的定力。我让粑粑在医院照顾他，回到旅社时，老鼠跟藤蔓早已收摊，我们仨的箱子也背回来了。收了钱后，就当着两人的面，把大家挣到的钱清点了一遍，说驼子的手术费还差一截，不过可以先预交一部分，中间陆续补上，问他俩对此有什么意见。老鼠坐在床上，低着头，不停地用小剪刀剪脚指甲，没吭声。藤蔓坐在凳子上，擦了一把嘴角的口水，说，从明天起，各挣各的。我盯着他，心里一拱一拱的。老鼠说，这笔钱由大家分摊，有点说不过去，是他个人的事。如果哪个出了点事，就来分摊，那还挣个卵钱，倒不如各挣各的。我盯着他，心想，难怪忍冬嫌弃你，原来是个猥琐的家伙。我说，在家靠父母，出门靠朋友，既然是朋友，朋友有难，就得出手相助。驼子家的情况，大家都晓得，是拿不出这笔钱的。最重要的是，我们这次出来，是合伙经营，在北京西火车站就是这样做的，既然这样，驼子作为"公"家的一员，因"公"受伤，就应该由"公"家出钱治疗。换成你我，也一样。现在谁不出也不行，也做不到。至于散伙的话，这个自愿，没人强求。藤蔓说，这么多钱，"公"家一下子也拿不出。老鼠把剪刀往桌上一扔，说了声就是，下了床。看他的样范，我又想，难怪呀难怪，原来，就这德行。我坐在凳子上吸了一支烟，敲了敲桌子，叫老鼠坐拢来。他倚着门，望着门外，没吱声。我又盯着藤蔓，他从裤袋里摸出一支烟，叼在嘴里，划了一根火柴，吸了一口，把眼光移到窗外，没吱声。

我在卫生间洗了个澡出来，藤蔓仍坐在凳子上吸烟，看也不看我一眼，老鼠则倚在门边打游戏，嗒嗒嗒声在屋里回响，不时有旅客从门口走过，隔壁不时传来砰的关门声。见我出来了，老鼠拎着短裤跟洗发水，肩上搭着毛巾，钻进了卫生间。我在藤蔓身边坐下，说，怎么搞？藤蔓吸了一口烟，鼓着眼睛，嘴角喷出口水，说，平摊就平摊，反正这趟出来背时背定了，还是那句话，从明天开始，各做各的生意。停了停，说，家里都有堂客、崽女、爷娘要负担，出来是挣钱，不是学雷锋。当然，谁也不愿出事，出了就要承担后果，我呢，这几天不拿"公"家一分钱，也不出一分钱。我想了想，说，决定了？他抹了一把嘴角的口水，说，房租按人头出，摊多少就多少，至于伙食，买个煤油炉自己搞。我说，这个随你，但听好了，出去再回来是不可能的事。他说，就是一坨屎也吃了。我说，老鼠呢？他说，要问他，我只管自己。老鼠从卫生间钻出来，我问他怎么搞，他说，也一样，不拿"公"家一分钱，都给他做手术吧。我说，定了？他说，嗯。我说，你俩单干，那手术费不够怎么办？一个说，那不管，那是他的事，个人也尽了做朋友的能力。另一个说，手头有余钱，就借给他。我说，你俩单干，这是你们的自由跟权利，但愿你们生意红火。不过，丑话说在前，一旦出去了就莫想回了。说完，出了旅社。

牡丹江的夜市人潮涌动，到处能嗅到烤羊肉的气味，真想来一串烤羊肉、一碟花生米、一瓶冰啤，喝个痛快。酒真是个好东西。何以解忧？唯有杜康。我在人来人往中行走，不晓得要去哪里、去做什么。五个人离开打鼓垄时，亲如兄弟，似乎在无论遇到任何艰难困苦的情况下，大家也会抱在一起默默地承受，从长沙到北京，从北京到吉林，从吉林到龙井，从龙井到图们，从图们到牡丹江，从南到北，几千公里，一路走来，我从没怀疑过我的团队精神，但是，一旦驼子出事，藤蔓、老鼠就出队了，还不晓得粑粑怎么想，如果他也做出同样的选择，那这个团队就只剩下我跟躺在医院病床上正等待做手术的驼子了，土崩瓦解，分崩离析，一团散沙，我这个领头的是不是很失败？

其实，当初在吉林的珲春街与高个子打架，打到最后，就只剩下我一个了，他们都脚底抹油溜了，唉，这样的团队，散伙是早晚的事，何必放不下？但是驼子，要是我也像他们几个一样，撒手不管，他该怎么办，于心何忍？只有我来管了，没事，也许他们之所以这样绝情冷漠，是因为晓得我这个蠢货会想方设法筹钱，当然，还有粑粑这个蠢货。是的，粑粑不会那样做的，我信得过，就如同信得过驼子一样，这给我带来安慰、信心。很难想象一个人在几千公里外的陌生城市，在孤独中打拼、在绝望中苦熬的滋味。一想起藤蔓跟老鼠，恨不得一脚将他俩踢出旅社，赶出光华街，让他俩去打流，去领教地痞流氓的羞辱，去尝一尝饥饿的滋味，才解心头之恨。他俩之所以这样狠心，是因为看透了我，而我却没看透他们。不晓得接下来会发生什么，很难说不会彻底撕破老乡、朋友间那一层薄薄的面纱，从此各奔东西，老死不相往来。在章子客血管里流淌的浓浓的乡愁，在气息里散发出的泥土香，那曾经的海誓山盟，在坚硬得如同一块巨石的利益面前，如同一枚枚脆弱的鸡蛋磕在上面，仿佛唯有我张钦这枚鸡蛋，是铜铸的、铁打的，连巨石也奈何不了。我的眼眶突然湿润了，眼泪不断线地流下来，为自己的孤立无援，为自己的耿耿此心。都说男儿有泪不轻弹，我还是个男人吗？在吉林珲春街一拳撂倒高个子的是我吗？是我，没错，但是他们为什么一点也不把我放在眼里，把我的话当作放屁，只顾着自己的利益？难道从一开始，他们就把我当成狗屎一坨？是不是我高估了自己？是不是我的善良压根就是愚蠢、罪恶？我揩干脸上的泪水，漫无目的地行走，不知不觉间，与一个人撞了个满怀，当我看清那个人时，蒙了，原来是吕波，吕波后面跟着刀疤。我的脸涨得通红，连说对不起。吕波说，去哪儿？我说，随便走走。他说，正找你呢，驼子怎样了？我说，唉，还能怎样，要动手术。他说，治不好了吗？我摇摇头。他说，可怜哪。哎，去坐坐吧，看，我们租住的旅社。我朝他手指的方向望去，"北方之家"四个大字就出现在眼前。我说，下次吧。他随即转向刀疤，说，袋子里还有多少钱？刀疤说，没了，随即转过身去。他说，放屁，拿来。刀疤转过身，低着头，说，明天要交房租了。他说，拿来，房租没事。刀疤很不情愿地从裤袋里摸出一沓钱，递到他手里。他数也没数，顺手塞进我裤袋里，说，驼子手术费不够吧，拿去。我盯着他那冰冷的眼光，要不是极力压抑着，估计眼泪早就流出来了。刀疤说，你们太不注意安全了。吕波说，闭嘴。随即转过身来，在我肩上拍了拍，走了。

我踏上一条昏暗的马路，那里行人稀少，只听见自己沙沙沙的脚步声在空荡荡的幽暗的马路上空回响。该回去困了，明天是驼子人生中最灰暗最悲催的一天，从此不得不失去一只眼睛，如何面对来自家人、未婚妻、乡亲惊诧的异样的眼光，是横在面前的一道屏障。我得留在他身边，安慰他鼓励他，让他看到打鼓垄的天、打鼓垄的地，让他看到打鼓垄的人并没有因为他失去一只

章 子 客

眼睛而唾弃他、嘲讽他，即使那个妹子提出分手也要好好地活着。

　　第二天清晨，我在迷迷糊糊中被人弄醒，当睁开眼睛时，窗外已大亮，藤蔓、老鼠站在床头，说，该去医院了。我没吭声，匆匆洗了脸刷了牙，出了旅社，他俩跟在屁股后，我转身问，怎么不背箱子？老鼠盯着我，蒙了。藤蔓说，驼子不是做手术吗？我说，要是被别人占了摊位，都得喝西北风。老鼠看了看藤蔓，藤蔓看了看老鼠。老鼠对藤蔓说，你去摆摊，我去一下就回。我瞪了老鼠一眼，说，不用。藤蔓说，那就请代为安慰。我转身就要走，老鼠喊了一声，从裤袋里摸出一副墨镜，递到我手上，说，昨夜在地摊买的，麻烦交给他。我看了他一眼，心头一热，拿着走了。

　　在扶着驼子上手术推车时，我极力抑制住那股几乎就要从眼眶里蹦出来的泪水，微微一笑，说，莫怕，小手术。粑粑也说，过几天，你又可以打章子啦。驼子冲我俩微微一笑，点了点头，被推进了手术室。这是我第一次送人进手术室，也是第一次送朋友去做这类手术。我仿佛看见医生举着一把娘纳鞋底用的尖利的锥子，朝他那只眼珠一捅、一抽，就把眼珠剜了出来，悬在空中，一滴滴鲜血从锥子尖滴下来，在地上荡开鲜红的花，他那里空空的，像被掏了个阴森森的恐怖的黑洞。我无法想象一个人失去一只眼珠时另一只眼珠会怎么样，那或许是每一个不曾失去一只眼珠的人永远也读不懂的东西。我看见他躺在手术台上，一分一秒都那么漫长。我悲伤、绝望，也万分懊悔，要是不来牡丹江，要是那一天早一点收摊，要是那时不那么急躁，要是那时他戴了眼镜，要是硼砂水没溅进他眼里，就不至于这样，他很快就回打鼓垄了，与心爱的妹子缘定终身了。但是这一切似乎都随那一锤子砸下去的瞬间黯然失色，或许……我不敢想下去，粑粑说他也不敢想下去，或许，我俩都过于敏感了。

我俩在手术室外坐立难安，谁也不说话。幸好手术时间并不长，随着那厚重的不锈钢门被徐徐推开，我看见他躺在推车上，一名医生推着他，另一名医生举着输液瓶，他那只眼睛上缠着一块纱布，我跟粑粑在医生的指引下把他抬到病床上，医生交代一番后离开了。他躺在那里，微笑着，似乎早就读懂了我俩那隐藏在微笑背后的秘密，似乎，我俩也早就读懂了他那隐藏在微笑背后的秘密，于是彼此间用微笑、安慰欺骗对方。我从裤袋里摸出那副墨镜，亮在他眼上方，说老鼠送的，并告诉他俩没来的原因，还说吕波送了钱给他做手术费。他把墨镜接过来看了看，说，谢谢老鼠，谢谢吕波。我安慰他一番后，交代了一下粑粑，就走了。

这一天在旅社外一棵白桦树上的一对鸽子的咕咕咕声中破晓了，大家又开始了一天的忙碌，不同的是，这天的忙碌是为了给驼子送行。他在牡丹江市人民医院住了十二天后，准备起程回打鼓垄，尽管大家极力挽留，希望他在休养一段时间后归队，赶在西伯利亚寒潮来临前一起回家，但他的心早不在牡丹江了，根据医生的嘱咐，他还要戴一段时间的墨镜才能适应外面的环境。与其在这边无所事事，不如回家去好要得多。我们见他去意已定，便笑着劝他千万想开点，开心过日子。他说，请放心，大不了的事，还有一只呢，有什么可怕的？上天安排的事，想不通也要想通。我们见他一副没卵事的样范，才放心让他回去。但是，我还是在猜测他的内心，预测他回去后会发生什么。我想，其实，他是不愿回去的，他无法面对当家人特别是等待他回去订婚的那个妹子，在他摘下墨镜的那一刻，他们失望、惊诧、悲伤、绝望的表情，充满期待的订婚仪式将蒙上一层阴影，或者在他见到妹子跟她家人的那一刻即已宣布取消，回家将是一场旷日持久的痛苦的煎熬。他之所以决定提前回家，是因为不愿再拖累我们，手术费、住院费，这是一笔不小的费用。我们这些天打的章子，都白打了，都是因为他出事造成的。尤其是得知藤蔓跟老鼠因为他出事而单干的消息后，提前回家的决心更加坚定了。后来他回去做的蠢事让我产生地震般的感觉，想不到他内心如此不堪一击。当然，如果把他换成我们中的任何一个，设身处地想一想，也就只好长叹一声了。

前一天，我到火车站为他打好了从牡丹江到北京的车票，他将在北京转乘回长沙的火车。送他上火车站后，我在火车站旁的长途汽车站搭班车前往吉林。在吉林下车后，我呼吸着广场上的新鲜空气，只觉得一身轻，走了一个多小时才找到冰铁旅社，那木牌上熟悉的文字，如同家一样亲切温馨。在登记台前，瘦个子大姐看了半天才认出我，等安顿好客人后，她连问，现在在哪儿？生意好不好？最后说，差点忘了，有你的信。一看寄信人的地址，果然是家里寄来的，显然，我之前写给她的信她收到了，性急取出来看，意外的是，除了娘请人代笔写的一封外，还附有一封部队的，用钢笔写的，一笔一画，像模子刻出来的，署名梁利川。梁利川？这不是在云南建水县那个部队当兵的梁排长吗？肯定是问我要章子的。信的内容如下：

章 子 客

尊敬的张钦师傅：

　　你好！

　　我是云南建水县 35202 部队的梁利川，前天坐部队的车赶到三湾集镇，在那个摆摊的地方没找到你，就到白云旅社去找，老板娘说，你们在三天前走了。我气愤不已，没想到你们行走江湖的人，如此不讲道义，收了八元钱，就脚底抹油溜了。你知道，我是多么信任你呀。那天我还是特意请假，搭部队便车来的。部队离三湾集镇二十多公里呢。之所以这样急，是因为这几天要用章子。在旅社登记簿上找到你的家庭住址，现特写信给你，要么退八元钱，要么寄章子来，信封上有我的地址、邮政编码。

　　此致

敬礼

梁利川

1987 年 7 月 11 日

尊敬的梁利川：

　　您好！

　　收到你的信时，我已从湖南老家到了几千公里外的吉林，是娘从老家转寄到吉林我曾经住过的冰铁旅社的。现在我离开吉林好些天了，到了三百多公里外的牡丹江，要不是挂念家里来信，就不会专程从牡丹江赶来吉林了，你的信或许我今生永远也收不到了。这一路兜兜转转，在冥冥之中，我感到你我被一种神奇的力量拴住，有缘哪。

现在，我必须把事情的来龙去脉讲清楚。四个月前，我和同伴辗转到云南建水县三湾镇，在三湾工商所登记报备，领取了营业执照，在集镇服装市场门口摆摊。说实话，我们是从广西柳州赶过来的，因为柳州那边没生意，听回老家的章子客说，建水这边生意好，有的在这边一天打过一百多个章子，打了整整四十天，挣了一万多元回家，成了我们打鼓垄的万元户。我们那里一年也难出几个万元户啊，更别说四十天了。在柳州时，我们袋子里布撞布，没钱怎么到昆明？怎么到建水？我们有的是办法，搭偷车。在火车上，我的伙伴粑粑被乘务员逮住了，乘务员见他饿得寡瘦，搞得一身脏兮兮，不但没撵他下车，还买泡面给他吃。

我们从柳州搭偷车到昆明，从昆明搭偷车到建水县，一路背着三四十斤重的木箱，脚板跟肩胛磨出血泡，要不是为了讨生活，又何必受这样的苦累啊！但每次打章子回家，即使没挣钱，也说在外享福，坐了班车坐火车，住的是旅社，下的是馆子，穿的是三接头的黑皮鞋，戴的是上海表，游山玩水

章 子 客

赛神仙。从不诉苦，在乡亲面前死要面子。好了，话又讲散了。

到了三湾集镇，哪有钱住旅社？夜里，就躺在公园的石凳上，被蚊子咬一身坨，一身酸臭，像一个个叫花子。第二天天蒙蒙亮，擦一把脸，喝几口自来水，赶到那市场门口摆摊。没承想，粑粑一下子接到一个生意，一个大肚皮老板要打一枚铜章，粑粑让手艺最好的驼子打。老板接过章子，看了又看，本来说好三块钱一枚，他一高兴，给了五块，说漂亮。一拿到钱，粑粑马上到市场对面的包子铺买了一袋子馒头过来，大家抓起就往嘴里塞，一个馒头两口就吃了，一袋子馒头，一下子就吃光了。那时候，只感到馒头比打鼓垄的白米饭还要喷香，比什么都好吃。要是现在，都没那个味道了。人哪，也只有在饥饿的时候，才感受到食物的珍贵。没承想生意出奇地好，四把锤子硬是从上午捶摸到下午太阳落山，中饭也是叫对门饭店老板端过来吃的，好像上天在冥冥之中怜悯、同情我们呢。

那天我们忙到天黑，实在打不动了，收摊一起往馆子跑，饿死了，像从娘肚子里出来就没吃过饱饭一样，四个人吃完了一锅饭、喝光了三箱啤酒，个个肚皮鼓起，酒气熏天，撑得连木箱都背不动了。一进旅社，老爷一样喊，老板，住宿。牛得要死。美美地洗了个热水澡，一觉睡到天大亮。到上午九点多才出摊，感觉像做了官，头一回享受了。你不晓得，头一天四个人每人分到两百多块呢。照这样下去，个个都将成为打鼓垄人人羡慕的万元户哩。我们撸起袖子加油干，锤子敲得叮咣叮咣响，布轮子转得呜呜叫，就连平常爱耍点小聪明的老鼠，也埋头苦干。可是，意想不到的事情发生了，就在你来的第二天，派出所的来了，那个半秃顶的警察说我们全部要走。我说，凭什么要走？他说，这是边防。我说，边防有什么了不起？怎么不能来？你一来就叫我们走，我们在工商所登记办证的，看，这是营业执照。你没理由赶我们走。可他就是不听解释，当天到乡会桥火车站打了我们四张到昆明的火车票，收走了我们的木箱。我说，还有一个刻章的业务没做完，收了八元钱，要明天交货，后天才能走。那半秃顶的警察说，那我不管。我说，不管？到时要你管，你要承担一切后果。

你知道，当时我都气炸了，恨不得将那半秃顶的警察揍一顿。但是人家手里有枪、警棍，胳膊拧不过大腿，只能自认倒霉。多好的生意哪，可惜了，可惜了，万元户的梦破了。当离开建水的时候，我们那么留恋，也为那个警察的专横而愤怒。我们个体户在街边摆个摊，凭手艺靠劳动挣钱，这与边防有什么瓜葛？我们不贩卖毒品、不偷越边界，守法经营，为什么不能待在那里？到底触犯了哪一条法律？至今我也想不通，恨不得上法院去告他。可惜我们在外漂泊不定，浮萍一朵，只能忍气吞声了。

梁利川同志，我现在在牡丹江，你说要我退八元钱或者寄章子，都是对的，但是，希望你找那个半秃顶的警察，拿这封信去找，因为这一切都是他造成的，他要承担一切责任，我当时就警告过他。

祝你好运！

张钦
1987 年 8 月 10 日

当天夜里，我还沉浸在与梁利川的纠葛中，内心升腾着对那半秃顶警察的愤怒跟怨恨、快慰跟得意，我仿佛看见梁利川拿着我的信站在他面前，以军人的威严替我讨回公道跟尊严。但是，我也觉得像是丢失了东西一样，空落落的，总觉得这样做有失打鼓垄章子客的体面，不过，不这样做，他会去找那半秃顶的警察吗？我憋在肚子里的一股恶气，会发泄出来吗？

# 张 钦

我回到牡丹江，将一捋额上的刘海，隐隐地听到西伯利亚寒流的脚步声正一点点地逼来，我们要赶在那只无形的大手推搡前像候鸟一样飞回遥远的打鼓垄。留给我们的时间不多了，我决定全身心地融入那叮咣叮咣的捶搡声中。

这一天，一个穿工装的眼角长着一颗麦粒大小疣子的男子骑着单车在摊位前刹住，立了单车，眨巴着眼，从裤袋里摸出一小包电闸片，说能不能用上面的银片打几个章子。

我将一个个电闸片两头"白药丸"大小的银片烧红，用镊子夹出来，集中到坩埚钳里，撒上硼砂，反复熔炼，当银水冷却成坨后，用锤子轻轻地敲几下，那些粘在表面的渣子就像泥巴一样从坨坨上掉下去了。我对麦粒哥说，加工费四元钱一个，能打多少个就打多少个。麦粒哥说，好使。我扎起袖子，扯开架势，一个小时挣了近五十块钱。他揣着银光闪闪的章子一骗腿跃上单车。

第二天一早，我和粑粑来到摊位，屁股刚落座，麦粒哥又来了，后面跟着个后脑勺上扎着马尾巴的男子，麦粒哥跨在单车杠子上，说，师傅，咱给你介绍大生意来了。说完，大拇指朝后面的马尾巴指了指。马尾巴跨在单车杠子上，说，老哥，上门服务吧。我连连点头。马尾巴看了我一眼，说，叫上那个呗。我跟粑粑背着箱子坐在他们单车后座架上，晃晃悠悠地穿过牡丹江大桥，来到江滨新村，左拐右拐，下车，进屋，在一楼阳台上摆开箱子。马尾巴提出一个蛇皮袋，解开带子给我看，里面全是电闸片。我提了提，估计有三四十斤。他说，把上面的银子打成手镯、手链、韭菜边。我说，手链三十元，手镯十五元。他说，好。我跟粑粑像捡到了宝物，粑粑烧银片，我打首饰。一时间，阳台上传来呼呼呼的火焰声，叮咣叮咣的捶揲声，嗞嗞的淬火声。就这样，我和粑粑忙了一整天，为马尾巴打了二十九个手镯、十三条手链、十一个韭菜边，累得腰酸背痛、手脚发麻、眼睛发花。马尾巴叫来麦粒哥，把我俩请到三八饭店，点了干锅鸭头、锅包肉、压锅鲤鱼，喝了朝阳酒。马尾巴一个劲敬酒，感情好，三言两语讲不了；感情深，三杯四杯头不晕。

电闸片总是源源不断地朝摊位涌来，那些骑着二八大杠，穿牛仔裤、蝙蝠衫的职工，在支付三元、五元、十五元不等的手工费后，捧走了银光闪闪的款式新潮的章子、首饰。客人集中在下班时间，以至于一到那个点，四个人就忙得手忙脚乱，收入最高的一天，我跟粑粑挣到了近八百块钱。那些在北京、天津、沈阳、长春、哈尔滨大街小巷打游击的章子客嗅到了煤油灯、硼砂的气味，听到了来自打鼓垄的叮咣叮咣的捶撵声，于是火速赶到牡丹江，在光华街附近的旅社安营扎寨，在我们市场门口的马路边排起了长龙。我数了数，高峰日，来自打鼓垄的木箱多达三十三口，工商所的工作人员一天要开出三十三份税票。他们听市场门口整天叮咣叮咣响的捶撵声，像在欣赏一首悦耳动听的曲子，计划搭建一排长长的遮风挡雨的棚子，划出摊位，好让我们章子客安心经营。那时，我们过的是神仙日子。收摊回到旅社后，炒几个好菜，喝几杯朝阳酒；或者干脆下馆子，品尝当地的干锅鸭头、清蒸鲈鱼、酱骨头、林口坛肉；或者来到号称烤串界扛把子的夜宵摊，那麻辣的羊排、鲜香的涮肚锅、软糯的鸡爪王、熏干豆腐卷、醇香四溢的酸菜白肉血肠、嫩脆鲜香滑爽可口的镜泊鲤丝，看着就口水直流，我们爱吃辣，无论什么美味佳肴，如果不放辣椒，不辣得汗珠直滚、嘴巴子哆嗦，就等于没吃，所以，我们要求师傅无论哪一道菜都撒上辣椒粉，越辣越好。伴着一瓶瓶朝阳酒，情绪越发高涨，趁酒兴，唱一句海哥哥你带路往前行，或者吼一句我家住在黄土高坡，自是另一番情趣。我们在几千公里外的街头，抬头望天上的明月，就不由得想念起家乡的亲人。当藤蔓跟粑粑搀扶着醉醺醺的我回到旅社，躺在床上时，我禁不住嘤嘤哭泣。藤蔓趁老鼠不在，说，她都结婚生细伢子了，还想个卵？都三十了，还不讨堂客，难不成打一世单身？

那天下午，正是下班高峰期，光华街服装市场前的街边又摆起了一线长长的木箱，这时，从街的东西两头开来红灯闪烁的桑塔纳，后面跟着皮卡车，大批警察从两头包抄过来，章子客们还没转过神来，箱子就被一只只脚踩住，扔上了皮卡车。他们什么话也不说，见箱子就抢，见章子客就抓，就连那些拿着电闸片来加工的客人，也通通抓了起来。那些侥幸逃脱了的，躲在市场、旅社里不敢出来。闻讯赶来的工商所工作人员，面对市场口闹哄哄、乱糟糟的场景，望着皮卡车上堆得高高的木箱，气得浑身发抖。他们认为，职工在厂里拿了电闸片直接给章子客加工成印章、首饰，这跟章子客并没多大关系，因为他们有权利提炼、加工金属材料，而且也并不晓得顾客的金属材料来路不明，而职工在厂里拿了电闸片，一定是厂里的监督管理、教育引导出了问题，应该针对性地进行监督管理，对职工进行思想道德教育，并出台相关惩罚、约束措施，从根本上杜绝类似事件发生，而不是舍本逐末去追究章子客的行为。在这种情势下，警察收缴工具箱、抓捕章子客的行为是违法的。但警察并不这么认为，因为章子客将职工偷窃来的电闸片进行提炼，加工成印章、首饰，为犯罪分子逃避法律制裁创造了条件，妨害了公安、司法机关追查、审判犯罪分子的正常活动，所以也是违法的。一时间，昔日热闹非凡的街头变得冷冷清清，不见一口木箱摆在那里了，顶多拿个样品盒偷偷地与顾客接洽，把他们带回旅社。但是警察循着叮咣叮咣的捶撵声赶来，章子客们慌忙把木箱藏起来，有的躲过去了，有的被搜走了。

我、粑粑、老鼠、藤蔓由于及时收到陈伟的口信才躲过一劫。几天后，便回了打鼓垄。当我们背着沉重的木箱、提着鼓囊囊的牛仔袋下了班车时，远远地，从水库尾的艾玛冲传来了嘣嘣嘣的铳子声，那声音从山谷间直冲向天空，震得大地发抖。这时，张家山赶着大约克一瘸一拐地走来，我捏烟的手停在那里，盯着他一瘸一拐地从身边走过。大约克走在前面，在地上嗅来嗅去，他一瘸一拐地赶上去，手里的竹棍子扫了一下它的屁股，它呼噜一声向前走。他回头望了我一眼，说，驼子是跟你们出去的吧，他死了。我手里的那根烟掉到地上，望着他远去的影子说不出话来。老鼠说，死了？他死了？粑粑蒙着眼，说，驼子怎么了？我没吭声，好像赶猪匠在说，睁开眼看看吧，看一个活蹦乱跳的人怎么死的吧，要是不跟你们出去，那个妹子就跟他订婚了。

回到家，我把箱子跟牛仔袋往房中一丢，跟娘打了招呼后，朝艾玛冲赶去。嘣，嘣，嘣，铳子声越来越清晰，他家越来越近。在路上，不时碰到看热闹回来的乡亲，我问一个在路边等人的男子，他说，早上娘喊他起床，没听见应，就敲门，也没应，就叫来大崽撬开了门。他就趴在地上，满屋子一股农药气味。我又问，为什么要寻死？他说，盘田冲那妹子不来了，想不通呗。我突然想起了什么，转身往回走，在经过水库堤下的岔路口时，转身往东边的小店赶。小店坐落在一棵如同巨伞般的水柳树掩映的石拱桥上，两间矮小的土砖屋一间用来做饭困觉，一间用来摆卖烟酒香烛纸钱跟日用品，戴鸭舌帽的老倌子听我说要买钱纸，便说，去作吊？又说，他眼睛是怎么瞎的？我将一将额上的刘海，拨正指间的铜章，说，纸钱卖不卖？他说，卖。卖。我拎着装了纸钱的袋子，在去的路上遇到了追来的她，她挺着肥胖的肚子，呼哧呼哧喘气，劈头就说，这么猴急做什么，明早去也不迟。我说，回去吧。她说，跟粑粑、藤蔓、老鼠一起去吧。我说，谁规定了一定要跟他们去？她说，送多少钱？我说，五十。她说，癫了，地方人情才十二嘞。作为朋友，加一倍够客气啦。我说，懂个卵。我从她身边绕过去，向前赶。她在后面压低声音喊，还是我去吧，你去，准保有话听喽。我对着前面的路说，有话听？什么话？后面传来她的声音，他娘说，他的眼睛是你害的，要找你是非，是你喊出去的，你要是不喊，你要是不叫他开夜工，他眼睛不会瞎，媳妇也讨进门了，他怎么也不会寻死了。晓得吗？他家说不定抬着死尸摆在咱家地坪上或者堂屋里，看你怎么收场？我望着前方那冲向天空的一柱硝烟，说，闹是非？哼，倒要去看看。说完，将一将额上的刘海，拎着纸钱继续赶路。沿途碰上作吊回来的乡亲，从他们悲伤的阴冷的脸上、异样的眼神里、阴阳怪气的话中，细细琢磨她跟张家山的话，一股愤怒的大火在胸膛里升起。

在水库堤下的拐角处，遇上我家斜对门回春堂的邓伯公，他高大的身子像一面墙堵在前面，见面就说，哎呀，张钦，几时回来的？我说，刚刚。他长长地叹了口气，说，这驼伢子，可惜嘞，打章子的手艺在打鼓垄数一数二嘞，瞎一只眼又怎样，东方不亮西方亮，打鼓垄有的是妹子，还怕讨不到堂客？我说，是嘛，在牡丹江就打了预防针。他说，听说他出事后，你跟粑粑、老鼠、藤蔓，特别是你，又是为他筹治疗费，又是安排专人照料他，回来还打发几百块钱路费。他说你真好，有带头人的风格。要是跟了别人，说不定连手术费也得自己出。他说他出事，只怪自己毛躁，怪不得你们。我说，唉，他出事，我像刀子割肉一样痛，都怪那生意太好，连吃饭的工夫都没得。白天没打完，夜里接着打。不毛躁点，就应付不过来。但一毛躁，就出事了。我作为带头人，有责任。他说，张钦，你的为人邓伯公最了解，邓伯公是看着你长大的。不要自责，谁也不想出事，都是为了多挣几个钱，为了发家致富。他没注意安全，怪不得别人。但出了事，妹子不来了，精神受到打击，走极端，我们只能说同情他。分手时，老人家握着我的手，盯着我眼睛，说，不要有顾虑，怪不得你，到了冲里，好好安慰一下他老娘，老人家就算骂几句，也不要还嘴。白发人送黑发人，丧子之痛，比割肉还难受。他哥性子暴，你也要忍，手足之情，悲痛万分。我说，邓伯公，您放心，我晓得怎么做。他还要说，我微微一笑，挥手道别。邓伯公是打鼓垄最善良的老人，平时独居在家，很少出来串门，但一遇到知心人，就说个没完，也不让人插嘴。

驼子家单家独屋，门前地坪上有一口摇井，边上有一口山塘，地坪边跟塘基上插着一副副挽幛，身上披着一块白布的秋哈巴拿着一根短铁棒，将铳子里的硝石和沙土筑紧，用烟蒂点燃引线，高高地举起，嘣的一声，一股紫蓝色的硝烟冲向空中，巨大的爆炸声响出很远。他吸了一口烟，又点燃另一根引线，大地又抖了抖，空气中弥漫着怜悯、同情、哀恸的气息。地坪中摆着两条长凳，上面搁着一副散发出新鲜的杉木、桐油跟石灰混合气味的棺材，漆匠出身的章子客何石涘一只手提着一个小桶，一只手将刷子伸进桶里蘸了蘸，提出来在刮了底、被砂纸打磨得溜光的棺材上刷开来，那刺鼻的恶心的油漆气味让我多年以来一闻到它就仿佛走进了悲伤的苦难的葬礼现场。地坪上人来人往、走进走出，帮忙的，看热闹的，作吊的，显得很热闹。堂屋里挂着一排排黄的白的青的橙的紫的经幡，大桌子边围着穿道袍、持响器的师公，其中一个摇着引魂幡，面对着供在大桌子上的驼子像不停地唱着。

听见这种悲悲切切的调调，我不由得悲从心中来，一边跟乡亲打招呼，一边来到他房里。房中铺着一块门板，矮小驼背的他躺在上面，几床颜色鲜艳的被子把他盖得严严实实，脚头点着一盏豆大的茶油灯，不时有乡亲揭开被角，用怜悯的悲恸的眼神跟他告别。当我揭开被角时，仿佛嗅到了甲胺磷的恶心气味，他静静地躺在那里，像是熟睡了一样，看不见一丁点痛苦的挣扎的表情。但是，当掀开盖在眼睛上的毛巾时，只见那两只眼睛居然不见了，空洞洞的，像两只骷髅，后来才晓得，他当晚死后，第二天上午家人发现时，那只义眼掉在地上，另一只真眼不见了，应该是被老鼠剜掉吃了。

当我准备出门时，驼子娘拄着拐杖，颤颤巍巍地进来了。老人家听说我来了，便急着要见。她头发银白，两只眼睛眯成一条缝，眼角湿湿的。我把袋子搁在一旁，上前两步握住老人的另一只手，那是一只僵硬、寡瘦、冰冷的手。她说，是钦伢子吧？我在她耳边大声说，是嘞。她说，可怜的，可怜的崽，泪水从眼里滚出，流到脸上深沟似的皱褶里。我极力压抑住快要流出眼眶的泪水，鼻子酸酸，紧握住那只手，在她耳边说，保重身体啊。她点点头，说，他回来从没讲你半句不是，只讲你好，不怪你们。这时我再也忍不住了，松开她的手，转过身去，一只手端起袖子擦了一把泪，一只手拎起袋子。老人颤颤巍巍地跨过门槛，喊，志强，志强在哪？很快，志强就被人叫了过来，在阶基上握住我的一只手，眼泪巴腮的。我说，你老弟出事，我也有责任，对不起。他说，快莫这样讲，是他做事毛躁，什么话也不说了。

我跟在志强身后来到堂屋隔壁的厢房，账房坐在桌子边，握着圆珠笔，登记了纸钱。我解开系在腰间的布带，扯开拉链，从里面拿出一沓沓面额全是拾元的票子，当着志强跟账房的面，一张张数，一共数了两百张，交给账房，说，全部记在我名下。志强连忙拦住账房，说，张钦，多了，多了。雪梅婶婶晓得了，不得了嘞。我说，现在我当家，我说了算。记吧。志强说，老弟讲了，不怪你，不怪任何人，是他自己造成的。我对账房说，写吧，张钦两千。账房接过钱，哆嗦着手，当着众人的面又把钱数一遍，塞进下面的抽屉，在人情簿上把我的名字写得歪歪斜斜。我接过一包白沙跟一条毛巾后，跨出门，穿过坪场准备回家。没走多远，志强在后面追上来，留我吃中饭，我说回去一趟再来。

后来何石涘告诉我，我上了两千人情礼金的消息很快就传开了，帮忙的不相信，一窝蜂涌进那厢房翻了人情簿，说张钦真大方，张钦讲义气。张钦这回出去打章子挣了大钱，发了财。但是，当我回到家时，屋里空荡荡的，散发出一股冰冷、悲伤的气味。我一屁股坐在灶屋的椅子上，猜测她去哪里了，一想到是为了礼金的事，我心里就打鼓。没多久，就听到一阵急促的脚步声踏进了地坪，穿过了堂屋，跨进了灶屋，她脸色铁青，目露凶光，一声不吭，揪住我一条胳膊使劲往外拖，我双手死死地抠住门框边，任由她去拖，去拽。她呼哧呼哧喘着粗气，一会儿就一屁股坐在堂屋的水泥地上，面朝着高高在上的神龛，啊啊啊地哭，啊啊啊地磕。我吓蒙了，忙解下皮带，扯开拉链，露出里面花花绿绿的票子，丢在她眼前的地上，跨进灶屋，扶起倒在地上的那把椅子，一屁股坐上去，闭上了眼睛。堂屋里一瞬间静了，只听见挪动皮带的吱吱声跟数票子的沙沙沙声，以及她从地上爬起来的窸窸窣窣声。她跨进灶屋，将皮带摔在我身上，说，这么蠢，两千呀，两千，你晓得人家在工地肩胛皮磨出血一个月才挣两百多呀……

　　我躺在那里，像没骨头的人，软绵绵的，脑壳嗡嗡嗡地响，像是从天崩地裂的地震中，或者漫山遍野的火海中逃离出来，假如早晓得这样的结局，就会勒紧腰间的皮带，狠心地偷偷地离开那里，回家后把皮带扔给她，然后让家里家外的空气中填满她的笑声。但是那就不是我了，我注定要解开皮带，将里面的一半票子交到账房手里，然后在家里眼睁睁地看着她扑在地上啊啊啊地哭，啊啊啊地磕，然后看见自己蠢巴一样倒在椅子上，闭上眼睛。

# 张　钦

老鼠、粑粑、藤蔓、吴桐桐、何石涘、德鑫他们没
等到秋收，没等到秋收过后昔日金黄的原野在北方袭来
的寒风的呼啸声中萧瑟了荒凉了，没等到广袤而深远的
打鼓垄土地上一夜之间冒出的数不清的一朵朵蘑菇似的
稻草垛，没等到一年中最后一段闲暇的日子来，就去了
气候相对温暖舒适的成都，因为据正在那里的或者刚从
那里回家的章子客说，那里的生意特别好，刻章的业务
特别多，几乎凡是去了的章子客都挣到大钱了。出发前
几天，他们从在集镇厂里上班的三叔手里又购买了一批
铜线、铅线。三叔神秘而又严肃地宣布了他的决定，声
称那是跟章子客们的最后一笔买卖，天亮后他就向厂部
人事科递交辞职书，从此，从事个体运输业。多年来，

机警而老练的三叔，偷偷地卖给章子客们的铜线铝线有多少，连他自己也没数了。粑粑他们深感震惊，不晓得三叔在做出这个决定前经历了多少个日夜的辗转反侧的煎熬，最后才痛下决心金盆洗手。粑粑他们将铜线铝线剥去橡胶皮，将铜铝绕成圈在坩埚内熔化，倒入模子里铸成铜条铝条，再用錾子錾成大手指头似的一坨，在铁砧上捶揲在尖嘴钳下折叠出马鞍形的铜坯铝坯，装进木箱的抽屉里出发了。

后来粑粑回来告诉我，他第一次去成都，跟大伙住进了青羊区暑袜北一街旁的大寨旅馆，让他不敢相信的是，旅馆整个三层所有的客房，都被来自打鼓垄的章子客租下了。第二天清早，当他们背着箱子来到邮政局旁的兴隆街摆摊时，他又一次惊呆了，在靠近服装市场的兴隆街段，从东往西，百来口木箱沿街一线排开，犹如一条长龙静静地卧在那里，十分壮观。

灰尘漫卷的公路上，手扶拖拉机喷吐着黑烟，驼着高高隆起装着黄澄澄的颗粒饱满的谷子的麻袋，我、娘跟忍冬趴在麻袋上，眼看就要上陡坡了，我们从车顶爬下来，在车屁股后使劲用手推用肩顶，手扶拖拉机喷吐着黑烟，扭着之字，一点点地向上爬，一二三，一二三，我们喊着号子，硬是让它爬上去了。

在喧腾的粮站地坪上，我跟她把一袋散发出泥土清香的谷子倒进粮站特制的一只标准大箩筐中，验收员将尖尖的长长的抽扦器捅进谷子里，抽出一梭子谷子，随着那一声清脆的嘎嘣声在嘴里响起，他在上面打上合格的石灰印。忍冬抓起一根碗口粗的竹篙，穿过大箩筐上的耳子，弯腰，上肩，一二三，我跟她几乎同时上肩，抬着大箩筐搁在磅秤上过磅后，走到一条架得高高的、长长的用两根粗大的圆木拼成的桥板前，我身子前倾，死死地撑住竹竿跟笨重的大箩筐，跟她踏着一级级钉在上面的马王钉往上抬，受到重压的木桥板有点晃，让我胆战心惊，犹如走钢丝。娘在下面喊，小心咯，小心咯。我一咬牙，几乎是推着她跟大箩筐向上冲。等抬到仓库顶上的平台后，我一手抓着箩筐边，一手抠着箩筐底，用力一掀，满筐谷子像水一样从高高的平台上一泻而下，扬起一股灰白色的尘埃。忍冬站在身边，一只手挂着竹篙，一只手端起衣袖擦了一把脸上的汗，被汗水沁湿了的薄薄衬衣紧紧地黏在皮面上，湿漉漉的，像刚从水里捞出来一样。我也端起衣袖擦了一把脸上的汗，说，谁叫你打发他出去的，受死累。她微微一笑，剜了我一眼，说，没看见累死。这时后面的人在喊，快呀，还愣着干什么？我们急忙让到一边，下了木桥板。娘早就等得不耐烦了，说，磨磨蹭蹭的，还不快点搞，要是拖拉机走了，看怎么回去。我跟忍冬又把竹篙穿过大箩筐上的耳子，几乎同时起肩，抬着大箩筐搁在磅秤上过磅，又起肩抬着上木桥板。为了减轻她的重负，我又一咬牙，几乎是推着她跟大箩筐向上冲，等冲上平台，竟忘了那一筐一百四五十斤的谷子是怎么抬上去的。当我在楼梯上的平台倒掉谷子时，她那挂满汗珠的涨红的脸跟那依然清澈的眼光，比以往更好看了，我故意在她手臂上掐了一下，她回头剜了我一眼。

那一年我三十岁，她三十六岁，自从抱着她在双河桥河堤上打滚的那夜以来，这么多年过去，我活在她红绸子镶边的纸扇间，活在她海飞丝的香气里，活在她如同面粉一样坠入我怀里的瞬间，活在她温热的鼻息里，活在她如同燕子一样轻柔的呢喃里，更活在她清水般的眼神里，没有一个妹子，或者女人能走进我的内心，除了她。

娘逼着我待在家里，一再要求我满足她的心愿。那些把方的说圆、把瘪的说鼓、把坏的说好的媒人，几乎快要把我家门槛踩烂了。娘挺着肥胖的肚子，嘴巴笑到耳朵背后去了。尽管家里还没建红砖楼房，她也顶不住那些热心人甜言蜜语的诱惑，以惯有的热情好酒好肉招待，叫闲在家的崽用单车拖着他们，去一睹那些漂亮妹子的风采。但是她的如意算盘打错了，面对那些满怀期待的喝得满脸通红的媒人，我心灰意冷，更别提给那些被他们夸赞得如何漂亮如何贤惠灵泛的妹子好脸色看了。搅得娘跟媒人大眼瞪小眼，满脸的惊诧跟焦虑，说我心高气傲的有，说我裤裆里的把戏不行的有，说我得了魔怔的有。一时间，风言风语像一阵狂风在打鼓垄上空咆哮怒吼，不管娘如何苦口婆心地开导劝说，我也一口咬定，现在不谈。娘哪里肯放过这个打着灯笼也难找的机会，邀请姨妈、舅妈、姨老表、舅老表到家做客，他们无不苦口婆心地劝说这个犟死人的姨侄、外甥、老表，并表示如果结婚差钱的话，他们送掉架子猪、卖了猪崽，甚至耕牛也要尽最大的能力予以支持。可是我不为所动，请他们趁早打消心中的念想，不要白费力气。于是，一场充满激情的预示着我家吉祥、喜庆、美好的剧情，以主角张钦铁打的冷漠的心而夭折。那些曾经热情的媒人每每碰到我，总以异样的疑惑的眼光打量着我。那些暗恋我的妹子，则躲在戏场的暗处盯着我，试图在我深不可测的眼神里挖出我竭力伪装的东西，甚至在月色朦胧的夜里，在露天电影、花鼓戏、皮影戏的倾情演绎间，暗中将一块浸润着胭脂香跟体香的蕾丝手帕或绣着忍冬的荷包塞到我手中，然后在一边静静地等待。我原封不动地悄悄地退了回去，说，就是死，也不会娶你。

那天夜里，我从猪栏屋后门溜出去，一口气赶到水库尾她家地坪上，看见她倚着门，正看着我朝她走去。我走到她跟前时，在屋里昏黄灯光的映照下，她那曾经涨红的脸冷冰冰的，那双清水般的眼睛也充满愁绪，她的一只手抓着对面的门框边，像一根木头横在那里，堵住了门。她的手指瘦得露出了骨节，戴在指间的银章跟手腕上的银手镯与她被太阳晒得墨黑的皮肤形成极大的反差。我迎着她走去，一把抱住她，就像那年在她家老屋里、在双河桥的河堤上抱住她一样，但是她一把推开我，朝屋里喊道，秋秋，秋秋。没多久，屋里就传来了声音，干吗？她一边说你在干吗，一边放下那只手，跨过门槛，并顺手带上门。我随即用胳膊顶门，门晃了一下后被她堵了回来，砰的一声，合上了。我又用力一顶，门晃了一下，被她的一条胳膊顶住，中间裂开了一条缝，她把头伸进门缝，压低声音说，那么多好看的妹子不去找，找我这个妇人干吗？我说，难道你忘了？她说，嘴巴都讲烂了，还要怎样？我说，忍冬。她说，我有男人有女儿有家了。我说，忍冬，忍冬。她说，难道你非要把我家搞得鸡飞狗跳？哎。我一松手，门就砰的一声关了，并传来了闩门声。我木木地站在那里，蠢巴一样待了一会儿，这时斜对门吴桐桐家传来了狗的汪汪声，我悄悄地离开了。

在回家的路上，我发誓不再想、不再接近她，但是，要我不去找她，我宁愿去死。我做不到，她是可恶的魔鬼、妖精，她的灵魂在我年少时就吸附在我灵魂上，她隐秘得无声无息无影无踪，像一个十足的无赖或者没有脑子的蠢巴，死心塌地地隐秘在那里，即使时间过去了近二十年，她仍然死心塌地地隐秘在那里，把我的脑壳搅浑，把我的思念擒获，以至于无论走到哪里，无论过去多少年，无论世事如何纷纷扰扰，她的灵魂的影子总是如影相随，把我的灵魂禁锢在她划定的圈子里。从另外一个角度分析，她又是个骗子，骗了我最初的最原始的最洁净的东西后，就撒手不管了，就以种种理由，什么有男人有女儿有家了，什么你要把我家搞得鸡飞狗跳你就快活了，什么什么，一大堆的理由，我就想问，当初她像一袋面粉一样坠入我怀里时，她怎么没说自己有男人有女儿有家了，就没想到我会把她家搞得鸡飞狗跳？她明明知道自己是个有家室的女人，为什么要暗中勾引？是男人外出耐不住寂寞跟孤单？是老牛吃嫩草，还是贪婪、欲望的满足？她有没有想过，她的贪婪、欲望的满足会给我带来怎样的灾难？会在我年少的心灵留下怎样灰暗的影子？难道她就没想过要为此承担罪责？骗子，十足的骗子。可恶的女人，轻佻的卑鄙的荡妇。可悲的可怜的是，我似乎永远也尝不到她最有味的东西了，如果我也是为了贪婪、欲望的满足的话，但是，我还有什么可隐瞒的？我初中毕业后就背着箱子出去打章子，全国各地到处跑，也许你不相信，每到一个城市，在昏黄或者昏暗的夜色里，我就要偷偷地去那些小巷，那些发廊，拿出打章子挣到的一部分钱，给那些女人，尤其是那些长得像她的女人。于是就欲望而言，她像一根刺卡在我喉咙里怪难受的。悔当初，在她家老屋里，在月黑风高的看戏的路上，在双河桥河堤上，我没能大胆出手，尝到她的最有味的那种东西，尽管我一直以来都鄙视它。然而，粑粑、驼子、藤蔓背着老鼠，老笑我，说我最宝贵的东西绝对给了她，或者说她夺走了我生命中最最宝贵的东西，尽管我一而再再而三地诅咒发誓，冤枉，冤枉，他们也嗤的一声笑，说，都抱着在河堤上打滚，还非要说冤枉。每每那时，我就隐隐地感到某个地方在割肉般地煎熬、悔恨跟自责，原来，在他们心中，他们津津有味的东西就是那个原初的东西，要是当年我能意识到就不会悔恨一生了。那时候，我混混沌沌，脑壳里塞满了乱七八糟的东西，有时觉得应该这样，有时觉得应该那样，有时觉得什么都不是，绝望，叹息，沮丧，无趣。但是总归一句，她的灵魂就吸附在我的灵魂上，无论施用什么魔法，也休想赶走她，而她的灵魂，早没了我的影子，我却活生生地把她的灵魂影子跟自己的灵魂捆绑在一起。

　　我要设法逃离她的影子，去实施一个蓄谋已久的行动。

　　黑漆漆的夜里刮起了风，呜呜呜地嘶鸣着在稻草垛间在芜水河上空游弋，像在搜寻着什么。我趴在河堤下的荨麻丛中，河水汩汩的喘息声划过头顶，像蛇一样穿过前方丈把开外的地坪，蹿入孙二娘房内。半个小时前，我听到了高跟鞋的嗒嗒声在河堤上那个岔路口拐上了塘基，在塘基前方的岔路口拐进了地坪，高跟鞋敲打在水泥地上的嗒嗒声越来越响，一下一下地敲打在我心上。今天她在我家门前的大枫树下从班车里钻出来，拎着一只精致的上面贴着白色标签的鳄鱼皮拉杆皮箱，低胸的桃红色短袖衣，两只蜻蜓落在红皮高跟鞋尖上欲展翅高飞，红唇，被雪花膏粉得雪白的脸，加长版的睫毛……

　　我穿了夹衣，戴了鸭舌帽，将由两节电筒四节电池组装的手电，挂在腋窝下，屏住呼吸，如同狙击手般趴在那里，静静地等待。她一回家，就敞开大门小门大窗小窗，又是扫屋拖地，又是洗衣洗被，又是洗锅子刷盘子，又是把桌子搬到地坪上，给前来打牌的姐妹泡茶炒瓜子，那打雷般的放肆的哈哈声把打鼓垄震得嗡嗡嗡响，搅得那些心猿意马的男人浑身燥热。她在拖着鳄鱼皮拉杆皮箱行进的路上遇到了村里的一把手，那时一把手迈着外八字，嘴里喷出酒臭，拎在手里的公文包一晃一晃的，刚从乡政府开会回来。她那带钩的眼珠子盯着一把手，咯咯咯笑，一把手的眼睛在她胸沟间睃来睃去。

时针在耳边嗒嗒嗒地走，像个步履蹒跚的老人，一点也不性急。我趴累了，就翻转身子躺一会儿，荨麻叶子像刀片一样在手上脚上划出一条条红杠，发出微微的痛感，第二天我才发现痛的地方生了血痂。这时耳边传来了窸窸窣窣声，看见那个影子一瘸一拐的，我想，他为何那时在那个眼珠子带钩的女人家的地坪前现身，他定是个孤单的人。

这时一阵窸窸窣窣的声音从他走来的地方传来，在跨进她家的地坪时站住了，机警地望了望两边，然后踏上了地坪，径直朝那扇门走去，不久，就听见了吱嘎的开门关门声。我从荨麻丛中站起来，河水的鱼腥味清凉而稀薄，池塘的鱼腥味苦涩而浓密，屋场的烟熏火燎气味暧昧而扎心，他们的影子黑黢黢的，神秘而诡谲。我摸到塘基上，猫着腰，性急地穿过地坪，轻飘飘的如同一片树叶在飞，紧贴着阶基的墙，溜到那扇窗子下，如同敌后武工队队员在夜色掩护下潜到鬼子的炮楼下。这时听见揿开关的吧嗒声，接着昏黄的光束穿过玻璃，把他诡谲的影子投射在阶基下的水泥地上，晃了晃，像鬼子的探照灯。我紧贴着墙，一只脚还没来得及落地就悬在那里，好像一落地就惊动了窗子里边的人。

　　我看见那男人一把搂抱住她，嘴巴在她脖子、脸、耳朵上亲来亲去，但她像一根木头那样站在那里，说，不怕她罚你跪地板？男人说，她敢？她说，对不起她。男人没吭声。她推开他，爬上床，利索地脱了睡衣，然后直挺挺地躺在那里。我听见窸窸窣窣的解皮带扯拉链声，吊在裤襻上的钥匙发出的哗啦哗啦声，急促的呼吸声，席梦思的吱嘎吱嘎声。没多久，我便听到吧嗒一声，昏暗的灯光穿过窗玻璃，把窗子恶心、肮脏的影子投在我身边的水泥地上，又传来窸窸窣窣的穿衣服扯拉链系皮带声，哗啦哗啦的钥匙碰撞声。男人说，给。女人说，哼，当一把手的。男人说，嫌少？女人说，一把手有的是钱。男人说，就那点工资，哪来的钱？女人说，咦。男人说，女人呀，嘴边整天挂着钱。明天乡政府有一帮干部来，她一个人忙不赢，你去帮忙做饭。女人说，就不怕她拧耳朵？男人说，等下老子回去往靠背椅上一躺，茶端来了，洗脚水端来了。女人说，欺负人。男人说，嘿嘿，顶梁柱嘛。女人说，咦，日后不要把老娘当狗使喽。男人说，哎呀，我就是吃了豹子胆也不敢嘞。这时，我听到屋里传来趿拉鞋子的吧嗒声，于是一口气溜出去好远。那是一条在夜幕下泛着幽微白光的小路，是通往她家的一条主路，另外有两条支路也连接她家，只是要从邻居家门口经过，一个是藤蔓家，一个是张家山家。他平常到她家一般不走那两条路，我猜他一定会走我脚下的那条路，于是又性急往前走，前面生出一条支路，路口在一座土岗下的拐角处，又陡又窄，土岗上有一片竹林，竹林边有一片菜地，菜地边立着一座微微隆起的坟跟一个小小的土地庙，黑暗中仿佛有鬼魂在游荡，发出瘆人的尖叫声。我躲在拐角处喘了喘气，在土岗上的菜地里摸出事先藏好的一顶破草帽和一张在街上买来的狰狞的面具，换上一身破破烂烂的衣服，拄着一根木棍，倚着下面的土墙，静静地等待。时钟在耳边嗒嗒嗒地走过，一点也不性急。这时，从土岗上的竹林传来灰林鸮诡谲的恐怖的叫声，在空旷的黑沉沉的原野上空回响。终于，在我来时的路上传来沙沙沙的脚步声，越来越近，我伸出脑壳望了望，随即缩了回来，等到那沙沙沙声逼近时，便冲到路上，大吼一声"呀"，在来人面前挽了个诀后，一闪身逃走了。

我在菜地里摸到了衣服跟手电，一口气溜出去好远。等停下来喘气时，发现脚上缠着茅草跟藤蔓，这一路都没敢揿亮手电，居然没被藤蔓绊倒在地，也没一脚踩空扑倒在水沟里。我有点惧怕，好像他不但没被吓倒，反而从后面追上来，就要揪住我，扒下面具。我记起冲到路中间的一眨眼间，他哎呀一声，之后就什么也不晓得了。我摸过一段窄窄的田埂，踏上了一条圳，圳边是很深的刺蓬，尖利的刺扎住裤脚，一挣便撕开一道口子。我揿亮手电，小心地拨开刺，朝那个方向望去，在黑漆漆的夜空下，灰林鸮诡谲恐怖的叫声，在漫无边际的黑暗中长鸣，一束手电光切割着黑沉沉的夜空，不时朝我这边照一照，伴随着嘈杂的诅咒声。我站在那里，诅咒他，贪官，贪官。

那天我在坡上挖土，他在坡下的菜地里挖土，挖一耙，就朝坡上扔一块石子，石子落在我脚边的土上，碎土溅到脚上，像蚂蚁咬了一样。我捡起那块石子故意不打中，落在离他两三步远的土上。后来何石涘告诉我，一个星期前我写给乡纪委举报他贪污的信，纪委的干部居然第一时间给他看了，你想想，他能放过我吗？其实，当第一块石子飞来时，我就隐隐地感觉到，他一定看到举报信了，或者说纪委干部把消息透露给他了，要不然，我会故意不打中吗？当第三块石子从下面飞来时，我彻底被激怒了，大声骂他贪官。他站在那里，扎起衣袖，说，告呀，有本事告呀，我诅咒发誓，贪一分钱都不是人。我扶着耙子，说，那就是畜生喽。他把耙子举过头顶，说，黑良心的，老子喊应你，叫你吃个恶亏，才晓得厉害。我说，喊你有个卵时背就有个卵时背，不要耍威风。喊声像雷声一样从坡上滚过，那些在坡上挖土的乡亲扶着耙子，望着我俩你一句我一句地骂，谁也不吭声。这时，骂声突然停止了，有乡亲望见他端着耙子往南坡上爬，于是隔空喊，张钦，快跑，快跑，他爬上来啦。我早就望见了，便扛着耙子，在沟里穿上解放鞋，从北坡往下走。等走到下面的塘基上时，他爬到了坡顶，举起耙子，做着往下挖的样范，说，有卵子的不要跑。我说，你有卵子好呀，走着瞧。他见我又要走，便端着耙子往坡下冲，那气势像要一耙子挖了我。我不紧不慢地走下塘基，走了十多步远，回头望见他端着耙子冲到了塘基上，一边骂，一边冲下来，像一只被激怒了的黄蜂。

　　　　章子客

我捎着耙往家走，脸上火辣辣的，想返回去看看那愤怒的仇恨的眼光有多肮脏多无奈，然后在他举起耙子挖过来时也举起耙子挖过去，即使把他挖倒在血泊中也不眨眼，那样才像一拳把东北虎打趴在地的小南蛮，而打鼓垄村从此迎来了新的一把手。但是我继续往家走，身后，他的诅咒声越来越大越来越放肆，因为在他看来，我夹着尾巴逃走了，心虚了，害怕了，他胜利了，扬眉吐气了。事实证明，我在诬蔑他，败坏他的好名声，他绝不会放过，不让我吃点亏长点记性，我还会继续诬蔑他败坏他的好名声。我忍不住回头看一眼时，他举着耙子又来追，追一阵歇一阵，耙子像脚一样在地上跺，诅咒声像打雷，仿佛整个打鼓垄村民都听见他愤怒的仇恨的讨伐声，讨伐声越大越证明他是无辜的，同时也警告那些蠢蠢欲动的张钦式的人，看，学张钦的样，就是这样的下场。我装模作样怼了他几句，继续捎着耙子往家走，耙子就像一面白旗，曾经一拳打趴东北虎的威风荡然无存，我把耙子挂在杂屋墙上后，站在那里喘气，拳头攥出水来。当愤怒的沸腾的血归于平静后，我问自己，打鼓垄村有三千多号人，为什么单单只有我跟他过不去？偏偏要跟他对着干？这么多年来，他贪了公家多少钱？难道就没人治得了他？我不信乱弹，就要治治他。

我原本要率领章子客团队继续出征，但一回到打鼓垄，乡亲就悄悄来找，诉说长期以来憋在心里的愤怒跟委屈，恳请我勇敢地站出来主持公道，眼里尽是真诚、信任、敬意跟期待，我暗下决心，再也不能让他们忍气吞声过日子了，打鼓垄要结束一个人长期以来一手遮天的阴暗日子了。那天夜里我潜回家，娘见我慌手忙脚的样范，问我做什么去了，半夜三更的。我说去朋友家打牌了。娘说，莫跟他斗，你斗不过。我说，怕个卵。她躺在隔壁的床上，说，老娘说的不听，只依自己性格，只有亏吃。难不成你能扳倒他？他当一把手多少年了？你扳他，他不会报复你？你要有个三长两短，娘这条老命还有什么活路？跟你说了多少回，出去打章子，讨个堂客，安安稳稳过日子，有什么不好，偏要去惹是生非。我躺在床上，她越唠叨，越听不进去。干脆用被子蒙住脑壳，图个清静。但是她的唠叨像病毒一样在大脑神经里作梗，把我原本清亮、有序、渐进的思路搅得如同一堆乱麻，我愤怒、绝望、冷漠，以至于一连几天也不愿看她一眼、不愿开口说话，像是坠入一个充满惯性的深渊，我怎么也说服不了她，她怎么也说服不了我，母子俩既不能达成和解，也不能决裂。我想，假如那时她也在那个坡上，她就会扎起衣袖，举起耙子挖向那个举起耙子挖来的男人，她的愤怒、勇气跟魄力超越打鼓垄任何一个女人，似乎她一旦认定了的事，谁都别想招惹她这个什么事都做得出来的寡妇。

我像幽灵一样在黑黢黢的夜色中穿行，像鬼魂一样出现在老虎坳的胡建桥家，他崽跟媳妇都在家。他又是泡茶又是开烟，还热了一杯香醇的高粱酒。我跟父子二人围坐在哗哗剥剥的红通通亮堂堂的火塘边，一提起要组织一班人马清账的事，爷崽二人就来劲了。胡建桥说，大胆搞，姓胡的挺你。谁晓得他侵吞了老百姓多少血汗钱？上面拨下来的款子，有多少流进了他腰包。这么多年来，就没一个人站出来跟他干。痛心呀，老胡早就盼着有一天有一个人站出来为老百姓主持公道呀。我压抑住内心激动的情绪，小声叮嘱一番，便悄悄离开了。

随后，我来到师公庙的退伍军人谢礼元家，一见鼎鼎有名的章子客突然造访，便伸出那锉刀一样粗糙的热情的善意的手。当我把在老胡家说的那番话抖给退伍军人后，退伍军人激动得眼睛发红，把那件村上巧立名目乱收费的事竹筒倒豆子般说了出来，说，烂山大坝是村上修的，每个组每个人当年都投了钱投了工的，自家的坝，凭什么放水要收钱？合理吗？当时我就怼他，说这钱还不是落进你腰包去了，但是他口气硬，嗓门大，诅咒发誓，说如果钱落进他腰包，就不得好死。好啦，现在你牵头，三十六张牌向天打，到底贪没贪，贪了多少，只要一查出来，到时看他还诅咒发誓睁眼说瞎话不？退伍军人跟老胡一样，像喝了高粱酒一样来劲。离开时，我照例小声叮嘱他一番后，又去了茅草寨的洪国荃家。老洪嗓门大性子暴，嘴里嵌着一颗金牙，说，放肆清，老洪挺你。

　　狗尖厉的汪汪声从远处山腰间的农家穿过打鼓垄狭长的芜水河谷，像北风一样从头顶刮过，被前方高高隆起的狮子山挡了回来后，在黑黢黢的田野上空回荡。当我在河边一块大石头上坐下时，水柳树间传来灰林鸮诡谲的恐怖的叫声，仿佛冤魂在路上寻找他的仇人发出的幽怨的愤怒的声讨。我将一将额上的刘海，拨了拨指间的铜章，伸了伸有些酸痛麻木的腿，想起即将掀起的一场风暴，勇斗珲春街东北虎那惊心动魄的场面又展现在眼前。我仰望星空，稀疏的星星一眨一眨的，像在暗示着什么。或许，我的一切计划都将落空，我精心组织的行动最终成了一个笑柄，清账小组成员迫于村上、乡政府的压力做鸟兽散，我孤立无援，只能眼睁睁看着那个骄横的一把手在我目前耀武扬威，说，看吧，黑心的家伙，想把老子整垮，笑话，老子没两把刷子，能搞这么多年一把手吗？老子不清正廉洁，能搞这么多年一把手吗？我这样想象着，在某一天深夜，独坐在冷冷清清的灶屋里，在桌子边一根接一根吸烟，一杯接一杯饮酒。我哭泣着，试图从中梳理出某些东西。终于，一个可怕的念头从脑壳里闪过，我擦了一把泪水，从桌子边站起来，扑到门边，扯开门闩，冲进了夜色里。我哭号着，借助着微弱的星光，朝对面的那座山头奔去。我借助树枝和藤蔓，疯狂地向上攀爬。荆棘划破了手指、脚和脸，我一点也没感觉到。我喘着粗气，站到了山顶。北风吹乱了我的头发，打鼓垄广袤的土地和日夜奔流的河水，被黑沉沉的夜幕吞嚼。那个可怕的念头始终在脑壳里盘旋，我突然跪在脚下的草丛里，疯狂地扯了一把草，把草蔸里的泥土拿到鼻子尖，嗅了嗅，就号啕大哭起来。倏忽间，听到了祖先高亢悠远的回声：用我们的战刀耕耘吧！用我们的头颅播种吧！用我们的热血浇灌吧！我突然站起来，把草蔸抛向空中，我听到了坠落的声音，沉重而决绝。我敞开喉咙喊道，天哪，为什么我这么深沉地爱着打鼓垄，打鼓垄人却这样孤立、无视、拒绝我？

　　这一天在北风的呼啸声中破晓了，娘在灶屋一边煮饭一边煮猪食，我在大门外刚洗了脸刷了牙，洪国荃就骑单车来了，把我拉到屋里，直愣愣地盯着，压低声音说，听说今天政府又派人来催上缴。我说，那你们缴不缴？他说，缴个卵。我说，这不是小事，考虑清楚。他说，考虑好了，都听你的。我说，你回去召集组上的人，我去召集清账小组成员，在你家会合。他一骗腿就要上单车，我一把拖住后架子，在他耳边叮嘱了一番，他嗯了一声，骗腿跃上了单车，箭一般地飞奔而去。我跟她打了招呼，推着单车出门。她丢掉夹钳，从灶屋里钻出来，一把拖住后架子，说，又去哪？我说，莫问。她说，神神秘秘的，当我不晓得，得罪人嘞。我说，他得罪人在先。后来她唠叨，搞不懂我是吃错了哪号药，还是投错了胎，不把打鼓垄搅个底朝天，怕是不会收场。真要出了点事，到了挪不得动不得的那一天，她这把老骨头就用一根索子勒脖颈打嚓嚓了。我用力一推单车就挣脱了，骑出没多远，回头望了一眼。多年以后，我回想起她那直愣愣的眼神，仿佛我走了之后再也回不去了，又或者眼见前面有个大坑，而我压根就没看见，等看见了却刹不住单车了。我突然意识到，她的灵魂其实早就依附在我身上，冥冥之中，她似乎有某种神奇的力量，那直愣愣的眼神，如同赊刀人的谶语，预示着某种必然的结局。

当我赶到老虎坳胡建桥家时，灶屋里飘出辣椒炒肉诱人的香味，老胡的崽胡志华提着木桶从西屋的猪栏里出来，手上沾着稠稠的猪食，笑呵呵的，我问他爸在不在，他说在屋后挖土，快回了，进屋吧，还没吃饭吧，正好家里有好菜。我连连摆手，叫他去喊人，说有急事。他搁下桶子，爬上西屋角上的那条上坡路，在拐角处消失了。很快就听到屋后传来胡志华的喊声以及他爸的答话声。我在地坪上来回踱步，想着心事。没多久，胡建桥捐着耙子打着赤脚回来了，脚上还粘着泥土碎子，黑油油的大脸盘上挂着汗珠，把耙子挂在杂屋墙上出来后，在地坪前的摇井边洗了脚，二话不说就拽着我进屋，说再怎么急饭还是要吃，吃饭不耽误时间。原本只跟他讲几句就走，但拗不过他的盛情，正好他媳妇已把饭菜端上桌了，也就不客气了。一上桌，胡建桥就朝崽使眼色，崽从厢房里抱了个酒坛子出来，要热酒喝，我站起身，堵住胡志华，说，老胡，实话告诉你，今天还有大事要做，特来通知你参加。胡建桥直愣愣地看了我一眼，然后朝崽摆摆手，示意把酒坛子抱回去，说，小张，要不是你说要做大事，今天非请你喝一杯不可，你是打鼓垄的良心呀。

　　我从胡建桥家出来后，来到师公庙通知了谢礼元，到竹山湾通知了邓伏青，到坳背通知了贺国梁，到平家滩通知了覃寿华，要求他们在约定的时间内务必赶到茅草窠洪国荃家。上午八点多，在离茅草窠半里路外就望见洪国荃家地坪、阶基上站满了人，他们时不时打扁脑壳望一望拐角处的路口，有几个人影还在路口晃来晃去。当我骑着单车从拐角处现身时，一个头发烫成菊花的满哥将两根手指头含在嘴里，深吸一口气后，鼓起腮帮子用力一吹，那尖厉的口哨声拖着长长的尾巴划破了茅草窠上空的寂静，当余音还在耳边回响时，地坪上便响起了欢呼声跟雀跃声。我把单车立在屋角落，朝大家挥挥手。早在门口等待的洪国荃接我进屋，说组上每家每户都通知到了，能来的都来了，不能来的也派了代表，并且个个做了交代，全都愿意听我的话。我望了望围观的村民，便在洪国荃耳边小声说了几句，他随即对大家喊话，叫他们都到堂屋里坐，不要站在外面，乡里村里的干部马上就到，我说东，你们不要走西；我说西，你们不要走东。哪个不听话，莫怪老洪不留情面。

到了没多久，胡建桥、谢礼元、邓伏青、贺国梁、覃寿华相继赶来，他们（包括我）都不是村民小组长，茅草窠村民一见又添了几员虎将，堂屋里随即响起尖厉悠长的口哨声，穿过大门，越过地坪上空，拖着长长的

章 子 客

余音，消失在前方辽远的田野上空。洪国荃一边跟新来的伙伴打招呼，一边朝堂屋里吼，细满猴，吹个卵。众人的眼光齐刷刷地投向细满猴，害得他的脸一下子涨得通红。我把清账小组成员喊到堂屋隔壁的厢房里，向大家做了简单扼要的交代，叮嘱大家按原定计划行事。

洪国荃把小组成员带到邻居"五保"老人郑阿公家后离开。年近七旬的郑阿公移着碎步，驼着背，喉咙里不时挤出咳、咳声，像是卡着一根鱼刺一样。老人家一脸的蜜笑，早已把屋子收拾得干干净净，椅子凳子也擦得闪光。大家围坐在灶火边，柴火的哔哔剥剥声像在热情欢迎我们这帮不同寻常的客人的到来。老人家洗干净茶杯，泡上打鼓垄沿袭了上千年的用黑褐色枫球熏制的香喷喷的绿茶，在茶中添了精制的手撕盐姜，并给我们一个个开烟。老人家离洪国荃家不过两三丈远，脑壳伸到门外就能看到洪国荃家的地坪。我端起茶杯，就听见洪国荃家地坪上传来了小车、摩托车的引擎声，关车门、支摩托车声以及沙沙沙的脚步声，还有洪国荃响亮的打招呼声。我把脑壳伸到门外，看见地坪上停着一台看上去七八成新的桑塔纳跟一部南方125摩托车，一眼就看出摩托车是村主任的坐骑。胡建桥跟贺国梁也伸出脑壳，猜测政府来了几个人，领头的是谁，村民会不会跟他们打起来，万一打起来该怎么办。我叫大家去烤火，郑阿公往酒壶里斟满酒后，用布塞子堵住壶嘴，把酒壶搁在滚烫的火屎上。等待间，我们猜测那边发生的事是不是如我们意料中的，能不能达到我们预期的目的。如果目的达不到，清账小组怎么做才好。我安慰大家保持安静，不要担心，车到山前必有路，不管发生什么，都得听我的，否则竹篮打水一场空。

这时，那边传来了预料中的吵闹声，声音像潮水一样一浪接一浪地冲击着堤岸，起先还听得清楚，不久就乱套了，闹闹哄哄的，几乎要把堂屋顶掀起来。当我再次伸出脑壳望时，村民们拥到了地坪上，把村主任跟几个乡干部模样的人围在中间，有村民喊道，如果不准清账，就不缴上缴。接着有人跟着喊，清账，清账，清账。村主任发话了，乡亲们，静一静，静一静，村上的账每一笔都记得清清楚楚详详细细，年年都组织资深人员清了账的，没一点问题。有村民说，哼，什么资深人员，我们要求成立新的清账小组。清了账，该缴的不管几千几万，一分不少。我将一将额上的刘海，拨一拨指间的铜章，眼见局势正一步一步朝我们预设的方向发展，但迟迟不见洪国荃过来。胡建桥说，该是出面的时候了，真要打起来，到时没办法收场。谢礼元说，再等等，晓得我们来了，不会打的。这时，地坪上突然安静了，只听见小声的议论声，好像乡政府干部正在与洪国荃沟通。接着就听见摩托车突突突的尖叫声，那声音离开了地坪，在前方的拐角处消失了。我一挥手，大家就跟着拥出了郑阿公家，来到地坪上，村民们自动让出一条路，洪国荃迎上来，举起我的一只手，对前来催上缴的乡人大主席陈再成说，他就是全体村民推选出的清账小组组长——张钦。陈再成朝我微微一笑，转身对众人说，乡亲们，清账的事，还得向村上了解情况。说完，就跟几个干部模样的人钻进桑塔纳，正要关门时，被细满猴几个满哥掰住车门，想关关不起。几个满哥掰住不松手，说，不答应清账，就莫想走。陈再成从车里钻出来，拨开一条路，喊道，大家静一静，静一静，听我说，听我说好不好？你们要清账，刚才村主任在这儿，怎么不堵他，堵我们做什么？细满猴说，你联我们村，你说了算。另一个满哥说，对。今天不答应，车子莫想开出去。什么时候答应了，就什么时候开出去。陈再成像一只泄气的皮球，转身来到我面前，说，你，你们打算怎么清？

这天天刚蒙蒙亮，窗外的一对喜鹊就在大枫树枝丫叽叽喳喳叫个不停，清晰、明快、吉祥，我想，喜鹊来报喜了。一大早，我、胡建桥、谢礼元、洪国荃、邓伏青、贺国梁、覃寿华以及端七，八人组成的清账小组在村会计梁小梁家集合。梁小梁把一摞摞账簿从柜子里搬出来，堆在桌子上，账是他做的，时间跨越五个年头。关于清账的一些注意事项，事先都由我作了详细解说跟安排。起先大家有些焦虑，因为账簿是经过会计、一把手、村主任他们这些有脑壳的人精心设计出来的，我们这些专业知识不强、经验不足的土包子，要从如此浩繁复杂的账目中找到蛛丝马迹，其难度不亚于办案警察面对一具不会说话的尸体却要把凶手捉拿归案，好在我事先做足了准备，探索到一套行之有效的方法，但事先并没透露给任何人。我要求大家不要急躁，不放过任何一个疑点。梁小梁在一旁配合，对大家提出的质疑一一作出解释，不能作出解释的，或者解释不合理的，一一记录在簿子上。

八个人清了整整三天，没清出什么问题，大家急得满头大汗，想不到历尽千辛万苦得出来的结果，正好证明村上的账目是一清二楚没有任何瑕疵的，也就是说，我写给纪委的举报信是诬告，我骂他贪官是诽谤，所作所为无非是一场闹剧。但是我一点也不惊慌，二话没说，当即宣布暂停。

第四天上午，我领着胡建桥、洪国荃、贺国梁跟端七骑车来到乡政府，找到管财务的戴金丝眼镜的刘晴，要求查看打鼓垄村近五年来与乡政府之间的往来账目。刘晴面对这样的袭击，先是一惊，不过马上镇静下来，因为她觉得这几个土包子在她这个专业人士面前有什么可嘚瑟的呢？难不成土包子也懂得财务上的东西？她推了推鼻梁上的金丝眼镜，说，怎么可能？财政所的账目是谁想查就能查的吗？我捋一捋额上的刘海，拨了拨指间的铜章，说，我们是村上公推出的清账小组代表，依法依规有理有据查账，你们应该把相关数据抄给我们。刘晴说，那怎么行？搞坏了账簿怎么办？我说，由你们抄、你们翻，我们在一旁看，不动手，怎么会搞坏？你们是暂时不习惯吧，以后就会习惯的，这是新鲜事物，打鼓垄有史以来，还没有村民到政府查账的。但这是清账的起码知识，必定要抄给我们的。国家规定财务公开、政务公开，有什么理由说我们不能查账？刘晴这下慌了，没想到我还真有两下子，便跟几个同事小声商量了一下，说，那要请示书记。我说，去吧，我们在这儿等。要是不让查，等下我们打个报告，去县里找相关部门负责人，看能不能查账。你们赶紧决定，我们到外面吃了饭再来。说完，便领着四人到政府外面的一家面馆坐下，从公文包里拿出纸笔，沙沙沙地写了个简明扼要的报告，做好最坏的打算。吃完面，歇了一会儿，眼看到了上班时间，我们五个人便慢悠悠地回到财政所。刘晴说，书记不同意。我捋一捋额上的刘海，说，既然这样，那就不客气了，走，到县政府去。刚跨出财政所门，我就看见书记吴光辉站在走廊上用牙签剔牙，刚好他也看见我们从财政所出来了，他在那里喊我，莫急，刚才商量了一下，还是让你们查，只要不搞坏了，走程序，你们点出来，由我们把数据查出来抄给你们。我说，要得，但务请把五年来的所有账目，包括上缴下拨、"五保户"生活费、国家下拨给烂山大坝的建设资金等数据，全部抄给我们。

　　两个小时后，我们终于拿到了想要的数据，多年以后，当我回想起那些冰冷、坚硬、锋利如皇帝赏赐的尚方宝剑一样的阿拉伯数字，由我主导发起成立的清账小组成为打鼓垄有史以来第一批到乡政府查账的清账小组时，那内心的激荡、骄傲、自信、勇气是无法描述的。也回想起在那扇窗户下的漆黑中金鸡独立的姿势，还有后来打鼓垄村党员、村民小组长大会上看到的那个曾经诅咒曾经举着耙子追赶我的男人，他掌控打鼓垄村十多年来头一回低下骄傲的专横的头颅，头一回向在座的党员村民小组长认错时的落水鸡样。

　　飞奔到梁小梁家，他早就得知我们在乡财政所查账的消息，预感到一场风暴即将席卷而来。清账小组代表在账目比对间，发现 N 条账目没按规定一一记录在牛皮封面的账簿里，其中最触目惊心的一笔，那些走路颤颤巍巍的"五保"老人的生活费，原本由村上向打鼓垄村民征缴后上缴乡财政所，再由乡财政所返回村上，由村上发放到每一位"五保"老人手中，但村上却没做账，像水分被蒸发了一样，且年年如此。还有诸如烈军属优抚费、兴修水利费、烂山大坝某一项目建设费等，均未入账。除此之外，建设烂山大坝所采购的一千吨水泥中有三百吨像鬼魂一样不知去向。梁小梁在事实面前支支吾吾，说要问一把手。但一把手又把皮球推给梁小梁，说不出所以然。我随后起草了一份清账报告，复印多份，一份交给村上，一份交给乡政府，并在陈再成出席的村委会上宣读。当清账报告宣读完毕时，台下爆发出一片唏嘘声。那时我望着台下一把手、村主任、会计，尤其是盯着一把手低垂的头、猪肝色的脸，想起了那天他举起耙子要挖我的样范，那诅咒发誓的回声，那愤怒的仇恨的眼神，又想起在乡政府大院外的面粉店起草那份报告时的愤怒、绝望跟勇气，我没嘲讽他，也没跑到村委会大院地坪上仰天大喊，苍天呀，大地呀，我张钦终于胜利啦，打赢啦。不晓得为什么，连自己也说不清那时候是怎么想的。后来当村里大搞基础设施建设时，我聘请他当监督员，新上任的一把手、跟我在牡丹江邂逅的章子客吕波说，你不是跟他有过节吗？我说，正是由于我跟他有过节，才显得我胸怀坦荡、大公无私嘛。再说，那都是过去的事了，他经历了挫折，汲取了教训，愿意改过自新，就可以发挥所长，请他出山嘛。

陈再成在大会上表扬了以我为首的清账小组成员，严厉批评了村委会三名成员，尤其是一把手，要求他们好好反省自己犯下的严重错误，并暂停参与村上的一切事务。打鼓垄一时间像开了锅，村民奔走相告。我在村里一时间人气飙升，不久，当选打鼓垄村主任（在外打章子的吕波，被乡政府召了回来，出任村支书，成了我的上司）。他们仨被免职，并在规定的时间内将那些原本就不属于他们却偏要伸手拿走的东西一分不少地归还村集体。

# 何石涘

　　我出了门，沿公路下的一条小路朝前走，过了几条田埂，便来到了芜水河上的王家坝，两扇生锈了的铁闸门敞开着，河水哗哗哗地翻过闸门下的平台，流到了下面的深潭里。

　　我绕到深潭下游的河边，纵身一跃，跃到河心的沙滩上，再一跃，就跃到了对岸的河边草地上，沿着那条泛出微弱白光的被人踩塌的上坡路，爬上河堤。河堤两边的野草被人割过被牛啃过，浅浅的，中间被踩得光溜溜的路面在星光下泛出白光。河堤一边的稻子早就收割了，干硬的田里只剩下了枯萎的泛白的禾蔸。横过一丘丘田，便上了圳，圳的一头连着芜水河，一头连着水库，是水库的泄洪渠，一年四季流水潺潺，小鱼小虾在水草石缝里出没。圳上有一座可容纳一个人走过的用一条丈把长的麻石搭起的石桥，过了石桥，再沿着圳上游走一百多米远，再左拐上一条田埂，在田埂尽头是一座高高的山岗，沿着山岗下的一条上坡路走，一路向西，便到了山脚下，穿过山林，就到了她家屋后的踏步桥。我看见屋子黑黑的，耳边传来蟋蟀的吱吱声以及夜鹰的咕咕咕声，走过踏步桥，轻轻地推了推门，门吱嘎一声开了，我故意咳嗽了一声，屋子里还是没动静，摸进去，推开另一张门，黑黢黢的，又故意咳嗽一声，仍没动静。我摸了一把鼻子，嗅到一股汗酸和书籍的油墨香气味，刚想揿亮手电，但很快就不想了，站在那里喘气，穿过房门，摸到走廊上，在走廊的尽头，摸到了那扇门，又咳嗽了一声，这时从门缝里漏出昏暗的灯光，但是很快就熄灭了。我轻轻地一推，门吱嘎一声开了，嗅不到好闻的体香味跟雪花油香味，那是一种潮湿的气味，伸出手顺着墙向里边一点点摸，脚尖一点点试探，潮湿的汗酸跟书香味越来越浓，在她平静、均匀的呼吸声中，我摸到了床架、蚊帐、垫得齐腰高的床沿，在床头摸到了她的头发，她的额头，眼睛，散发出热气的鼻子，紧闭的嘴，瘦瘦的如同木头一样粗糙的胸脯，床垫的酸味以及她身上的汗臭味熏人，她像是没感到我的触摸，或者

章子客

早就预感到了，呼吸依然平静、柔和，像睡着了一样。

她是在多年前来打鼓垄的，神不知鬼不觉地买下了北风坡这栋二层小楼。它龟缩在山下的窝子里，坐北朝南，门前有一块宽敞的地坪，上面长满了齐腰深的荨麻、狗尾草、构树、藤蔓，地坪下是一口小山塘，多年前主人一并卖给了她，但是这新来的主人就连地坪也懒得打理，甚至连一楼的大门和灶屋门打鼓垄人也没见敞开过。疯长的藤蔓从塘基一路爬行，攀过一株株荨麻、构树，越过阴沟，爬上阶基，越过走廊，顺着门槛、大门、墙，迅速扩张，直到把整个一楼覆盖在密集的叶子下。多年来，打鼓垄人在她家对面土岗上挖土栽菜浇水施肥，捎着锄头耙子从塘基上走过，望着她家不停唏嘘。人们在山塘里洗脚、担水，干旱季节在山塘里戽水，把野生的鲫鱼、黄鳝、麦穗捉回家，也不见她的影子在用黑纱布遮掩的二楼阳台上出现。小楼背后原本没有路，很少有人进出，但新来的主人在楼后开了一扇门，在二楼与山坡间架了一座踏步桥，在后山砍了一条窄窄的仅可容纳一人通过的小路，她执意从那里进出，打鼓垄人即使在山里砍柴、捡菌子、摘茶，想到她家喝杯茶歇歇脚也是奢望。除了在外出途中遇见她外，平时几乎看不见她的影子，人们对新主人一天到晚在家干什么想什么一无所知，即使在路上问她也避而不答。

我也不晓得她来自哪里，后来有人告诉我，她来自大栏铺乡，是当地曾经声名显赫的大户人家后代。大革命时期，曾在国民党某部任营长的爷爷李光荣辞职回大栏铺乡当上了乡长，兼任双潭县自卫队第二中队队长。他在大栏铺集镇的吴家祠堂内办公，门前有一口池塘，手下除有马夫、厨师外，还有八条人枪。当地乡民在外看到李光荣时，总见他骑在高大的黑马上，后面跟着枪兵，他头戴礼帽，身穿中山装，慈眉善目。他家在离集镇四五里外的李家湾。李家湾坐北朝南，背倚一座不高不矮的山，山上筑起两座炮台，全用麻石砌成。高高的围墙上开着一个个射击孔，厚重的大门用铁皮包边，大门外的坪场上有个升旗台，李乡长带领枪兵不定期在此举行升旗仪式。围墙内有大小房屋上百间，长工、月工、奶娘、马夫住一边，大婆子细婆子、崽女住一边，大婆子细婆子在给他各生了一个女儿后，不知什么原因，再也生不出了，为给李家传宗接代，李乡长先后抱养了九个崽，他原打算抱养十个，但抱到第九个时，命就没了。

在大栏铺乡流传甚广的，还有李乡长的风流韵事，说但凡乡里长得标致的女子，一旦他惦记着，只要暗示一下保长，就十有八九搞到手了。说他在外困女人，门外都有他的枪兵把守。在职期间到底困了多少女人，当地人不得而知。当他倒在枪口下时，一个愤怒的乡民挥刀割了他胯里的家伙，不知是不是强奸了那人的堂客还是女儿。九个养子分别由九个奶娘带着，每天有近三十张嘴吃饭，每到年关将近，他就要打几张条子，交给管家叶大安去地主家借粮，说是借，就从没还过，但那些地主又只得乖乖开仓放粮。大栏铺乡人说，李乡长为人和善，不管多少叫花子到家乞讨，多少都得打发点，从不让他们扑空。如果碰上贫困乡亲赌博，就要骂人。当然，他听命于县长跟县自卫队队长赵一刀，对于猖獗于大栏乡山谷一带的灌水队队员毫不手软，只要落到他手里，就要五花大绑到山谷河滩上毙了。国共内战时，李光荣进退维谷，一方面，解放军渡过长江天险势如破竹，国军节节败退几无还手之力。另一方面，县长下令，抓到频繁活动的革命志士格杀勿论，他的双手由此沾了革命志士的鲜血。此外，他还暗中支援革命志士，送枪送弹送粮送情报，后来索性投诚起义，掉转枪口，与国军在大山峡谷、城墙街巷展开拼杀。

秦香娥无疑是大栏铺乡的美女，被李光荣娶了后生下独女李莉，小李莉融合了娘的娇媚爷的聪敏，被早年丧夫的阿婆视为掌上明珠。那时，小李莉还不会走路，坐在床上玩耍，在一旁看护的阿婆问小李莉要糖吃时，小李莉把糖伸到阿婆面前，当阿婆伸出手时，小李莉嘻嘻一笑，缩了回去，阿婆的手停在那里，装出一副生气的样范，小李莉又把糖伸到阿婆面前，随即又缩了回去，嘻嘻笑，逗得阿婆抱在手里又是亲又是夸。小李莉长到四岁时，李乡长请来先生教她识文断字。五岁时，小李莉就能背《三字经》《女儿经》《论语》，等到去学校念书，她的学识远远超过同龄孩子。随着年龄的增长，她的美貌也渐渐地展示出来。作为乡长、当地自卫队队长的娘，在大栏铺乡也是风光无限，大凡地方上的乡绅名流请老人家赴宴，若是不请宝贝大孙女李莉，老人家是不会赏脸的。到了更是不能怠慢，幸好人家早就耳闻老人家视大孙女如心头肉、掌上珠，哪有不请怠慢之礼，逢场便夸小李莉如何娇媚聪慧，前途无量。

小李莉一天天地长大，爷抱养的老弟跟他们的奶娘成双成对地跨进家门，还有马夫、长工、月工、枪兵，偌大的李家湾，在鸡飞狗跳马嘶间，在高高的炮台下，既热闹非凡又暗藏着不可预知的危机。

在爷起义投诚后，国军趁着夜色，摸到李家湾，炸

章子客

开槽门，将家里砸了个稀巴烂，将值钱的没来得及转移的东西洗劫一空。

眨眼间，在大栏铺中学读书的李莉已长成亭亭玉立的少女，这天放假回家，李光荣也从长沙回家了，分别多日的爷为大女儿带回了时兴的衣裳跟她喜欢的连环画小人书，让她特别高兴的是，不久爷将接她到长沙一座有名的军校读书，她日盼夜盼的事就要实现了。可是当天夜里十一点多，家里的大门被敲得咚咚响，当睡得迷迷糊糊的李光荣打开门时，一伙人拥上来，将李光荣按倒在地，扣上手铐，押走了。李莉被院子里的叫嚷声、求饶声、啼哭声惊醒，当她起床去追赶时，爷早就被推上吉普车押走了。没多久，爷的命就没了。九个奶娘带着九个孩子各奔东西，李家的屋一大半被分了，颤颤巍巍的李母分得一间小屋，大婆子则带着李莉离开李家湾，跟长工刘三过日子，不久郁郁而终。李莉那时已停学，远走他乡，谁也不晓得去了哪里，在外做什么，有的说她到长沙做了小姐，卖身做了他人的小老婆；有的说她投靠了爷生前的铁哥儿们，参加了工作，过上了安稳的生活；有的说她被人贩子卖到了边远山区，被人反锁在黑屋子里，为其生儿生女，曾经前后三次逃跑，都被人捉了回去，打得遍体鳞伤，在孤独、悔恨跟绝望间，她的意识逐渐模糊，那双曾经纯净、美丽的眼珠变得空洞无力了，傻了。这个版本被大栏铺乡当地人说得最多，以至于当地人确信她再也回不去了。

章 子 客

# 张　钦

这天清晨，我在收拾昨夜赶写的关于 M333 "12·9"
重大交通事故向相关部门的求援信时，我的手发抖，这
是我有生以来，自担任打鼓垄村主任以来头一回给上级
部门写这样的信。我在信中对乡亲的遭遇深表怜悯、悲
痛，凡是我能够想到的能够表达这种怜悯、悲痛之情的
词语都写上去了，凡是能够引起上级部门震动的句子我
都绞尽脑汁写上去了，凡是能够剖析到的造成如此重大
交通事故的原因我都剖析到了，我在信中试图营造一种
震动的、最终能够促使上级部门作出有利于乡亲决定的
氛围，至于结果如何，我心里也没多少把握，但不管怎
样，至少得让他们晓得在 1987 年 12 月 9 日深夜在 M333
茅栗铺段发生了这么一起重大交通事故，造成事故最根

本的原因是什么，应该追究谁的责任，等等。但是，娘又在耳边唠叨，叫我不要管了，不是我管的范围，不是我管得了的，管得好就好，管得不好要挨批评受处分，管好了也莫想得到好处。要是能得到好处，那吕波为什么不管？难不成他不想得好处？其实，我也不想管，也不巴望什么好处，前天夜里，何石㳇、刘军民、吴兵、易晓红、藤蔓他们偷偷来到我家，一脸的悲伤跟哀愁，央求我拿主意。我将一将额上的刘海，拨一拨指间的铜章，又回想起之前在他们面前说过的话，要在报废车上大做文章，做得越大越好，主题开掘得越深越好，它是关于事故赔偿的一根救命稻草，要紧紧抓住不放，开动脑筋，与他们拧成一股绳。说了的话，就要做到。何况他们的决心跟勇气，深深地触动了我。我又看见兰兰躺在茅栗铺卫生院门前地坪上披散在脸上的头发血糊了的样范，还有美美那好看的脸，想到了处处受吕波掣肘，下了决心把这件事做到底。我连夜查阅交通、法律法规等方面的资料，针对上面的相关条款，赶写求援信。

一早，我跟何石㳇骑着单车赶到集镇，在打字室复印了十多份求援信，分别装入信封，在上面工工整整地写上关于"12·9"重大交通事故向某某部门的求援信，装入手提公文包内，挂在单车前，来到打鼓垄乡政府。

章子客

县电视台的记者背着包，扛着摄像机，背着单反相机，准备采访拍摄。综治办主任刘元福，左额上向下凹了一小块（那是在一次交通事故中留下的伤疤），从他充满信任的眼神可以看出，从他握手的力度可以感受到，他对我的信任是用不着怀疑的，我对他的尊重也是发自内心的。他把我俩请到办公室，一边让座一边泡茶，我从军大衣内摸出芙蓉王，捏出一根搭在他耳朵上，又递一根给何石涘，点火吸烟。刘元福泡完茶后，坐在对面的椅子上，寒暄几句后，我便把话题引到交通事故上来，向他汇报交警的处理结果跟死伤者家属的请求。他挠了挠后脑勺，虽然很是理解同情家属处境，但是一提赔偿的事，就吞吞吐吐，说会把情况如实向领导们汇报。党政办在二楼二〇七，主任是刘开山，一见面就叫邻桌的女同事泡茶，还端了一盘水果过来，搁在我们面前的茶几上，请吃水果。我起身给他开烟，向他简单地汇报了交通事故的相关情况，并从公文包里拿出一封求援信，递给他，恳请他交给吴光辉。他看了一眼，搁在身后的办公桌上，说一定交给书记。

我们出了政府大门后，在前方的大桥上碰到了吕波。他骑着那台崭新的南方125，横在我俩面前，那冰冷的脸上没一点血色。我两只脚尖抵地，跨在单车杠子上，没吭声。他脚尖抵地撑住摩托车，盯着我好久才说，上哪？我说，县里。他说，要不是刘元福打电话，我还不晓得你做的好事。我说，怎么啦？他说，以后做什么事，能不能先通个气？我说，这么简单的事，没必要吧。他说，简单？你晓得吗？刘元福说，不要动不动就写求援信，这里牵涉的人多。都跟你说了，没经过我同意，不能乱搞。我说，那我俩刚从乡政府出来，也没见他说什么呀。这时后面传来汽车喇叭嘀嘀嘀的尖叫声，我跟何石涘骑车从他车旁绕过去，也不回头看一眼，把单车骑到街上正师傅的单车修理店门前，落了锁。我们以前修单车都在他那里修，他性情温和待人热情，何石涘朝他扮了个鬼脸，又演绎了一番瞎子走路的样范，把他逗笑后，故意客套一番，便说麻烦他照看一下单车，晚点来骑。正要离开，就看见吕波骑着南方125横在眼前，这回他下了车，把我叫到一边，在我耳边小声说，刘元福说，这件事尽量不要搞大了，秦涌跟吴光辉是铁哥们儿。我说，不要威胁好不好，难不成我是被吓大的？你我都是打章子出身，你见过我张钦怕过谁？他狠狠地盯着我，说，废话少说，这次就请你跟我回去，要争要吵到村部去。我说，对不起，为了老百姓的尊严、利益，不能从命，要争要吵等我俩从县里回来了再说，莫把我搞急了，要不然，我就把你堂客的秘密透露给吴光辉，到时候别怪我无情。吕波说，把话说明白点，我堂客有什么秘密？我说，你心里清楚。吕波说，你这是别有用心。我说，别逼我。吕波说，有种就说出来。我说，你堂客最近去哪了？是不是躲计划生育队去了？吕波说，走亲戚去了，怎么啦？跟计划生育队有什么关系？我说，好，走着瞧！说完，我一挥手，领着何石涘从他身边绕过去，头也不回地走了。我俩赶到乡卫生院门口的班车停靠点，搭上了开往县城的班车。

破旧苍老的班车空空的，一个人可以坐好几个座位。车子开出没多远，上来三个背木箱的，他们穿着好衣服，三接头黑皮鞋擦得闪亮，头发梳得溜光，微笑着与站在路旁送行的堂客挥手告别。一嗅到金属、酸液跟铁器的气味，何石涘的心痒痒的，要不是被这起交通事故拖住，他早就出去打章子了。其实，我也十分怀念打章子的日子，要不是被这起交通事故拖住，恨不得马上就背箱子出去。

吕波仗着自己是一把手威胁我，哼，在老子面前少来这一套。我愤愤不平，何石涘说，他居然站在秦涌一边，娘的脚，不要怕，我们站在你一边，跟他杠到底，搞毛了，坐到他家去，找他赔钱，他不是不要秦涌赔吗，那他有钱赔不更好？我说，这事要是被他拦着，就难上加难呀。何石涘说，怕个卵，等回去再找他算账。我呵呵一笑，陡然想开了，说，不提了，随他去吧，谅他也不敢怎样，还是说说开心的事吧，比如打章子，呵呵，你的故事多啊。他在我耳边嘿嘿一笑，说，一天在上海静安区的街道边摆摊，一个操一口标准普通话的小姐姐来到摊位前蹲下，盯着木箱上的样品盒看了一阵，指着那个刻着忍冬的韭菜边，从鳄鱼皮包包里摸出一块袁大头说打个一模一样的。我说可以打好几个呢。她就指着盒子里的一个铜章，说每个款式打一个吧。我说好嘞，但不是一下子能打好的，街边闹闹哄哄的，不如到旅社去打。她说远不远，我说就在街对面。这样，她拎着包包跟着走。我看见她手指甲涂得红红的，银耳环比耳朵还要大，晃晃悠悠的，显得很时髦。到了旅社，我在铁砧上捶揲的同时用甜言蜜语奉承她，吹嘘自己打出的韭菜边、章子如何如何漂亮巴适，戴在手上如何如何好看，还时不时找各种借口摸她的手、耳朵、胳膊，甚至大腿，就在那一摸一触间，我像是摸到了她内心深处的某样东西，声称免费为她打。她长得好漂亮啊，那身材、脸蛋、眼睛，迷死人了，做梦也不敢相信那时她会跟着走，会对我们一身煤油臭的章子客抛媚眼哩。我壮起胆子，一

　　　　章　子　客

把搂抱住她，放倒在床上。

……

班车在向前奔跑，摇摇晃晃中，我又想起了吕波，又看见了他那冰冷的脸，嗅到了他身上让我焦虑难安的气味。

前年打鼓垄的天气持续数月高温少雨，池塘、水库干枯，水田开裂，而水稻正处于抽穗的关键期，滩上塝近百亩水稻面临绝收，为了解决水源难题，我召集滩上塝的田主，要求他们火速筹钱购买高压水泵跟水管，从两百米外的芜水河抽水灌溉，所花费的钱可冲抵农业税。坪上源田主听了很高兴，但他们担心我只是嘴上说说而已，农业税到头来还不是照样要缴。我一拍胸脯，说，保证作数。大家见我态度坚定，很快就筹措了两千多块钱，交到我手上。我带上一个田主，随即赶到集镇采购。但得到消息的吕波骑着南方125火速赶来，但等他在那家五金店门口堵住我时，我跟田主已把采购好的水管跟水泵装在了拖拉机上就要走了。他说我无法无天，自作主张，一旦开了这个口子，以后农业税休想收到一毛钱，完不成任务，怎么向政府交代？村上的工作如何展开？我压根不听，说，避免近百亩水稻绝收，有什么错？将在外，君命有所不受，搭了白的事，就要作数。他说，搭白无效。我说，我是村主任。他说，我是书记。我说，现在不是比官大官小的时候，有什么矛盾，回去解决，请不要在这里丢人现眼。他恶狠狠地瞪了我一眼，扫了一眼店老板跟几个围观的路人，便跨上南方125，呜的一声，走了。

在我的组织和领导下，一帮子田主风风火火，连夜铺设水管，架设电缆线，把水泵放入芜水河就近的一个深潭里，当夜就将清澈的河水输送到两百米外的滩上塅，看到水流汩汩汩地涌进水田的裂缝里，然后缓缓地漫上来，没过禾蔸，我仿佛听见禾蔸美滋滋的吸水声、稻穗甜滋滋的灌浆声。田主们喜笑颜开，一个个朝我竖起大拇指，说我是个有胆有谋的村干部，群众的贴心人。尽管我隐隐地感觉到这种先斩后奏的方式有点不对，尽管他身上的气味让我焦虑难安，但看到水流进干裂的水田，田主的脸上乐开了花，也就无所谓了。眼看着滩上塅近百亩水稻重获生机，刘家冲组部分干旱严重的水稻也迎来了转机，田主们找到我，要求以同样的方式抗旱保收，我马上就答应了。他们跑到集镇，采购回来水管、电缆线跟高压水泵，从芜水河抽水到水库，再从水库抽水到滩上干旱的稻田，以"接龙"的方式，为水稻解渴。那段时间，我没日没夜地奔波在抗旱的路上，自家的一亩多禾却枯死了。娘为此又哭又闹，说我蠢得死。我倒无所谓，是做给吕波看的。他披着伪善的外衣，暗地里跟乡政府的干部、领导打得火热，处处讨好他们，美其名曰"情商高"。他太聪明了，似乎把一切都摸透了，想方设法捞取更多的资源跟权力，什么道德、良知、责任、担当，都是骗细伢子的把戏。而我却把道德、良知、责任、担当当成理想、信念，终其一生。而在他眼里，我"情商低""又蠢又笨""一根筋"，那不安的种子在内心发芽，开花，长出叶子跟枝条，终将一日长成仇恨的树……

# 易晓红

医院上班了，我拿着一摞单子在一楼的缴费窗口结算完医疗费用，到住院部主治医师那里开了出院单，回到病室。

这时，贵叔到了，搀扶着吴桐桐进了厕所。他一只手颤巍巍地扶着厕所墙，解了小手，由贵叔扶到病床边坐下。我弯腰给吴桐桐穿上皮鞋，扯通他的衣角，扣好扣子。贵叔背着他，走一阵歇一阵，我说我来背，他偏要背，累得出汗。到了一楼大厅门口，贵叔放下吴桐桐，由我搀扶着站在那里，等桑塔纳停在面前时，贵叔从驾驶室钻出来，搀扶着他坐到后座，我则紧挨着他坐下。当桑塔纳在行驶中越过减速带震了震时，吴桐桐双手急忙握住车门上的扶手，吓出一身虚汗，好像车子又撞到

章子客

了大树。我说，贵叔，麻烦你开慢点，他怕。贵叔握住方向盘，对着挡风玻璃说，不要怕，贵叔的车技你晓得的。他说，心脏都快震出来啦。贵叔哈哈一笑，说，一朝被蛇咬，十年怕井绳。

一个半小时后，桑塔纳终于缓缓地停在了打鼓垄青年水库尾的塘边上，华华、吴兵、公婆早站在那里等了。贵叔一打开车门，他哥就搀扶着他下了车，背着他沿塘基上坡，右拐上那条陡坡，陡坡上是菜园，路沿着菜园篱笆爬上地坪。我抱着华华，抚摸着他的头发，亲了又亲。又扯着贵叔的胳膊，请他吃了中饭再走，他说什么也不进屋，说还要赶回去上班，星期一上午单位开例会，他是办公室主任，不能缺席。我拗不过，便从手提包里翻出事先准备的一个红包，塞到他手里，他一把挡了回来，说，见外了。我说，那怎么好意思啊。说完，看了一眼四周，见公婆都走远了，便在他脸上鸡啄米一样亲了一口，说，注意安全，拜拜。望着桑塔纳拐上了水库堤，一点点地从眼里消失，我才抱着华华朝屋里走去。

他在家躺了七八天，渐渐地恢复了体力，不再头昏眼花，走路也不用搀扶了，端碗吃饭就更不用提了。医师原本不让出院的，是他吵着要回来，说许多天没洗澡了，一身汗臭。其实，在医院是躺，回家也是躺，当然是在家躺舒服了。回想早已入土的兰兰跟美美，打着石膏、缠着纱布的香香、瓜瓜，他觉得自己很幸运了。劫难总算逃过了，一家人又过上了正常的生活。然而，生活还得延续，而我迫在眉睫的事就是获得赔偿，所有死伤者家属眼睛都望穿了。

一天，他脑壳里突然传来机器一样的轰鸣声，右眼看不清东西，又胀又痛，照镜子后发现视网膜充血，眼球突出，于是我带他来到位于双潭县西部山区的梅田眼科医院。从家到医院有近三十公里，由于地处山区，地广人稀，一天只有一趟返程班车，公路坑坑洼洼，两边山高坡陡，那些跑在前头的货车掀起一道道尘雾遮天蔽日，让人睁不开眼。转了两趟车，颠簸了四五个小时才赶到那里。医院虽然位置偏远，但是许多眼病患者慕名而来，该院的邓明华老中医以治疗眼疾远近闻名，我听说打鼓垄某某某、某某某的眼病就是在那里治好的，就是县人民医院治不好的眼病，到了那里都治好了。打鼓垄人有了眼病，首先想到的是去梅田眼科医院治疗。

医院设备简陋，临街而立的一个小小的四合院，小小的挂号、配药室，几间简简单单的治疗室，几个穿白大褂的医生。在我心中，医院有高大的楼房，有往来穿梭的白大褂，有出出进进的病人跟陪同的家属，有三四个挂号窗口跟一个硕大的配药室，有外人不得进入的手术室、彩超室化验室、急救室，当然，更重要的一点，就是有一种你内心等待已久的让你一看就觉得温暖舒心的感觉，可当我跨进这家医院大门时，就没那感觉，但是来一次不容易，更何况他的病情严重，便挂了号。

一名脸上长着一颗痣的女护士领着我跟吴桐桐进了诊室，一名半秃顶的脸胖的老医生坐在桌前，旁边坐着一个婆婆，桌上一盏聚光灯正对着她的眼部，老医生用塑料夹撑开婆婆的眼皮，查看了一阵，然后让女护士带到隔壁房间的仪器室检查。老医生不是别人，正是声名在外的邓明华。他招呼吴桐桐坐在婆婆坐过的地方，看了一眼吴桐桐的眼珠，询问。没多久，女护士领着婆婆进来了，老医生便叫她领着吴桐桐去隔壁做了检查再来。没多久，婆婆走了，女护士把一张单子搁在老医生眼前的桌上。老医生扶了一下鼻梁上的老花镜，看了一眼单子，说，虹膜炎。我一听，松了一口气，说，医生，那就麻烦您了。老医生没吭声，抓起桌上的圆珠笔，在处方单上沙沙沙写起来，完了叫我拿单子去找女护士。女护士看了一眼单子，说，带衣服了吗？我说，没带。她说，要住院。我说，不就是个炎症吗？她说，随便，但要到这里治，就得住院。我说，几天？她说，四五天吧。

我说，哦，什么也没带。她说，外面有卖的。

我最担心的就是住院，上次住院花了一万多。这次来检查，用的是我的压箱钱，三个六，六百六十六块。这钱一直藏在柜子里的化妆品盒夹层里，这次出门时，当着男人的面打开的，结婚七年来，头一回打开，票子被压得如同一块块薄薄的铁片，粘在一起，我嗅到了一股温暖的气息，那是爷娘的慈爱、祝愿跟温情。七年来，无论家里怎样急用钱，我宁愿去借，也不动用这笔钱。现在，我又面临着艰难的选择，不过，还是下了决心，似乎只有把它花出去，家人才会平安无事，心里也少了一个念想。

老医生的治疗方法倒是简单，无非是吃药、涂眼药水。治了两天，男人的眼睛不鼓了，不肿了，不充血了，我想，姜还是老的辣。但是到了第三天，眼睛又鼓了，又肿了，又充血了，脑壳里还伴有那种黄蜂嗡嗡的叫声，有点胀痛。我急了，问老医生，这到底是什么鬼病？老医生也感到奇怪，又仔细检查了一遍，坐在办公桌前冥想了一阵，说，这种眼病受病人免疫力低的影响，有复发的可能，再等等看。我想，等等就等等吧，反正人家是有名的老医生。可是，接下来无论老医生怎样改药方，男人的眼病总是好了又病、病了又好，反反复复，就像在故意开玩笑。最后，我把问题的根源归根于老医生的医术，问，您到底能不能治？不能治早说，要是把眼睛治坏了，老娘可不是好惹的。老医生想了一阵，说，那你们到别的医院看看吧。

在那里待了十三天，其间为了节省开支，我在街上买了些日用品，免得回家去拿。眼病很怪，总是在病情好转后又马上复发，就像坝上的一个缺口，当你用泥坯堵住后，过了一阵子，就被上游的水流冲垮了；你再堵，过一阵子又会被冲垮，就连老医生也束手无策。或者，一开始他就误诊了，这压根就不是虹膜炎，而是另一种他之前从来就没碰到过的怪病，没有一套行之有效的治疗方案及根治的药物，就他的医疗条件，根本无计可施。我目睹他的焦虑、恐惧跟失落，多年来，他医治了无数例眼病，攻克了无数个难题，唯独这例貌似虹膜炎的眼病最终只能在患者家属的盛怒之下低头叹气。这期间，当他的眼睛消了肿退了血脑壳里清静时，女护士能听到病房里传来的呵呵呵的笑声。当他的眼睛又肿又充血、脑壳里又有黄蜂飞时，女护士能听到病房里传来的埋怨、哀叹甚至哭泣声。十三天那样漫长，我俩的情绪潮涨潮落，迷蒙，失落，无助。当我们收拾行装提着塑料桶搭上通往回家的班车时，我内心又充满了忧伤跟焦虑，男人的病连名医都治不好，还有谁能治好？莫非是治不好的病，还是大病？家底被掏空，不知道到了别的医院，又要往里搭多少钱。钱从哪里来？即使有地方借，将来也要还呀。

回到家的当天夜里，吴桐桐的眼病又发作了，又充血又胀，疼痛难忍，脑壳里那些黄蜂又嗡嗡嗡地飞来飞去，坐也不是，站也不是。我原本打算第二天一早带他去县人民医院的，但被情势所逼，只得改变计划，骑单车赶到集镇的王小二家，租他那台又老又破的桑塔纳，连夜赶到一百多里外的县人民医院，塑料桶里装着鞋子、肥皂、洗发水、牙膏牙刷、毛巾跟衣架等生活用品，牛仔袋里装着两个人的替换衣服，上衣贴身衣袋里装着临时借来的并不多的钱，做好了住院的准备。

一进医院大门，我们就直奔急诊科，值班的主治医师一看男人疼得眼泪长流、坐立难安，便急忙打电话叫来眼科的刘医生。刘医生是个三十多岁的寡瘦的男子，询问了一番病情，翻看了我带来的梅田眼科医院的病历本，便带男人做了该做的检查，奇怪的是，也诊断为虹膜炎。办理住院手续后，又是打吊针，又是涂眼药水，内外兼治。刘医生除了密切关注外，说，你们做的什么事啊，他们（梅田眼科医院）的技术、设备有我们先进吗？我也觉得当时去梅田眼科医院是错误的选择，在男人的病情得到控制，并在两天后肿消血退脑清后，便更加后悔当时不该去梅田眼科医院，县人民医院的医术真了不起。但是事实证明，高兴得太早了，奇怪的事又出现了。第三天，男人的病情又回到了原点，与进院时的症状一模一样。我急了，找到眼科值班的李医师，说，你们有把握吗？没把握早说，要是耽误了病情，跟你们没完。李医师推了推鼻梁上的眼镜，眉毛一皱，说，吼什么？才进来几天？难道我不想治好？等等看嘛。我鼻子一酸，端起衣袖擦了一把泪，回到病房的厕所用冷水洗了一把脸，情绪才稳定下来。

当天夜里，邻床的一个女病人，一只眼珠砰的一声，像炸药一样爆炸了，血溅到床单上，冲到天花板上，吓得在场的人惊叫起来。我害怕得发抖，好像爆炸的眼珠，是男人的眼珠，男人的眼睛变成了吓人的洞。我躲进厕所，用冷水洗了一把脸，等情绪稳定后，又冲进李医师的办公室，说，你们没把握就放手，要是我男人出了事，你们的命都是我的。这回李医师没吭声，当即向科室主任汇报情况，科室主任当即向院领导汇报情况，院领导当即召集医院所有的五官科、神经内科专家到男人病房会诊，要求大家务必查出病因，并对症治疗。一时间，病房里挤满了白大褂，专家们围着躺在病床上的吴桐桐，在了解相关情况后，纷纷提出个人的诊断意见跟治疗方法，其中有一个专家刚从北京学习回来，对我说，你男人这个像 CCF 嘞。要不，明天莫出院，带着片子去北江医院找教授看一下。

第二天一早，我俩带着片子、背着牛仔袋搭车赶往北江医院。到了医院后，挂了眼科号，医生看完片子，说，虹膜炎是不假，但你们这个出了交通事故的，建议去挂个神经外科号，因为好多地方不是我能够掌握的，有可能是其他地方出了问题。两天后，接诊的神经外科专家贺军看完片子，说，据初步诊断，是 CCF，治这种病简直是烧钱呢。我说，那不管，救人要紧。他说，仅确诊就得花一万多。我盯着他，怀疑他在吓唬人。他说，这种病，说白了，就是无底洞。这么说吧，病是由于交通事故导致颅底骨断裂，颅盖骨向下延伸，压迫到颈动脉下的一根分支血管，它就像一根绳子，不停地锯颅骨，时间一长，就裂开了，血流出来没地方去，就冲进眼睛里，造成眼睛充血、鼓凸，颅内压力升高，视力下降。解决的唯一办法，就是修复那根血管，也就是想办法把血管破损的地方用东西补起来。但是，由于血管长期受颅骨压迫，很脆弱，往往补好一个地方，另一个地方又破裂了，好比那被大水冲击的堤，用草坯堵住了一个缺口，没多久另一个地方又被冲出一个缺口；用草坯堵住了那个缺口，下一个缺口又出现了，这样反反复复，缺口总是堵不完。北京有个病人，曾堵过八十多个草坯，花费近百万元才堵住。

我拖着疲惫的腿，爬上汽车，返回了县人民医院，办理了出院手续。我在缴费窗口掏完了身上的最后一块钱，轻一脚重一脚地走了四五里路，来到贵叔家门口。他跟闺蜜还没下班，我就蹲在他家门对面的一条楼道里，手抄在袖筒里，楼道口一头朝北，一头朝南，北风像潮水一样涌进来，吹得我的头发乱蓬蓬的，遮住了脸。那只塑料桶搁在身边，桶里装着从家里带来的鞋子、衣架、毛巾之类的日用品，乱糟糟的。蹲久了，腿发麻，便站起来踢踢腿、伸伸腰、扭扭屁股，脚上的高跟鞋落了一层灰，也懒得去擦。这时巷子里传来单车的铃声跟小车的喇叭声，我捋一捋乱蓬蓬的头发，看着巷子口的拐角，然后又退到楼道里。冷风吹得呢子大衣角呼啦啦响，吹得心里七上八下的，对于接下来要做的事，实在难开口，开过一次口了，本来已经没面子了，再开一次口，如果人家不答应，想死的心都有。心想，趁他跟她还没回，还不如赶紧溜了。但那样一来，该去求谁？反正摊上了，都得去求人，舍不得丢面子是空的。腿蹲得发麻，又站起来踢踢腿，走动走动。这时，我又听到了小车喇叭声了，没多久，那个拐角处冒出了车头，冒出了车身，最后在楼道对面的门后边停下来，他从车里钻出来，一眼就看见了我，我红着脸，喊了声贵叔。他过来接过我手里的桶子，领着我进了屋。他泡了一杯茶，倒了一盆洗脸水，我感受到了贵宾级的待遇。他一边淘米煮饭，一边问吴桐桐的病情。我一一说了，他点燃一支烟，吸了一口，没吭声。我坐在他对面，低着头，被吹乱的头发又遮住了脸。烟雾散发出苦涩的沉闷的气味，我的脚在木地板上挪来挪去。此时，卧室里传来丁零零的电话铃声，他起身去接，不久回到桌子边坐下，说，你闺蜜不回来吃饭了，说一个同事过生日，晚上得庆贺一下。我站起身，说，不早了。他说，没班车了。我说，到同学家去。他走到跟前，拽着我提塑料桶的手，说，钱的事，贵叔给你想办法，不要有顾虑，先把病治好再说。我搁下桶子，别过脸去，端起袖子抹了一把泪，盯着那扇敞开的卧室门，像看见她躲在里面，不肯出来见我，抑或是在门后偷窥，看她的侄女跟她的男人会不会做出什么见不得人的事，逼她撕破亲情的面纱，从此老死不相往来。我感到越来越窘迫，躲在房里的闺蜜，深怀不轨的

章 子 客

闺蜜的男人，像一只无形的手推搡着我让我马上离开。但是，他的话，像另一只手拽着我的呢子大衣，让我没法离去。我看见他躺在北江医院的病床上，那只眼睛蒙上了纱布，他焦虑、暴躁、忧伤、绝望，那只眼随时有被血流冲破的可能，变成一只独眼龙。我将从他手里接过一张银行卡，走到那个大医院的缴费窗口前，在那里将钱刷光。

我把披散的头发归拢到耳后，到洗手间洗了一把冷水脸出来，在镜子前照了照，那呆板忧郁的脸红润鲜活了，那拘谨的眼也露出微笑。我用纸巾擦了擦脸上的水珠，说，跟我闺蜜说了吗？他说，说什么？我拖着嗲声嗲气的长腔，说，小女子不是来你家做客了吗？他说，哦，忘了。我说，那借钱的事。他说，你不说，我不说，她晓得个卵。我的脸一瞬间涨得通红，因为胸腔里的那个小可爱在蹿上蹿下，别过脸去，站在桌子边，脚板像钉了钉子，怎么也挪不动。他来到我身边，把一张银行卡搁在桌上，说，里面有两万，先拿去救急吧。我捻在手里，对他说，刚刚好。他从背后搂住我，在我耳边小声说，只要你愿意，我会向你不定期打钱。我说，她晓得吗？他说，不晓得。我说，你说话要是不作数呢？他说，天打雷劈。这时，卧室里传来了丁零零的响声，我手里的银行卡掉在地上，像是被人从背后猛抽了一鞭，把我从昏迷中抽醒。冷风从窗外涌来，我打了个冷战，走到客厅边拎起桶子背起袋子就走，他从房里钻出来，说，哎。我没吭声，他从背后拽住我的呢子大衣，说，同事打来的。我站在楼道的台阶上没动，身子挺得笔直。他说，哎呀。我没吭声，沿着楼道一级一级往下走。他从背后拽住我，说，她什么也不晓得。我挣脱那只手，拎着桶沿着楼道一级一级往下走，然后打开楼道门，走了出去。这时，我听到后面传来噔噔噔的脚步声，他从后面追上来，在巷子的转角处堵住，顺手把那张卡塞进我呢子大衣口袋里，说，密码是一到六，不够再想办法。我看了一眼巷子，放下桶子，搂住他的脖子。

第二天一早，我离开为我提供住宿的同学家，拎着桶子背着袋子搭上了开往打鼓垄的班车。

回家后，华华上学还没回，婆婆为我烧了两大壶热水，我洗了个澡。在外辗转奔波，在忧愁、焦虑、绝望跟希望间，在经济拮据的情况下，洗澡成了奢望。回家让我获得短暂的快乐跟安慰，多想在家多待几天，不去想儿子他爸的病情，什么也不去想，一身无挂碍，该有多好。可是，身为人母、媳妇、妻子，肩上的担子在良心、责任的召唤下，在这场意外事故的打击下，越来越重，压得我上气不接下气。尤其是接下来的巨额治疗费用，更让我焦虑难安、无力招架。

忍冬听说我回家了，便来看，坐在炉火边，话匣子一打开，便停不下来。她说我这次出去又瘦了一圈，禁不住一声叹息，责怪自己那天夜里千不该万不该，要是不去打台球，卵事都没有。正是由于她搭了那句腔，才导致发生了后来的灾难。她说她常常在半夜里惊醒过来，出一身冷汗，精神上背负着沉重的顾虑。她还说，事故发生后，张钦一直在暗中活动，说要深挖那部车子的来龙去脉，然后跟他们谈判，如果拿不到我们提出的赔偿金，就要告状，把他们抓去坐牢。我坐在那里，用干毛巾搓着湿湿的头发，熊熊燃烧的火苗，窜到胸脯上，在酥软的脖子上闪闪发亮。她坐在旁边，不停地安慰我，说事故发生了，说什么也改变不了了，注意保重身体。如果张钦那边搞定了，大家就有希望了，至少，医药费不用自己掏。

听她这么说，我感到好开心，不管怎样，总算有了盼头。当然，我也有自己的打算，这个打算暂时既不能跟她说，也不能跟别的家属说，甚至连公婆也不能说，说了就不好办了。她真的走运，在事故发生后，在茅栗铺卫生院住了一天院就回家了，仅脚背擦去了一块皮，死里逃生，不幸中的万幸。有时我想，老天爷怎么这样不公平，为什么让她这个始作俑者只伤点皮毛，而让我男人受这样的折磨。当然，她自己心里也清楚，能帮我们的尽力去帮，据说她不停地怂恿老鼠，叫他暂时不要出去打章子，想办法配合张钦、刘军民、藤蔓、何石涘，凡是能出力的地方都要出力，但是老鼠真不愿意去找张钦，跟张钦出去打章子，都是她逼的，他不去，她就不理他，夜里不跟他困，白天也不起床做饭洗衣服，跟他较劲。他没办法，只得听她的。他之所以不愿面对张钦，这是个公开的秘密，还不是她跟张钦那年搞出的花花事，整个打鼓垄人谁个不知哪个不晓。其实，她跟张钦也没什么。但无论她怎么诅咒发誓，老鼠就是不相信她的话，用老鼠的话说，把一头牛牵到草地上，牛不吃草？村里的人早就传开了，说她跟张钦都抱在河堤上打滚了，不做那事才怪呢。想起自己的堂客跟别人困了，他就羞得恨得咬牙切齿，拳头攥出水来，莫说不想见他，杀他的心都有。但是她以不跟他困觉相逼，又不得不在她面前服软，心想，就算真的困了，也没办法了，就当没困。于是，他硬着头皮去找张钦，张钦叫他怎么做，他就怎么做，睁一只眼闭一只眼，堂客也高兴，万事大吉。

公婆背对着柴旮旯，往炉火上添柴，不时用蓝印花

章子客

布围裙边擦眼泪，时不时朝火屎灰上擤鼻涕，叹气。我安慰二老，说没多大点事，过些天就出院了。但是公婆从我含糊不清的话中嗅到了不同寻常的气味，幸亏忍冬跨进门时，我就悄悄地在她耳边嘱咐了，忍冬才在接下来的谈话中也跟着说，没多大点事，过些天就出院了。当儿子闹着要见爸爸时，我就说，哎呀，忘记了，快把妈妈的袋子拿来。儿子转身进屋，很快就拎着一只红色塑料袋出来。我解开里面的一只白色塑料袋，从里面的纸包里捻了一块芝麻糖出来，儿子一把抢了，塞进嘴里嚼得美滋滋的。我顺便捻了一块给忍冬，公婆则连连摇手，说嚼不动了。芝麻糖粘在儿子手指上，像变魔术一样扯出一根长长的丝，儿子放在嘴里嘬一口又嘬一口，嘬得吱吱响。

把忍冬送到菜园下的拐角处时，我叹了一口气，说，也不晓得他的病要花多少钱才治得好。忍冬也听懂了我的意思，说，三五千还好说，上万的话，就帮不了了。我微微一笑，说，姐家的情况，我也晓得，细伢子要读书，家里人情南北，光靠男人在外打章子挣钱，也不容易。忍冬说，要不，下午我去信用社取，三五千也是钱呀。我说，那就谢谢姐了。忍冬说，谢什么，只是帮不上大忙。我说，有姐这片心就很感动了。

我把头发梳得溜光，归拢到后面用一个橡皮筋扎成马尾，在脸上抹了雪花油，粉红色高领绞花针织的毛衣，配黑色健美裤跟半高跟皮鞋，在镜子前一站，哎，蛮好。在打着手电拎着一只装有老母鸡的塑料袋出门时，公婆说，要陪吗？我说，忍冬在外等嘞。我是趁儿子在公公的陪伴下写作业的间隙悄悄离开的。这几年来，夫妻俩大多时间辗转在多个城市的市场、工厂门口，大街小巷摆摊打章子，儿子由公婆在家带，一旦我回家，就整天缠着。我跟他都爱耍，夜里以躲过儿子的哭闹坐在桌子边酣战为乐。当离别的日子一天天地逼近，在夜深人静里，枕头边回荡着儿子均匀的、香甜的呼吸声，以及偶尔的一句吃语，我在他红扑扑的稚嫩的脸蛋上轻轻地亲了又亲。到了那一天清晨，儿子还没醒来，我和他又悄悄地踏上了离家的路，想象着儿子醒来时要妈妈的哭声，泪水就从眼里涌出，我发誓那是跟男人的最后一次远行，不管有没有挣到钱，都要在家好好带儿子，陪伴他长大。但是回到家以后，又面临柴米油盐人情学费公婆看病费用的开销，又不得不再次跟他踏上远行的路。我就这样在一次又一次的诅咒发誓间重复着一次又一次远行，重复着一次又一次对儿子的忏悔、思念、牵挂跟无奈。

　　我跟忍冬走在窄窄的田间小路上，身后传来狗单调、尖厉的汪汪汪声，夜来的风在耳边呜呜呜地叫。我跟她并没直接到张钦家，而是绕道到了藤蔓家。在昏暗的灯光下，桌子边，藤蔓和堂客八角正在扒饭，见我俩进来，八角连忙扒了几口，放下碗筷起身泡茶。藤蔓被辣椒辣得一身发热，鼻子缩进缩出，他收拾桌子时，朝灶灰里擤了一把鼻涕，又抬起一只脚后跟，将擤鼻涕的手指头在脚后跟上擦了擦，然后又搓了搓手板，坐在桌子边。八角端着热茶过来，然后问男人，要不要？藤蔓说，来一碗。于是端了一碗给他。四个人坐在桌子边，喝完茶后，便去了张钦家。

# 张　钦

一天，我揹着锄头从水泥嘴挖土回来，在枫树旁的公路上被人喊住，回头一看，原来是燕子李三跟一指禅，二人下了摩托车，燕子李三从裤袋里摸出芙蓉王敬了一支，我扶着锄头，微微一笑，说，两位稀客，有什么好事？燕子李三说，特来会你的。我说，什么好事？燕子李三说，都是你做的好事，你这个鬼脑壳，害死人的家伙，只有你出谋划策搞得出，他们搞不出。你呀，手下留情，莫搞了好吗？一指禅说，给我们点面子。要多少钱，我们来处理。我说，哪个请你们来的？燕子李三说，莫管，反正是熟人，把事情缩小点。你还搞到县里去了，到处都晓得了。我说，你们到底是哪个请来的？先把这个问题说清楚。燕子李三说，这个不要问。我说，怎么不问？走，进屋坐，来了就是客。二人进屋后，娘便搬凳子泡茶，我敬完烟，坐在二人对面，微微一笑，说，到底是哪个请来的，脑壳都搅糊了。一指禅说，老问做什么？就算我俩找你好了。我想，怪了，难不成是茅栗铺政府请来的？不对呀，那该是，哎，太蹊跷了。不管哪个请来的，都不要怪我，村上遭受这么大的损失，老百姓遭受这么大的苦难，现在几个重伤者还在死亡线上挣扎，一个颅底骨折引起CCF的伤者，现在住在北江医院，光是确诊病症就得花一万多，据说是个无底洞，老百姓家又没开公司、做大生意，哪来这么多钱？还有两个重伤的，现在就花了大几万了，都是东借西借来的。死了的，家人伤心得快得抑郁症了。唉，说来都是痛。一指禅，你也是打鼓垄村人，这不是我捏造的吧，你都晓得的。一指禅没吭声。我又说，趁早处理的话，问题还小。如果不趁早，事情扩大了，民事附带刑事，既要负刑事责任，又要负民事责任。民事责任负得好，赔偿到位，就不告了。不然的话，事情还会闹大。燕子李三说，要得，你问他们要多少钱吧。我说，三十多万元。燕子李三说，我们回去跟对方商量，你暂时不要乱搞哈。我说，要得要得，趁早咯。送走二人后，我在暗自得意的同时，又隐隐地感到担忧，仿佛有个鬼魅样子的东西在黑暗中指使着一帮人，他们先是假惺惺地跟我谈判，把赔偿金压得低低的，在我一口拒绝后，就露出狰狞的面目，以各种威胁的手段逼我就范。而吕波则站在一旁看热闹，装作什么也没看见，巴不得他们那样做，以防我把事态扩大到不可收拾的地步。

当天下午，燕子李三跟一指禅又来了，娘泡茶我敬烟，就赔偿金的事展开第二轮沟通。但是说来说去，那边只肯赔十七八万，在这之前，我早就召集死伤者家属开了会，就赔偿金的事征求他们的意见，除了易晓红外，其余的都要求不低于三十二万。但易晓红说，吴桐桐一个人就要几十万，还拿出北江医院的检查结果给我看。燕子李三跟一指禅怀着沮丧跟无奈走了，倒是没撂下什么狠话。不过，那鬼魅样会不会使出什么阴招，鬼晓得呢。

这一天，打鼓垄来了一部半新半旧的桑塔纳，停在我家门前侧面的大枫树下，从车里钻出两个年轻男子，一个戴着眼镜，瘦瘦的，穿着黑皮夹克，圆领黑毛衣，短发；另一个胖胖的，穿着牛仔服。前者提着一台摄像机，后者拿着麦克风。一下车，便向路过的一个掮锄头的男子打听情况，男子不是别人，是老鼠，老鼠把他们带到了我家。当时我推着单车正要出门，一看两个陌生

章 子 客

人，便立住单车，笑脸相迎。眼镜说，你就是张钦主任吧，我们是新网的夏记者、何记者，特来采访的。我将一捋额头的刘海，说，谁派你们来的？夏记者说，昨天我们收到一封匿名信，信上详细介绍了一起特大交通事故发生的过程，请求前来采访你。我说，哦，太好了，太好了，进屋坐。

娘从灶屋出来，打了个招呼后，又折转去泡茶。我从军大衣里摸出烟来敬，然后故意问老鼠，谁写的信？老鼠眨眨眼，说，搞不清。一边喝茶，我一边介绍那起交通事故，完了夏记者说，你讲的倒是跟信里反映的一样，是不是事实？是不是真的？这可不能开玩笑嘞。我将一捋额上的刘海，说，是真的，我以打鼓垄村村主任、打鼓垄乡人大代表的名义，以人格担保，没一点错。这是一件很有意义的事，对广大老百姓都起到警示作用，个别部门单位把报废车卖出去，流入社会，不办任何手续，造成重大交通事故，如果不及时治理，类似的事故还会发生，到时受害的就是老百姓。为了让两位记者相信，我又拿出一份报告，这份报告在前一份报告（求援信）的基础上做了部分修改，把事故的来龙去脉写得更清晰更准确。记者前后看了两遍，与匿名信上反映的事实一样，便放心了。

桑塔纳掉转车头，向西行驶了大约一里路，便右拐上一条新修的毛公路，过了一座水泥桥，在前面左拐上了水库堤，绕了一圈后便驶进了老鼠家的地坪。老鼠从车里钻出来后，从后备厢拿出锄头，搁在一旁。夏记者跟何记者从后备厢各拖出一只牛仔袋后，跟着老鼠跨进他家西屋一间睡房，里面收拾得干干净净，老式雕花床架上镶嵌着一面面亮闪闪的镜子，里面有狮子、老虎在奔跑，有野鸡、喜鹊在飞翔，有孔雀在展示绚丽的羽毛，如同走进活生生的动物园。床上铺着一张竹席，竹席上空空的。

这时，忍冬进来了，腰间系着蓝印花布围裙，一头流水般的头发归拢到后脑勺上，在那里用橡皮筋扎成马尾辫，衬托得她长长的脖子跟圆润的脸格外好看。她浅浅一笑，说，等下铺上毯子，搂床被子，架上帐子，两位晚上就可以困觉了。

藤蔓、笑笑、琪琪闻讯赶来，我把她们连同老鼠、忍冬叫到地坪外，说，现在除了吴桐桐、香香、瓜瓜家属没到外，其余的都到了。没到的也没办法，到了的做代表。情况对我们非常有利，忍冬，麻烦你把伙食搞好点，要杀鸡剖鱼，像招待上亲一样。但有一点，这些费用，先由老鼠你垫上，反正大家都是屋门口人，有的还是闺蜜、亲戚、族人，到时候赔偿金一下来，再从里面扣，大家看要得不？众人齐声说，要得。

沟通完毕，我走到两位记者面前，说，快十点了，两位还是等吃了饭再采访吧。夏记者想了想，说，那先采访一下家属吧。我说，有的还在医院。何记者说，没事。我随即对早已围拢过来的藤蔓、笑笑、琪琪说，大家准备一下吧。笑笑一惊一乍的，说，那先回去换身衣服再来，太丑啦。何记者上下打量了她一下，说，这样更自然嘞。笑笑说，要上电视吗？何记者说，可能。笑笑脸涨得通红，声音像放鞭炮，那得回去换衣服。琪琪见她这样，说，我也回去换衣服，连头发也没梳。我说，那你们快去快回，先采访一下藤蔓。藤蔓哈哈哈地笑，露出一口龅牙，说，只讲得土话。何记者说，讲土话没事。藤蔓看了看身上身下，说，哎呀，还有泥巴嘞。我说，没事没事，身上没泥巴哪像个农民。藤蔓说，记者先生，要不，还是去采访我姨父吧。夏记者对我说，他不是家属？我说，不是，其中一个死者是他表妹。不过，事故发生后，他都参与了。夏记者低头想了想，对藤蔓说，你姨父姨妈在家吗？藤蔓说，应该在，离这儿四五里。何记者说，就采访你吧。

夏记者掮着摄像机，让藤蔓背对着屋场，调好机子，何记者把麦克风与摄像机的连接线插好，把麦克风对准藤蔓的嘴，说，看着我说话，不要看摄像机。对，就这样，放松，不要紧张，就跟平时跟人打讲一样的，很简单。藤蔓的脸涨得通红，看上去很紧张，何记者微微一笑，说，要不，先试试镜头，等下问你话，先想想怎么答。第一个是，你赶到现场时看到了什么。第二个是，你们是怎样找到肇事车的。藤蔓眨眨眼，抹了一把嘴角上的口水，想了想，说，可以了。何记者说，那现在开始喽，请问，当你们赶到现场时，看到了什么？藤蔓朝地上吐了一口痰，清了清嗓子，说，当时是凌晨两三点钟，我们赶到现场时，车子不见了，伤者一个也没看见。路边上一棵几丈高的树，树尖被车子撞了后折断了，路下的田里有轮胎印、反光镜跟玻璃碎片，田里到处是血。何记者又问，你们是怎样找到肇事车的？是一台什么车？藤蔓盯着摄像机镜头，正要开口，何记者说，看我，不要看镜头。藤蔓慌忙扭头，正要开口，我把他挤到一边，说，还是我来吧，因为当时他跟何石涞去找交警了，不在场。我、端七、德鑫几个人在茅栗铺集镇溜达，结果在粮站发现肇事车了。之前我问四中队的交警，他们说肇事车扣在四中队，卵，骗人。何记者随即把话筒对准我嘴巴，说，端七跟德鑫是什么人？我说，两个原来是去看热闹，我看都是一个村的章子客，见过大世面，就让他们参与了。何记者说，后来呢？我说，当时肇事车装在一台崭新的嘎斯车上，后来四中队的交警说，是肇事车司机的那帮哥儿们准备拖到江都市钢铁厂炼钢的，被他们发觉了，就开车追了回来，停在粮站。他们之所以骗人，是因为怕闹是非，那是一台报废车，是茅栗铺派出所所长秦涌卖或者送给肇事司机的，肇事司机用来送客。原本报废车是不可流入社会的。现在造成M333重大交通事故，秦涌跟双潭县公安局有不可推卸的责任。何记者说，后来你们找到四中队交警，他们怎么说？我说，当时只给了两个死者一些，说这个钱是交警队出于人道给的。当找到肇事车后，我就代表村委会、死伤者家属表态，如果茅栗铺派出所不能满足死伤者家属要求，那么，就找双潭县公安局，因为公安局是法人，如果公安局不能满足死伤者家属要求的话，那么，死伤者家属要怎么搞、把事情搞多大，我们村委会也管不了了。何记者说，现在派出所跟公安局怎么回复？我说，这几天有几个社会上的人来找我了，问我们这边要赔多少。我事先跟家属私下里商量了，要赔三十多万，这个可能还远远不够，因为有一个CCF伤者，那是个无底洞，现在花了四五万了，据说要花几十万。比如两个死者，每个赔四五万，一点也不叫多；另外，两个重伤的，住在县人民医院跟县中医医院，现在花去近十万治疗费了，三十多万还只是预估的医疗费。另外，路费、陪护费等都没算，但那几个来了的，只肯出十七八万，相差太远了，谈不拢。见谈不拢，有人扬言要找我麻烦，我说，既然打湿脚了，不管河里水有多深，也要蹚过去，我在家等他们。何记者说，你真的不怕吗？我说，如果怕的话，就不会插手了。再说，这不是个人行为，我代表的是打鼓垄村村民委员会，正神还怕邪神？夏记者朝我竖起大拇指，关了摄像机。

这时，回家换衣服的笑笑跟琪琪呼哧呼哧赶来了，身后跟着张家山、易晓红公婆一群看热闹的村民。

摄像机镜头对准了笑笑，她鞭炮似的富有磁性的声音让两位记者感觉不错，也许是第一次面对镜头，想象着自己将被无数双眼看到，她后来说心脏都要跳出来了，但是，当何记者把话筒对准她嘴巴，重复那句请对着我说话、不要看镜头时，她的脸色随即凝重了，不久就蹲在地上号啕大哭，端起袖子抹泪，捏着鼻子擤鼻涕。在场的人屏住呼吸，地坪上静静的，唯有她的哭声在萦绕。忍冬听到哭声，从灶屋里钻出来，站在阶基上，鼻子酸酸的，从房里找来一块毛巾，来到笑笑跟前，悄悄地塞

章 子 客

到她手里，说，都过去了，哭什么呢。笑笑用毛巾擦了一把泪，站起身，对忍冬说，都怪我，要不是我喊你们去打台球，兰兰、美美，就，不会……忍冬一把将笑笑搂抱住，眼泪滴在笑笑夹克衫背心上，哽咽着，说，都怪我，不该叫你们去茅栗铺。笑笑哽咽着，说，怪我，怪我啊。两个人哭作一团。夏记者早已悄悄地把镜头对准了两个人，何记者也同样把麦克风靠近，琪琪则蹲在离大家不远的一棵樟树下哭。我站在人群中，眼眶湿湿的，眼看着采访无法继续下去，随即对看热闹的乡亲说，请大家散了吧，散了，待在这儿，记者做不了采访。大家低着头，抹着泪，嘀咕着，散了。唯有张家山站在那里，双手套在油腻腻的袖筒里，我走到他跟前，说，您也散了吧。他说，又不作声。我说，您待在这儿，她们看了心里越发不自在。他说，这话不爱听。我凑到他耳朵边，小声说，事故是由您侄郎造成的，他们能不怨？他说，怨什么？是他造成的，叫他赔好了。我说，要赔，也只能让您侄女赔。他双手依然套在袖筒里，说，那就叫她赔呗。我说，她拿什么赔？他讪笑一声，说，这话说出水平啦。我再也按捺不住了，扯着他的衣袖，连劝带拽，硬是将他送出了地坪。笑笑对着话筒，说，现在兰兰埋在哪里也不晓得，不想去看。平时跟她像亲姐妹一样，随便到哪去，都一路，她家里有什么好吃的，我家里有什么好吃的，都要给对方送点，什么事都讲，唉，不想说去就去了。

下午一点钟，两位记者将摄像机、麦克风收拾好，准备出发。我面对着藤蔓、老鼠、忍冬，确定一个跟我去陪记者采访，想了想，叫藤蔓去吧，粗人一个。叫老鼠去吧，又觉得别扭，总觉得他眼光像钢刀一样锋利，年少时与忍冬的那段往事犹在眼前，那时，他放出要杀人的狠话，这么多年了，我始终不敢面对他，好在我跟忍冬到底守住了底线，这给了我大胆面对他的勇气跟决心。但每一次遇上忍冬，我和她都不敢看对方的眼睛，她是个沉默寡言的女人，总是将自己的内心用一层厚厚的盔甲包裹着。

桑塔纳缓缓地驶过水库大堤，离开了打鼓垄地界，来到M333茅栗铺事故现场，摄像机、麦克风对准我，现场残留的血迹干枯了、暗淡了，肇事车冲下路肩翻在田里的深深的印迹还在，那被巨大冲击力折断的树尖还倒挂在那里，叶子蜷缩。根据我的意见，车子驶进附近的一条村道，在一房门紧闭的农户家地坪上停下来，我让同来的老鼠带着何记者为一组，我带着夏记者为一组，分头去寻找事故发生时的目击者，然后在停车点会合。

我跟夏记者来到离事故现场最近的一户人家，门前有一口小小的塘，地坪扫得干干净净，一个双手插在裤袋里、戴着毛帽、眼角沾着眼屎的男人，移着碎步迎上来，说，找哪个，哎，你们哪里的，还带着照相机。我说，您好，请问，前段时间对门车路边发生交通事故，晓得吗？毛帽看着我，微微一笑，说，你是说死了三个人吗，哎。我回头对夏记者一笑，说，这个人脑壳不大清楚，走。来到下一家，一个头发花白的男子坐在地坪上的一把椅子上，望着我们。我看了他一眼，从军大衣内摸出软白沙来散，白头发连忙起身，双手接过，说，两位客有什么好事咯。我给他点上火，说，请问，前段时间对门车路边发生交通事故，您晓得吗？白头发吸了一口烟，眯着眼盯着我，说，晓得，怎么不晓得，你们是来调查的吧？我转身面对夏记者，说，这是市电视台来的记者，采访一下。请问您当晚在现场吗？白头发又吸了一口烟，说，在呀，当时困了，突然听见嘭的一声，醒了，以为是打雷，又要落雨了，没在意。迷迷糊糊中，听见外面有人喊，细一听，好像对门车路边出了事故，就打手电出来看，湾里好几户都开了门，只见对门公路上停着一台车子，车顶的灯一闪一闪的，没多久又来了一台车子，是大车，只见人影子晃来晃去，声音嘈杂，整个湾里的人都起来了，我跟张大贵（邻居）性急赶过去。

　　我把夏记者留下来，性急返回去找何记者跟老鼠。他俩早已在车旁等，声称也找到了目击者，我便带他俩与夏记者会合。夏记者掮着摄像机正在调镜头，白头发进屋又是搬凳子，又是泡茶，阳光洒在地坪上，把水泥地跟土砖墙照得闪闪发亮，湾里人看见掮摄像机的人来了，便纷纷过来看稀奇，一听是采访那场车祸的，便你一句我一句地议论开来，有的说，惨啊，车子撞得稀巴烂，椅子上、窗玻璃上到处是血。有的说，车里坐九个，包括司机十个，一台小车最多坐五个，严重超载。有的说，司机可能喝酒了，加上超载，夜里视线差，不出事才怪。有的说，听说那车是报废车。有的说，交警还没到，救护车来了，我们帮忙把伤者抬上车。不久就来了一台吊车跟一台崭新的嘎斯车，把肇事车吊到嘎斯车上后，就急急忙忙开走了。刚走，交警队的来了，听讲肇事车被拖走了，便追去了。当时，一个家属也没看见。有的说，奇怪，交警还没到场，就有人来拖车子，按理说，拖车是交警的事，一般人敢动车？我们搞不清，也犯不着阻拦，搞不好惹祸上身。两位记者早就悄悄地打开了设备。

　　桑塔纳一路向西，缓缓地朝茅栗铺乡政府所在的方向驶去，最终在派出所院门外停下，在车子驶上打鼓垄集镇时，夏记者在一小店向茅栗铺派出所打了个电话，接电话的是个女警察，夏记者说，你好，我是新网的记者，请问，所长在吗？想采访他一下。女警察说，找所长什么事？夏记者说，关于M333那起交通事故。女警察说，这与所长有什么关系呢？夏记者说，有关系。女警察说，他不在哦。夏记者说，那副所长呢？女警察说，也不在。说完，就挂了。何记者说，打什么，直接去。夏记者微微一笑，说，事先打电话是必需的，至于他见不见、接不接受采访，那是他的事。何记者说，这下打草惊蛇，就算他在也不在了。夏记者说，怕个卵，等下有他们好看的，上车。手一招，钻进车里，又踏上了路途。

到了茅栗铺派出所，夏记者掮起摄像机，调整镜头，何记者把线连接好后，拿着麦克风站在茅栗铺派出所的牌子下，对着麦克风说，记者现在来到了茅栗铺派出所，就M333重大交通事故采访该所所长，请大家随我前往。镜头随即跟着他走进院内，刚要跨进办公室，就被一个络腮胡子的警察拦住，喂，干什么的？何记者说，我们是新网记者，就M333重大交通事故采访一下所长。络腮胡子拦住办公室的门，说，预约了吗？何记者说，请问贵姓？络腮胡子指着夏记者，说，拍什么拍？这是什么地方，能随便拍吗？何记者说，我们只是来了解情况，请所长来。络腮胡子说，他不在，改天来。何记者说，那副所长也行。络腮胡子推开何记者，扑到夏记者面前，抓住摄像机。站在一旁的我，一个箭步上前，将络腮胡子的手推开，说，警察同志，这是新网的记者，听老百姓反映，M333重大交通事故肇事车是你们派出所卖出去的，请你们拿出合法手续来，没别的。我们并没做违法的事，媒体有采访曝光的责任跟权利，你们阻挡是违法的。双方的争吵声引出待在办公室的几个警察，他们一齐冲上来，指责我们未经允许私下拍摄，两位记者见形势不妙，就在我跟老鼠阻挡的空隙，悄悄退到了院外。

我一点也不怕，捋一捋额上的刘海，双手扣在后面，说，我是村干部，代表死伤者家属来讨公道，你们让报废车流入社会，造成三死三重伤的重大交通事故，有不可推卸的责任。现在，所长不但不配合接受采访，反而派警察围攻、封堵记者，一错再错，作为死伤者家属的委托人，将不惜一切代价讨回公道。然后后退几步，对院子里喊，所长听好了，你不出来接受采访可以，但是，我们有的是办法让你付出代价。一个警察说，报废车是我们派出所流出去的不错，但是他都不在我们所里任职了，找我们没用，要找找他去。我说，只找现在的所长。另一个警察说，所长出去了。我说，刚刚记者打电话还在，骗细家伙吧？前一个警察说，车子是秦涌卖出去的，那是他个人行为，跟所里没关系。我说，车子是从你们所里卖出去的，你们所就要负责。你们拿出相关手续来，如果合理合法，我们屁都不放；如果拿不出，对不起，就请担责。前一个警察说，所里办了手续嘞。我说，拿出来看看。后一个警察说，那要去寻，秦所长经手的，鬼晓得放在哪儿。我说，你们不要骗人了，手续根本拿不出，即使拿出来了，也是伪造的。前一个警察跟后一个警察见势不妙，就悄悄地退到一边去，剩下的两个警察装傻，说要找秦所。我说，那车子应该做涉案物资处理，要物价部门定价、拍卖、过户，你们走了哪个程序？如果过了户，还情有可原，但什么手续也没有呀。现在是不争的事实，你们有不可推卸的责任，你们单位由双潭县公安局管，那我们去找双潭县公安局。在离开派出所的路上，夏记者一边开车，一边对坐在副驾驶座上的我说，这事蛮复杂嘞，他们官官相护。我说，怕卵，你们是媒体，有很大的话语权，只要你们把这事报道出来，在社会上就会产生更大的震动，就会引起市里、省里的重视，你们新网为此也树立了为老百姓代言、为老百姓发声的高大形象，会产生更大的影响。坐在后排的何记者说，我们尽最大的努力，放心。一直很少开口的老鼠连忙说，感谢感谢。

我们沿路返回，在穿过打鼓垄集镇时，在打鼓垄派出所院子门前停住，在 M333 重大交通事故发生后，派出所警察曾多次上门找我，给死伤者家属打预防针，要求他们遵纪守法，服从政府部门的安排，不要聚众闹事，给社会带来负面影响。我以村主任的名义立下军令状，只要政府办事一碗水端平，怜悯老百姓的苦难，积极处理，死伤者家属绝对服从。但现在情况并没有朝我们的预期发展，我决定借这个机会去会会警察，出了这么大的事故，他们不可能不闻不问、睁一只眼闭一只眼，何况死伤者都是打鼓垄人（除了肇事司机），属于打鼓垄派出所直接管辖。但是，当我们出现在他们面前时，一警察说，张主任，怎么把记者带来了？我说，你们参与了事故处理、调解，又熟悉情况，我们又属于你们管，老百姓相信记者，要记者来采访一下。警察说，领导不在。我说，麻烦你打个电话吧。警察责备我不该把记者带到派出所，好像事故是由他们所处理一样。他随后把话筒丢给我，我苦口婆心，向所长说明现在的处境，央求他提供帮助，回来接受采访，但他拒绝了我的请求。

在回去的路上，我对两位记者说，麻烦你们加大力量、增加人马，这样下去产生不了效果。在两位记者回去后的第二天，市里果然又派来了一组记者，是夏记者带来的，也掮着摄像机、拿着麦克风。夏记者说，他们是市里另一个网站的记者。两组记者当天即开赴茅栗铺派出所、双潭县公安局交警大队四中队。

这几天我都在等待着消息，自与两组记者在四中队分手后，迟迟没有记者们的消息，一种不祥的预感朝我袭来，我看见西边的黑云翻滚而来，伴随而来的轰隆轰隆的雷声震得打鼓垄大地在颤抖，狂风呼啸着从芜水河堤上的柳树、樟树上刮过，发出一阵阵涛声，地上的落叶跟灰尘被吹到空中消失在灰茫茫的原野上。

这天夜里，我披着军大衣跨出家门，外面黑漆漆的，就连十步开外的大枫树也变成了一个黑乎乎的影子，像一个硕大的鬼影。天上下着毛毛雨，娘在屋里喊，记者都管不了的事，你管得卵？由他们去，该想的办法都想了，该做的都做了，尽了责任了。我返回屋内，扯亮房里的灯，到门背后、床当头寻伞。娘站在一旁，说，寻什么？又到哪里去？我说，伞呢？伞放在哪里？她说，又到冲里去？我只顾低头寻，说，尽操空心。她说，昨夜来了几个男的，说找你，问你去哪了，在屋里转了几圈，就走了。我拿着伞，盯着她，说，该不是上次那两个吧。她说，不像。我捋一捋额上的刘海，说，长得怎么样？她说，都二十几岁，人高马大一个的，其中一个戴着耳环。我说，什么事？她说，都神神秘秘的，看样范得小心些，夜里莫出去咯。我在屋里转了转，琢磨那是哪路神仙派来的，到底想做什么。她一屁股坐在床沿上，说，你哪，就是不听娘的，一根筋，看人家吕波，还是书记，一直坐在阴山里不露声色，多聪明。只有你这个死卵，越是水深越要蹚，逞什么英雄？做不到的事，就交给他去做。他是一把手，能不管吗？他不管，是他的责任。反正，你能做的都做了。说完，端起袖子擦泪，说，崽呀，娘就你这根苗嘞，要出点什么事，娘这把老骨头谁来照顾？我走到她身边，说，正神还怕邪神？吕波那号人，那是六月的太阳，躲得一次是一次，这样的一把手，有个卵用？说完，拿着伞转身就走，走到门外，转身对门里说，来关门，谁喊也不要开。撑着伞，打着手电，就要走，突然想起了什么，转身推门进去，回到房里，从枕头下摸出那把藏刀，四十厘米长，刀刃锋利，配有刀鞘，顺手插在腰间的皮带下，军大衣一裹，没人看见。

　　我踏在滑溜溜的路上，只听见脚下咕叽咕叽响。突

章 子 客

然想起今夜出门，竟然打了两个转身，预示着诸事不顺。今夜要办的事，恐怕难以办成，不过我想，办不成也得办。大约走了半里路，突然听见后面传来了咕叽咕叽的脚步声，听声音不止一个，有两三个。这下雨天，村里人没急事就很少出门，除非万不得已，像我这样。那么，后面是哪几个角色呢？我有一种不祥的预感，揿了手电，拔出藏刀，倒扣在手，插进军大衣袋子里，走到前面的岔路口，站在边上不动。这时那咕叽咕叽声像是听到号令一下子消失了。待了几分钟，仍听不见，心想，难不成是听错了？我接着往前走，也不打手电，那咕叽咕叽声又传了过来，又响又急，清清楚楚，是三个人，越来越近。我性急走到一块空地边，收了伞丢在地上，转身往回走，在快接近那三个人时，突然揿亮手电，朝他们扫过去，这一扫，真的印证了我的猜测，三人戴口罩、鸭舌帽，穿黑皮夹克，手插在裤袋里，眼珠子灼人，齐刷刷盯着我，像早就认出了一样。我说，三位，下雨天，不好好待在家，跟着做什么？说完，就把手电光打在他们裤袋上，盯着插在里面的手。一个高个子说，你是张钦吗？我说，是呀。你们哪里的？高个子说，兄弟们，上。我随即把手电光打在高个子眼睛上，顺手抽出刀，用刀尖指着他，说，哪个敢上，就捅死他。高个子说，他一个人，怕什么，放点血，让他长点记性。我暗暗叫苦，想不到他们也是带了刀来的。但我一点也不怕，想想在遥远的东北，人生地不熟，连那人高马大的东北虎也倒在脚下，何况是这几个小蟊贼，吃了豹子胆，不让他们尝尝厉害，日后还敢出门？我揿灭手电，慢慢后退。这时高个子第一个冲上来，一刀捅过来，我躲过后朝他一刀子捅过去，那小子用手电筒一挡，刀尖捅在手电筒上滑走了。另外两个闪到一边，抄了后路。我一时乱了手脚，用手电砸，用刀捅，哪个靠近，就捅哪个。这时，他们一齐揿亮了手电，雪白的光齐刷刷地把我照成了活靶子。我瞄准高个子，趁他转身之机，扑上去，就是一刀，感觉刀尖抵到了硬家伙，听到了哎哟声跟手电筒掉在地上镜片砸在石头上的碎裂声。此时，我的左臂传来一阵钻心的疼痛，手电筒也掉在地上，但是居然亮了，光把湿漉漉的路面照得通亮，我一转身追那矮矮的家伙，那中等个则在后面追，我突然跳到旁边路肩下的田里，背靠着土坎，中等个没看清，站在路上望来望去，我乘机爬上路肩，从他身后扑过去，一刀捅进他腰部，那家伙哎哟一声，捂着腰子跑了。

我感觉左臂上的血浸湿了大衣袖子，它还在那里流，像一股清水流进一块干枯的沙滩，但那不是清水，而是

章 子 客

掌管我命脉的极其贵重的有限的东西。三十多年来，我小心地深情地呵护着宝贝一样的管子，还有它们，在那个用棕榈弹复仇的遥远的下午，在那个遥远的珲春街一拳击倒高个子的瞬间，在这个钻心地疼痛的只听见田埂缺口间哗哗哗的流水声、对面山岗上传来灰林鸮嘟—崴特，嘟—呼，嘟—崴特，嘟—呼惊悚的叫声的夜晚，我那么爱恋着它们，却总在不经意间无力抵挡邪恶的袭击，眼睁睁地看着它们挣扎、呻吟、呐喊跟尖叫。

我捡起手电夹在腋窝下，捂着手臂，跌跌撞撞地踏上那条田埂。路面又湿又滑，我摇摇晃晃，像站在一条被狂风肆虐的小船上，在一波波大浪的咆哮间，我死死地抱着桅杆，喊道，老天哪，我还年轻，我爱受苦受累的霸得蛮的善良的乡亲，我爱那清水般的眼睛，我爱清晨那喷薄而出的第一缕光，他们那么清纯、执拗、勇敢、辽阔。我看见了几千年前我们的祖先留下的甲骨文、青铜铭文、徽识图腾，陶拍上的纹饰，盖有印记的检封或者封泥，打在驴马跟木器上的烙印，挂在胸前或者悬于腰际的玺……前面一束手电光朝我照来，打在我脸上、眼睛上，还有往下滴着血的手臂上。我抬了一下胳膊，光就跟那光相遇了，在迷离间，那个人来到我身边，一条胳膊挽住了我的腰，我嗅到了那熟悉的散发出的熟透的酥软的香甜气息，看见了那清水般的眼睛，我的血在五脏六腑里奔腾，我的泪从眼眶里喷涌而出，在她的如同铁钳一样的胳膊间，跌跌撞撞地回到家。在昏昏沉沉间，我听见了娘开门的声音，听见了娘的号啕大哭声，在刺眼的灯光下，我看见了她的鹰钩鼻，还有那清水般的眼睛，那么清晰地定格在眼前，怜悯，痛惜，一颗晶莹的泪珠从眼角滚落。倏忽间，我闭上了眼睛，只感到一身轻轻的轻轻的，像一片落在地上的羽毛，随着那轻轻的风一吹，飞到空中，在那里翻了几个跟斗后，静静地平稳地浮在那里，然后慢慢地慢慢地落下来，挂在一片草叶上，一动也不动了。

当我醒来时，我发现自己躺在床上，屋子里坐着忍冬、易晓红、刘军民、琪琪、笑笑、张家山，母亲坐在床头，眼睛都哭肿了。大家见我睁开了眼睛，便起身围在我床头，说，好些了吗？感觉怎么样？还疼吗？我没吭声，点头，摇头。那条胳膊又僵又硬，麻辣火烧痛。忍冬说，伤口是张家山叔叔搞好的，他从外面采了一把还魂草回来，洗干净后搁在菜碗里，用菜刀把捣碎，还魂草被捣成了青绿色的碎末，他把碎末揉捏成团，用温盐水清洗了伤口，把碎末敷在伤口上，撕了一块布包扎好，说，没伤到动脉血管，敷几帖草药就好了。又叫藤蔓去村部的药店买来了消炎药，让我用温开水吞服。大家围在床边，问我要不要报警，我摇摇头。这时娘端了一碗糖茶，我从床上坐起来，慢慢地喝完，咳嗽了几下，就有了精神，说，可能是秦涌派来的，还是那句话，老子现在已经打湿了脚，不管河里水有多深，也要蹚过去。刘军民说，真是好主任啊。易晓红说，事情结束后，我们要好好感谢你。我将一将额上的刘海，说，什么也不要谢，只要你们记得就行。刘军民说，他这么猖狂，我们该怎么搞？你看清那三个人了吗？要不，明天叫一帮人去收拾他们。我说，不要急。藤蔓嘿嘿一笑，说，要是白天，他们三个也不是你对手。我说，在吉林看见了的，那高个子吃了恶亏。藤蔓说，是的是的，钦哥厉害。我说，是谁叫你们来的？娘马上说，多亏了忍冬，她不但救了你，还第一时间叫来了张家山，然后又一个个发信，把大家聚拢来，一点也不怕哩。琪琪说，要不是她到我家去，在路上碰到你，还不晓得你要流多少血呢。我盯着忍冬，说，谢谢，谢谢。

我清点了一下人数，除了何石涘外，只有美美爷娘没来（藤蔓说，他做代表），正好开会，我半躺在椅子上，强忍着钻心的疼痛，对仍然坐在炉火边的张家山说，家叔。他嘿嘿一笑。我望了望大家，没吭声。藤蔓红着脸，说，家叔，您是代表侄女吧。张家山盯着他，说，怎么不早发通知，要不她会来。刘军民说，人来了，钱来没？张家山说，这话不爱听，她有什么钱？刘军民说，那来干屌？张家山瞪了他一眼，板着脸，说，捧个场呗。藤蔓说，不带钱，就不要捧。我说，莫争了，开会。灶屋里顿时安静了下来。我说，现在的形势大家都看到了，上次跟何石涘到了乡政府、县政府相关部门送了"关于M333特大交通事故向相关部门的求援信"，引起了相关部门的重视，秦涌打发人来了，但只肯赔十七八万。前不久，市里的记者来了，也是白忙几天。下一步，到底怎么搞，大家发表一下看法。藤蔓说，既然这样，就到政府部门去闹，娘的脚，他们不是不理嘛。刘军民说，赞成，不要怪我们做得出来，实在是他们逼的。现在我堂客花了三四万了，听医生说，还得住一两月才能出院。都没地方去借了，该借的都借了。莫把老子逼急了，老子什么事都做得出。笑笑说，虽然我很幸运，但是只要喊一声，就随时上。琪琪说，我跟笑笑一样，挺你们。瓜瓜男人说，我堂客的情况跟香香的情况差不多，花了四五万了，赞成你们的搞法。我综合大家意见，说，那就这么搞。

章　子　客

# 张　钦

　　我坐在床上，背靠着墙看书，受伤的手绑着一块白布，白布被草药的汁液浸得发黑。

　　刘元福来了，后面跟着吕波，吕波后面跟着村团支部书记小磊、村妇女主任小秦，小磊跟小秦手里拎着大包小包，搁在床头的小桌子上。刘元福说，张主任，受惊了，一点水果跟补品，不成敬意。说完，他又从上衣内口袋里掏出一个信封，恭恭敬敬地递到我面前，说，这是政府的一点心意，请收下。

　　我准备起身下床，刘元福跟吕波连忙拦住，说，别动，我们坐坐就走。这时娘端着热腾腾的茶进了房，一边招呼就座，一边请喝茶，手在腰间的蓝印花布围裙上擦了擦，长叹一声，说，叫他不要插手，就是不听，看，现在打成这样，幸亏没伤到心脏，要不然，命就没了。昨夜痛得嗷嗷叫，害得我一夜没困嘞。刘元福喝了一口茶，对娘说，伯母，您受惊了。这事政府也有责任，没及时处理好事故。至于凶手，派出所会展开侦查，争取早日破案，请您放心。娘一听，捏起围裙角擦了一把泪，说，太狠了，三个打一个，都带了刀，要不是崽强势，不捅死也捅个半残废。吕波挨着刘元福坐着，那冰冷的脸上倒是露出了亲切和怜悯，问了那天晚上的大体过程，夸我有功夫，一对三，居然只受了轻伤，还把对方给打败了。说村上一定会积极配合派出所，抓住凶手，维护村干部的尊严和威信，坚持正义。小磊跟小秦也特别关心，嘘寒问暖，我内心真切地感受到了村委会这个大家庭的温暖，对吕波也感到有些内疚，心想，以后得服从吕波的安排，尽量少跟他对着干，毕竟，他是一把手，办事也比较讲究方式方法，不像我这么鲁莽。我将一将额上的刘海，对娘说，洗水果给同事领导吃吧。刘元福说，伯母，不客气，不客气。接着对我说，这起交通事故，政府也相当重视，跟茅栗铺那边也多次协调，为家属争取合理的赔偿。现在，也拜请吕书记、张主任做做家属们工作，争取尽快解决。我这次来，也是听听家属的具体意见。我说，刘主任，目前最要紧的，是希望政

章子客

府尽快查出凶手，挖出幕后黑手，给我一个交代。这次暗杀我的人，很可能是秦涌派来的，上次他请人来了，没成，一定怀恨在心。真是岂有此理，作为村干部，我为死伤者家属争取合理合法的公平公正的赔偿金，有什么错？他卖出报废车，什么程序也没走，什么手续也没办，造成这么大的交通事故，判他坐牢也不算过分，居然勾结社会上的人来搞我，一定要得到应有的惩罚。吕波偏头对刘元福说，张主任说得对，这种行为确实太恶劣了，我代表全体村民向幕后黑手提出强烈抗议。同时，也向张主任表示歉意，作为村支书，没保障村委会成员的人身安全，有责任，请多多包涵。我说，谢谢书记关心，说实话，这事谁也料不到，即使料到了，也是防不胜防，我在明处，坏人在暗处，不怪书记。这时，娘把洗干净的苹果和梨子搁在旁边的凳子上，招呼大家吃，并端来了瓜子，花生和热腾腾、香喷喷的绿茶。刘元福说，张主任，请放心，派出所立案了，一定会当回事搞。不过，也不是一下子就能挖出幕后黑手的。现在，当务之急，还是赔偿金的事。我端起衣袖擦了一把汗，说，三十多万，没这个数，家属不会同意。刘元福说，张主任，我们政府的意思，现在既然事故发生了，死者入土为安，伤者放心治疗。都作了调查的，花费应该在二十多万，咱们也不能脱离实际，双方都走拢点，早点处理好。

吕波说，张主任，这事从头到尾都是你参与处理，我就不从中插一杠子了，你说了算。不过，个人意见嘛，你召集一下家属，协调，早点处理好。我正要开口，望见窗外有人影在晃动，便对窗户喊，都进来吧，进来吧。进来的是何石洤、藤蔓跟老鼠。何石洤笑眯眯的，一进门就从裤袋里摸出白沙烟来散，他又黑又瘦，眼珠陷进眼窝里，上身只穿了一件毛线衣跟夹衣，冻得流清鼻涕。我说，可算来了，再不来，你堂客的赔偿金就冲天（没有）了嘞。他用手捂了一把鼻涕，朝我噘嘴、眨眼，说，哈，这么说赔偿金就要到手啦。我说，哼，八字还没一撇哩。他嘿嘿一笑，说，反正找你要。我说，你们几个来得好，这是乡政府综治办的刘元福主任，专门为了赔偿的事来的。石洤，堂屋里有凳子，搬几把来坐，听刘主任作指导。众人落座后，娘又端来了热腾腾的绿茶，我也从床头柜里翻出白沙烟来散。突然想起了什么，对老鼠说，易晓红在家吗？老鼠说，在，刚从北江医院回来。我说，吴桐桐的眼睛好些了吗？他说，前天做了手术，材料还是从美国坐飞机过来的，手术费花了一万多块，做到一半，吴桐桐就只有进气没有出气，脸雪白的，快要落气了一样，医师就扯掉了插进动脉血管里的管子，不做了。何石涘说，哎呀，一个手术要一万多，莫吓人喽。老鼠说，讲了半句假话，不得好死。吕波说，那得花多少钱啊，照你这样说。老鼠说，医师说是无底洞，叫什么CCF，是血管破了，血没地方去，就流进眼睛里，导致眼睛充血，鼓起牛卵子大。大家一听，半天没作声。我跟刘元福听后心里凉了半截，心想，以前只听易晓红说说，现在看来真的不可小看了。我盯着老鼠看了半天，说，快去把易晓红叫来，就说政府派人来谈赔偿了，就等她。老鼠转身就走了。我对藤蔓说，你去把琪琪、笑笑、瓜瓜男人、刘军民都叫来，趁刘主任、吕书记在，今天无论搞到多晚，也要把这事定个子丑寅卯。藤蔓说，瓜瓜男人不晓得在不在，可能到县里照料堂客去了。我说，他不在，就叫他兄弟过来。完了又隔着墙叫娘煮上十多个人的饭，娘走进房来，说，菜呢？尽吃萝卜白菜吗？我说，先把饭煮了。何石涘，别站着，帮我到街上砍几斤肉、抓两条鱼回来。他朝我眨眨眼，伸出大拇指跟食指做了个数钱的样范。我说，先垫上，回来报销。

　　没多久，易晓红跟忍冬来了，琪琪、笑笑、瓜瓜小叔子、刘军民都来了，让人意想不到的是，张家山拖着一条瘸腿不请自来了，我也不好意思撵他，但细一想，他是肇事司机的伯岳父，按理说，出了这么大的事故，一般人连躲都躲不赢，哪有送肉上砧板的？当然，这个瘸子，人一个卵一条，平常也是操着手站在别人家地坪前的土墩上，看山看水看天看人，闲得蛋疼，来凑热闹，兴许还能混杯酒喝，何况几天前还救了我，也该感谢感谢。他一进屋，便笑眯眯地倚着门框边，双手操在袖筒里，嘴里叼着喇叭筒，装出一个闲散的样范。我隔着床铺丢了一根烟给他，说，等下喝杯酒，有空的话，麻烦到灶屋里烧烧火。他嘿嘿一笑，说，要得，转身去了灶屋。忍冬、易晓红、琪琪、笑笑也没闲着，有的去菜园摘菜，有的帮娘切菜，有的蹲在地上择菜，何石涘腰间系着围裙，操着锅铲，站在灶台边，笑眯眯地为大家炒菜。

饭后，会议开始。我坐在堂屋神龛下，面朝着大门。刘元福坐在左边，吕波坐在右边，其余人围坐在下方，中间搁着一只炉子，炉火红通通的，把堂屋烤得暖暖的。吕波做了开场白，刘元福接着发言，先是说了一些代表政府、公安局致歉的客气话，接着就关于赔偿的事请家属一个个发言。

家属们平时都散漫惯了，面对这种场合，紧张得不得了，吞吞吐吐，前言不搭后语，讲来讲去，无非是要

章 子 客

钱。我坐在那里，气得吐血，平时他们喷得吐沫星子乱溅，一上战场却半天放不出一个屁来，好在这还不是真正的战场。轮到我发言了，我快刀斩乱麻，说，现在公安局赔二十多万，具体怎么分配，大家等下再讨论。现在大家发表意见，同意不同意。一时间，会场安静了，只听见炉火燃烧发出的哗哗剥剥声，家属们你看看我、我看看你，然后嘴巴伸到伙伴耳朵边，小声议论。刘军民说，我们要出去商量一下。刘元福说，行。家属们出了屋，站在大枫树下小声讨论。我悄悄地来到大枫树下，只听刘军民说，虽说事故是由肇事司机、公安局负全责，但是，话说回来，我们也有一定的责任，如果当初不坐那么多人，车子不超载，事故或许就有可能避免。大多家属表示同意，只有易晓红不同意，她认为乘客没责任，司机说能搭就搭，搭不得就搭不得。公安局只赔二十多万，摊到她头上，也不过四五万，四五万对吴桐桐的病情来说，不过是杯水车薪，因为到那天为止，吴桐桐从地方眼科医院到北江医院的治疗费用，据她初步估算，已超四万，后期治疗费用或者六七万，或者十多万几十万，没底的，医师说了是无底洞。假如真的要花好几十万，那就一切都难说了。所以，她坚决不同意。

# 何石涘

我穿过那片林地，来到那栋屋后，用手电照了照楼上的窗户，轻轻地推开门，房子里空荡荡的，那张桌子又摆在中间，上面立着一块牌子，牌子上画着一把手电，手电上打着一个大叉。我揿灭它，在黑暗中摸索着出门，来到走廊上，顺着墙摸索，来到她困的房，黑暗中传来书的香味、墨水的苦涩味，海飞丝的甜味，我看见一个影子一动不动地立在那里，像是等待已久。

她终于开口说话了，细声细气的，也不问我姓甚名谁，家里情况怎样，为什么会喜欢她，好像我就是她男人一样，一开口，就让我厌烦。她说，一个月前，我到茅栗铺乡参加一个志愿者朋友的葬礼，在离我十多米远的一条窄窄的乡村公路上，一个女孩在和我对视的一瞬

章子客

间，悄无声息地低下了头，悄无声息地从身旁走过，悄无声息地消失在我目光所及的尽头，尽管在她身后，有锣鼓鞭炮响，有一双眼睛在目送她，她也没有回头。在惊诧之余，我纳闷，在这样的年代，难道她的脸就无法诊治了吗？后来我跟到她家，家里有个精神失常的哥哥，一个年迈的爷，家里虽然很穷，但是很干净，她的房内苧麻织的蚊帐、蓝印花被和枕头，折叠得整整齐齐，摆放得井然有序。她叫玫玫，二十一岁，初中毕业因血管瘤病辍学在家。一岁时，她右脸部突然冒出了一小豆大的黑点，当时，家人并没有在意。随后，小黑点一年一年地逐渐扩张。家人虽已有警觉，但因家境贫寒，还是没有理会。随着年龄的增长，小黑点竟然扩张成了一个椰子大小的瘤子，吞噬了她的右半边脸。右眼和右耳被赘肉盖得严严实实，嘴巴也被撑得严重变形。因张不开嘴，她只能吃点面条之类的流食。后来通过检查，确诊是血管瘤，是母亲遗传下来的。

玫玫说，她初中毕业后就停学了。在学校，因为脸上的瘤子吓人，同学们躲着她，说她是怪物。在回家的路上，也只能低头走路，因为碰到的人都用一种怪异的眼光打量她，说她好丑。所以长期以来，由于一直低头走路，背驼了。她不愿去读书，甚至经常逃学，娘不管刮风下雨，都接送她。有时候，娘因身体原因不能接送，她就会叫爷送伞到学校来。娘是她心中的温暖。一天下午，当她背着书包回到家的时候，娘，因为长期以来没钱治疗，离她而去了。最疼爱她的娘走了，她越来越不愿见人了。晚上，月亮好圆，对门湾里唱大戏，锣鼓喧天。村子里的大人小孩都高高兴兴地去了，好不热闹，她却只能躲藏在树林里。她多想把自己的病治好，能在大街上自由自在地行走，再像其他女孩子一样，找个伴，让他陪自己走过一生，多好啊。

我找到县里市里的媒体人去了玫玫家，找到希大登大酒店的老板，带着红包，去了她家。远在新西兰的朋友茜茜，看到我写给她的信和玫玫的照片后，随即寄钱给玫玫。还有长沙的朋友，说，李莉，她（玫玫）太可怜了，麻烦你把这邮票转交给她。县民政局的人率领几个爱心协会负责人和人民医院教授，带着爱心物资跟医术，去了她家。还有很多爱心人士表示愿意帮助她，她需要很多很多的人去帮啊。

我听得耳朵都快生茧了，跨上前，一只手搭在她肩上，她扭了扭肩膀。我从后面抱住她，她说，松手，松手。听见没？我闻到了茉莉花跟冰冷的铁屑味，又羞又恼，紧紧地搂住，将她放倒在床上，去脱她裤子时，碰到一样冰冷坚硬的东西，一摸，那不是鲁铁匠打的盔甲吗？它牢牢地罩在那里，并配以小锁。我愤怒地掰、扯，但是盔甲坚如磐石，小锁也扯不动，伏在她身上，她像石头那样坚硬、冰冷、执拗。我滚下来，躺在一边，摊开手，呼哧呼哧喘气，我想爬起来就走，但是一点力气也没了，回想我曾经是怎样一次次地摸进她的房子，一次次地饱尝她可口香甜的饭菜，一次次地假装听她的话，我被她的体香，她喷薄而出的欲望锁住，一旦失去这些东西，我像失去了活不下去的勇气跟理由，但是我忍受不了书跟墨水气味的折磨，那东西像粪便一样恶心，我喜欢手锤、皮老虎、焊枪、錾子、铜坯、铝坯散发出的气味，那行云流水般的篆体字，花虫鸟兽，跟它们闪光的质感，撞击时发出的音乐般的回声。在打鼓垄，多少单身汉，整天在那些有堂客的人家房前屋后转来转去，挖空心思讨好那些既贪钱又偷腥的女人，处处被人挖苦、嘲笑，丢尽了脸。我可要争口气，讨个能大大方方搂抱着困觉的女人。我可不愿当老好人，像她那样，开口闭口是那个脑壳长瘤子的妹子。我喜欢在人前装逼，风趣，幽默，怪异，乡亲的咧嘴大笑便是我的奖赏。我总是用放大镜去看别人的瑕疵，并忍不住当着他们的面戏谑一番，嘲笑他们的愚蠢、荒诞跟可笑。

我从床上爬起来，摸出房间，来到走廊上，天上没有星星，乌黑的云团在翻滚，小雨淅淅沥沥地下着，潮湿的空气携带着冰凉的寒意，从走廊外一阵阵扑来，回首间，我看见那幽灵般的女人，终日沉迷在酸腐的书味、苦涩的墨水跟孤单的霉味里，她执拗地把自己包裹在厚厚的甲壳里，在岁月的流逝间渴望某一个甘愿牺牲个性追求放弃个人梦想的男人终日厮守。我不禁心生怜惜之情，随即转身进屋，来到床边，在床上摸到了她的脸、鼻子跟嘴巴，那冰凉坚硬的铁箍，魔鬼小锁，她像一具僵尸，一动不动地躺在那里，鼻孔呼出的气息似乎在诉说她的孤独、执拗、冷漠。我捧着她的头，吻她的脸、嘴巴、鼻子，一行泪水滴在她脸上。我跪在那里，为什么她非要逼我做恶心、讨嫌的事，我喃喃地说着，移到她床前，哀求她不要逼我，让我依照自己的心愿行事，我爱她，需要她，不能没她，我端起衣袖抹了脸上的泪珠，擤了一把鼻涕。她从床上坐起来，离开床，背对着我，就是不吭声，跟兰兰一样，冷得让人发抖。我端起衣袖擦了擦眼，起身，沿着墙壁在床头摸到拉线，随着吧嗒一声响，房里亮了，但是，她却不见了，像一阵风一样消失了。漆成黑色的房间内，在一排排书架间挨挨挤挤着书，床对面的角落、书桌上堆着一摞书，左边墙

章子客

上挂的一幅黑白像里，一个男人端坐在一匹大黑马上，穿着黑色的长袍，戴着一顶黑色的礼帽，一手搂着一个扎着小辫的、眼珠如同黑棋子似的小女孩，一手扯住缰绳，黑马腾起前蹄，做嘶鸣状。另一幅黑白影像里，一个身穿黑西装的女人，手里捧着一本书，封面正对着台下的一群青年，金黄色的底色间显出一顶用芦苇编织的草帽，帽上的一圈浅蓝色箍底上飞扬着一行英文，帽边伸出一簇叶片，在帽的左上方悬挂着"岁月静好"四个字，在字的下方则潇洒地落着一行英文。

# 易晓红

这一天在公鸡的长鸣、鸟雀的啁啾中破晓了，我背着行李袋，站在木枫树下的毛公路边等班车，这时一辆桑塔纳在我面前刹住，从里面钻出三个警察，最后一个出来的是刘元福，胖胖的脸上挂着豆大的汗珠，说，易晓红，跟我去一趟四中队吧，咱们再商量商量。

桑塔纳载着我离开打鼓垄，箭一般直扑双潭县公安局交警大队四中队，一路上，望着窗外退去的被雾霭萦绕的连绵的群山跟将河道拦腰截断的闸门，只感到茫然和伤悲，不晓得接下来会发生什么，刘元福跟交警四中队会不会骗人，男人至今还躺在北江医院，每天的治疗费用压得我喘不过气。

车子到了二十多里外的四中队，刘元福一跨进办公

章 子 客

室，中队长李健正好在，请坐，泡茶，散烟，不用刘元福开口，李健当即安排副队长夏小河载着我去北江医院，在那里见了正坐在病床上看电视的吴桐桐，看了一眼他的脸色、眼神，又翻看了医院打印出的流水，说，呀，一千多块一天，怎么住得起？随即又到教授办公室询问了一番，但还是不相信，就拿着CT片子，带着我跟吴桐桐去省人民医院，在一楼大厅排队挂了神经外科专家号，在三楼神经外科大厅等了半小时后，我们仨走进里面的一间诊室。秃顶的外科专家坐在桌子边，拿过夏小河递过去的片子，贴在墙上的显示器上，一瞬间，片子上的影像便清晰地显现出来，专家看了看，转过身，摘掉男人眼上的纱布，翻开眼皮看了看。不等专家开口，夏小河就说，教授，您看这病大概要多少钱才能治好？教授没吭声，转身从显示器上取下片子，对夏小河说，这病呀，无底洞，北京有一例，打了八十多个草坯，一个草坯近一万，花了多少钱，自个去算。夏小河一听心凉了，半天没吭声，把我俩送回北江医院后，便驱车回县里去了。

上次在贵叔那里借的两万，在给男人做了第一次手术后，住院费、注射费、检查费如流水般涌来，让我无力应对。夏小河在离去时说的话，让我心里打鼓，能不能如愿拿到赔偿金，没一点底，男人头痛耳鸣，那只眼肿胀模糊，手脚麻木，遵照教授的指点，我坐在病床边，用食指尖不时压住他颈动脉血管。教授说，你男人这种病有三种可能，第一种是自动愈合，第二种是保持现状不变，第三种是死亡。上次做的手术草坯虽然堵住了缺口，眼睛明显消肿，视力也上升，脑壳不再嗡嗡嗡响，但过了几天，又回到原点，肿胀，嗡嗡嗡响，疼痛，经检查，又出现另一个缺口，急需用草坯去堵。但草坯要从美国那边坐飞机过来，而且价钱贵。我试着给男人做物理疗法，盼着奇迹发生。我像个顽皮捣蛋的女孩，每隔几秒就按压一次他颈部，然后从一数到十后松开，一次次地堵截那里的血，然后又一次次地放纵它，一堵一放，搞得它不敢放肆。我就在这一堵一放间熬了三天，三天是一个奇异的天数，或者说是一个拐点，在冥冥之中等待拐点的出现。

第四天，我迫不及待而又无可奈何地丢下他，坐上开往双潭县的班车，到县城时还不到九点钟，便坐公交车赶到贵叔家，敲了敲门，里面没一点动静。我蹲在巷子边的过道里歇了会儿，便离开了，步行四五里，找到了贵叔的单位，不晓得他的办公室在哪，问值班的门卫，他说一早就出去办事了，不晓得上午会不会回来。我在

章 子 客

那里等了半个钟头，仍不见影子，便走了。不晓得为什么，我不想去找闺蜜，其实，跟闺蜜也没什么，但回想那天在她家借钱的事，总觉得有点别扭，何况闺蜜的男人借钱给我的事，我至今也没跟她说。但不晓得他跟她说了没有，如果没说，而我说了，她会怎么对待他？会不会跟他扯皮？同样，如果他跟她说了，而我却不在她面前提及，她会怎么想？会不会想到我在打她男人什么主意？还有，他的那点心思，看得出，就像一根导火线，随时可以引爆炸药，仿佛闺蜜和她男人就像一片沼泽，一旦踩进去，就可能深陷其中，想出出不来。更何况现在又来找他，怎么好意思？借了一次借两次，这是第三次了，难不成他是我的取款机？他会不会嫌弃？想到这儿，我的脸火辣辣的，恨不得找条缝钻进地里去，再也不愿来了，就算男人的眼睛瞎了或者性命不保了也不愿来了。

我加快脚步，离他的单位越来越远，这时有人在后面喊了一声，回头一望，是他，怎么这么巧哪。我站在那里，面朝着他，脸唰地红了。他提着公文包，穿着黑夹克衫，皮鞋擦得溜光闪亮，头发梳成S形，雪白干净的脸，一见我就涨红了。原来，他刚从外面办事回来，碰巧看见了我，没等我开口，就问起男人的病情来。当我提起医疗费用又没着落时，他站在那里，好久没吭声。我说，跟她说了吗？他说，还，还没。我说，怎么不说？他说，你不说，我不说，她就不晓得嘛。我脸一红，说，万一晓得了呢？他说，不会呢。我说，要是她查账呢？他说，嘿，这你放心，怎么也查不到。我的心在突突突地跳，看见他眼睛躲躲闪闪的，越跳得厉害。想走，却迈不开步子。我又看见了男人的那只眼睛，想起了教授说的那番让我既害怕又担忧的话，真不晓得该不该开口，开口了他会不会答应，答应了我该怎么谢他。我隐隐地感觉到，他之所以瞒着她借钱给我，也没说还是不还，我晓得他想要的是什么，但是心里却七上八下的，拿不定主意。我说，借你的钱，会还的。说完就走。他像早就意识到了，上前一把揪住我的衣袖，说，吃了饭再走吧，快十二点了。我说，还要到四中队去。他说，饭总要吃的。听他这么一说，我像被一股神秘的力量拖住。他松开手，说，钱的事，我帮你想想办法。我说，现今还欠你钱嘞。他说，没事。我的心暖暖的，说，那我请你。他说，嘿，到了贵叔这里就是客，怎么能让客人请？我说，贵叔帮了大忙，侄女请客理所当然。他看了看四周，然后说，要不……他的眼光火辣辣的。我低头，一时竟不晓得说什么。好一阵谁也不说话了，只听见脚底下传来高跟鞋的嗒嗒声跟皮鞋的沙沙声，不知不觉走进了一条小巷，不时有单车从身边梭过，丁零零声那么刺耳，让人心烦气躁。这时他站住了，我也站住了，但没回头。他走上前，又拽着我的衣袖，说，钱还在家，跟我去拿吧。我看了他一眼，说，那，那太感谢贵叔了。他说，谢什么，亲戚之间，互相帮助嘛。我说，贵叔的好，侄女一定记在心里。他说，别说了，到前面口子上打个车子吧。

　　这是自吴桐桐遭遇车祸以来第二次踏进他家门，我跟在他身后，高跟鞋在楼梯上磕出的声音格外响，响得心脏都要跳出来，好像闺蜜就躲在楼上，看着我跟他上楼，然后，然后……上了楼，就到了客厅，里面空荡荡的，没一个人影，睃了一眼侧面敞开的门，我说，我闺蜜呢？他说，上班，中午不回来。我这才长长地吁了一口气，一屁股坐在茶几旁的沙发上，挎包搁在一旁，捋一捋盖到眉毛上的头发。他把公文包搁在茶几上，说，就搞饭。我看了看对面墙上的挂钟，说，不吃了，还要去四中队嘞。他说，一下子做好啦。我说，下次吧。他不再强求，转身进了房，出来时手里拿着一张银行卡，递给我，说，这里有三万，密码是×××××。接过卡，我说，贵叔，该怎么谢你。他那火辣辣的眼光朝我扑来，一把将我抱在怀里，亲得我喘不过气来。我一只手紧紧地抓住卡，另一只手紧紧地抓住裤腰带，眼里流着泪。下楼时，高跟鞋在楼梯上磕出的声音慌乱而惊恐。我匆匆地走了，在小区门口拦了一辆的士，直奔四中队。当我钻进车里，一屁股坐在座位上，把挎包抱在胸前时，终于长长地嘘一口气，在他家的那一幅画面又显现在眼前。我闭上眼，脑壳里混混沌沌，没一点力气了。但一点也不觉得饿，尽管早过了饭点。赶到四中队时，已是下午两点钟，夏小河与我约定的时间是下午两点半左右，在办公室等了半小时，值班的是一个戴眼镜的女交警，给我泡了杯茶后，眼睛盯着显示屏，手指敲击得键盘嗒嗒嗒地响，说两个负责人都外出处理事故了，要不改天再来。我说，没事，我等。抱着挎包，一想到里面的银行卡，尽管在四中队的处境让我心难安，也觉得踏实了些。这时，有交警陆续跨进来，见一个我就问一个，但是都说不晓得什么时候回来，刚好肚子饿了，便到外边的小卖部买了两块饼干跟一瓶矿泉水，坐在外面的凳子上吃了，然后赶回四中队，生怕错过了。可是，在那里左等右等，也不见李健跟夏小河的影子，而且二人也没留下口信，八成早把我的事忘了。女交警搁下手头的事，拨通了一个传呼机号码，给传呼台说了说，就挂了电话。

章 子 客

不久，电话响了，她对话筒说，夏队，易晓红找你。嗯，嗯，嗯。挂了电话后，她顶了顶鼻梁上的眼镜，说，他在处理一起事故，一下子回不来，叫你后天上午来队里找他，暂时拿三万。

# 何石浃

我又想起了兰兰，又看见她散在被撞得稀巴烂的脸
上的与血肉黏在一起的头发，嗅到了她身上的血腥味，
想象着她坐在副驾驶座上，随着一阵猛烈的地震般的撞
击声传来，她的脑壳在撞到车窗玻璃后弹回来，撞到椅
背后又弹回去，跟另外几个人撞在一起。她走后，总在
夜深人静时来到我床边，站在床边盯着我困觉的样范，
微微一笑，就是不肯走。我叫她早点困，她像是没听见，
就算诅咒也不肯离去。于是我夜夜扯亮电灯，把房子照
得通亮，然后用被子蒙住脑壳，只留一个小孔出气，在
迷迷糊糊中入睡。她像是明白了什么，在雪白的光亮中
不再现身。但是要是有一回忘了扯灯，她就会来到床前，
在我诅咒得筋疲力尽时，她流泪了，我陷入无休无止的

章子客

烦闷跟苦痛中，终于明白了什么，于是在那一天黄昏时分，跪在她坟前，在纸钱跟香烛的燃烧间，哭诉着对她的留恋跟念想，并郑重许诺，一定会为她的死讨个公道，一定会为她立一块石碑，修建用麻石做的茔墙，给她无论怎么花也花不完的钱，让她飘忽不定的受伤的心有了归宿跟守护。她像是听懂了我的话，从那以后，就算我不扯灯困觉，她也不曾来到床前，我越发坚信在她坟前许下的诺言正是她内心期待已久的东西。

我又钻进了那片林子，那一条路实在太熟了，哪里有个树苑，哪里有个坑，在哪里转弯，在哪里爬坡，一看就晓得。前面就是她家了，我一屁股坐在路边的一块石头上，背靠着一棵松树，摊开手脚，呼哧呼哧喘气。树叶哗啦哗啦响，风呜呜呜呜叫，老鼠或者兔子窸窸窣窣。歇一会儿，我站起身，走过踏步桥，来到门前，故意咳嗽了三声，楼上的灯就亮了，但很快就灭了。轻轻地推了推门，门吱嘎一声开了，从门缝里瘪进去，顺手关了门，摸到第一道房门，推了推，门吱嘎一声开了，豆大的灯光从门缝漏出来，我又瘪进去，一支蜡烛立在桌子边，照亮了摆在中间的一只菜碗，碗里盛着糯米饭，上面堆着肉片、鸡蛋、白菜，中间插着一双筷子，冒出热气。我坐在桌子边，抓起筷子，扒了一口饭，沁甜的，黏稠的，是煮熟后用黄糖跟猪油炒的，我吧嗒吧嗒的咀嚼声跟偶尔的擤鼻涕声在空荡荡的屋里回响，一会儿就扒了个精光。这时一阵风吹来，蜡烛灭了。黑暗中，身后传来细碎的脚步声，一个熟悉的影子来到桌子边，把一只杯子搁在桌上后，转身离去。我端起冒着热气的杯子，喝了一口，不是很烫，散发出一股烟熏茶巴酽的香味。她就像神仙一样，赶在我到来之前准备了可口的食物。

　　我摸进她的房间，在床头摸那根线，在做出这个决定之前，我想了很多，我一次次地告诉自己，一定要把她的庐山真面目揪出来，而且这一天迟早要来，迟一天不如早一天。啊，摸到了，摸到了，我用力一扯，灯亮了，天哪，她就在眼前，我眼前一黑，倒在地上，我的灵魂化作一缕青烟，升到空中，像一只小鸟在飞翔。我看见自己的肉身躺在地上，兰兰伏在我身上号啕大哭，痛不欲生。没多久，她就擦干了眼泪，背着我的肉身出了后门，把我的肉身埋在后山的一个土眼里，然后回到了屋中，找到了在那里飘荡的我的灵魂。她朝我微微一笑，说，老公，我是兰兰。我说，不，不是。她撩开睡衣，在那坚挺的乳房下，现出一块巴掌大的紫红的胎记来。我哆嗦着，说，哦，确实，确实，但是，那天夜里，你为什么要戴那个铁箍？你在世时从来就不曾那样待我。她背过身去，没吭声。我说，李莉，李莉呢？她说，病死了。我说，不可能，不可能。她说，你第一次来时，她就死了。我说，那打鼓垄人怎么不晓得？埋在哪里？她说，我把她埋在屋后的一块土地里，没人晓得。我说，是不是你害死的？她凶狠地瞪了我一眼，说，跟你夫妻一场，你从来就不信任我，老是怀疑我。我说，对不起，我错了，自从你离开以后，我就夜夜自责，如果你还活着，我就要跪在你面前忏悔，可惜你不在了，你在一起交通事故中死了。她说，是啊，可是，我有灵魂，跟你一样。我尸骨未寒，你就来找李莉了，心里根本就没我，我总算看清你的真面目了。我说，天地良心，我找李莉，完全是因为失去你而痛苦、孤单、难过。她说，得了吧，你们男人，没一个好东西。尤其是你，除了对堂客三心二意外，也没一颗仁慈之心，阎王爷会使用各种手段惩罚恶人的。我说，兰兰，从此以后我一定听你的，你叫我做什么，我就做什么。她说，哼，那你怎么让我相信呢？我说，发誓。她说，那跟我走吧。我二话没说，一隐身，就到了那个她常常挂在嘴边的玫玫家，她说，我们得去北京大医院找教授，帮玫玫治好肿瘤。我说，好啊，走吧。就这样，我跟她带着玫玫去了北京，在大医院找到了教授，把玫玫的病治好了。从此以后，我和兰兰做起了公益事业，像神仙一样快乐。

章 子 客

# 张家山

　　这天上午，我来到她家，但是门上着锁，屋檐下的竹篙上晾的衣服还在滴水，看样子离家不久。隔壁家的憨子说，您侄女带着外地来的满哥去了将军山。我问将军山在哪儿，他说，将军山在将军山。我说，这不是白说吗？他说，将军山都不晓得？这一带连细家伙都晓得嘞。从磐石坳翻过去，就是将军山。他双手套在袖筒里，鼻孔下挂着一坨鼻涕，头戴一顶脏乎乎的薄薄的帽子，脚上趿拉着一双被烧烂了的棉拖鞋，在地坪上移着碎步，牙齿上长满牙垢。我坐在他家阶基上，一条腿搭在另一条腿上，从裤袋里摸出烟盒，滚喇叭筒吸。

　　刚从外面回来的哑巴朝我微微一笑，指着远处的一座山，啊吧啊吧叫，她头上梳着两条长长的乌黑的辫子，

章 子 客

脸上长着一颗黑痣，一只眼珠翻着白，听说是憨子爷在世时用拳头打白的，她跟憨子结婚几十年了，肚子一点也没见动静，也曾到大医院做过检查，结果不了了之，当地人终究也不晓得是憨子还是哑巴的问题，总之，他们并不关注这个话题。

我每次到侄女家，总要到憨子家的阶基上坐坐，跟两个活宝逗乐，散散心。这会儿有空，就在那里优哉游哉地滚喇叭筒吸，叶子烟粗的粗细的细，烧出的烟灰带着梗，夹烟的大拇指跟食指像腊肉一样泛黄。憨子嘿嘿一笑，吟道，地有吉气，土随龙起。地有止气，水随而止。势随形动，回复终始。法葬其中，永吉无凶。我朝他嘿嘿一笑，没吭声，因为他整天这样唠叨，他爷曾是当地有名的地仙，奈何他脑壳笨拙，没能继承爷的衣钵。不过，耳濡目染，一些看地的话术还是随口张来。他操着双手，在地坪中移着碎步，任凭哑巴在一旁啊吧啊吧也不看一眼，又吟道，后有靠山，左有青龙，右有白虎，前有案山，中有明堂，水流曲折，以便坟穴藏风聚气而令人纳福纳财，富贵无比。外洋宽阔能容万马，可致后代鹏程万里、福禄延绵。吟完嘿嘿一笑，成飞将军葬的地就是好，所以后人福禄延绵，嘿嘿。我微微一笑，说，你爷葬的地肯定是块宝地吧？他说，是他死前三十年就看好了的。我又微微一笑，说，那怎么连个孙子也没有？他像是没听见，又吟道，我今把笔对天庭，二十四山做圣灵。点上添来一点江，代代儿孙状元郎。

我吸了一支又一支喇叭筒，直等到日近中天，才把侄女等回家。她穿一身褪了色的旧衣服、解放鞋，后腰上挂着一把柴刀。成小山也穿旧衣旧裤，拎着一个布袋（袋装族谱），背着一个军用水壶，脸上有几条被荆棘划过的红杠，一进屋，她就淘米煮饭，到灶壁上取了一块熏得发黑的腊肉，用水焯了后，刮去上面的烟灰和黑油，清洗干净后搁在案板上切成坨坨，剁成碎末，和湿面粉，用肉末做馅，做成汤圆。成小山俨然成了她家中一员，去屋后的菜园砍了一棵白菜跟一棵莴笋，摘了蒜苗，清洗干净后搁在菜篮里。她从袋子里掏出一张票子，叫他去代销点买了一瓶董公酒和半斤花生米，完了又到鸡窝里捡了四只鸡蛋，到坛子里掏了一些腌辣椒。我也闲不住，拿着夹钳坐在柴旮旯里烧火。一个小时后，居然摆上了五六道菜。她在桌子上摆了三个酒杯，小成说，摆两个就够了，一喝就像关公。她说，关公就关公，管它呢，又不要去相亲。他说，喝了头晕。她说，困一觉就不晕了，就是没喝惯，喝惯了就不晕了。

她举起杯，先与我碰杯，再与他碰，饭桌间融洽的气氛不知不觉间便浓了稠了。一杯酒下肚，一身暖和了，借着酒兴，我说，今天特地来的，桃飞，想跟你商量一件事，小成也做下参考。小成说，还是您拿主意吧。我对她说，虽然你男人也是受害者，但作为肇事司机，也要负一点责任。她举在手里的杯子停在半空，盯了我半天，说，搞半天，您是来调研呀。我没搭话，夹了一坨汤圆，塞进嘴，瘪了瘪，瘪了瘪，吞下肚。她盯着我，眼睛鼓得又大又圆，说，人都死了。我呵呵一笑，说，你负。她抓起筷子往桌上一拍，说，我负？负他娘的脚。我抓起桌上的董公酒，自顾往杯子里倒满，一仰脖子，干了，说，好酒好酒。他看看我，看看她，眼睛鼓得牛卵子大。她说，小成，莫听他的，酒癫子。吃吧，吃完还要上将军山嘞。他慌忙端起碗抓起筷，说，将军山还是改天吧，伯伯来了。她扒了一口饭，说，吃吧，饭菜都凉了。我又瘪了坨汤圆，对他说，老是去那里干什么，有宝？他说，跟姐去寻将军墓嘞。我说，还没寻到？他说，山里好深的柴啊，今天伯六阿公去了，连他都迷路了。我说，伯六阿公？敢请他去？这么一把年纪，摔了跌了，负得起责？他说，老人家手脚麻利得很，像猴子一样，我跟姐都赶不上嘞。我说，怎么不问问憨子呢？他说，呵呵，那个蠢巴？我说，蠢巴？嘿嘿，不蠢，从小就跟爷看地，半个地仙。今天他提起将军山，八成晓得将军墓在哪个地方。他还要搭话，她白了他一眼，说，莫听他的，吃你的，饭菜都凉了。我盯着她，说，伯伯是想带你去看望一下人家，拎点东西，慰问慰问，人家心里舒畅。完了又盯着他，说，你看对不对？他点点头，对她说，姐，伯伯说得有理。要不，去看看，我陪你。她白了他一眼，说，不去。他自讨没趣，埋头扒饭。我又自顾倒了一杯，抿了一口，夹了一块鸡蛋，往嘴里一塞，瘪了瘪，瘪了瘪，吞下去，又盯着她，说，去看望一下，表示一下心意，心里踏实。她好久没吭声，扒了几口饭，盯着我，说，总不能空手去吧？我可没钱，你出的馊主意，钱由你出。我嘿嘿一笑，说，我出我出，只要你去人。

第三天，我租了一辆摩的，拉着侄女，先来到美美娘家。自从女儿去了后，做娘的就不曾抬脚出过门，也是命苦，女儿去了没几天，男人又检查出肝癌晚期，很快就去了，才五十多岁，已是满头白发，看上去六七十岁，催老呀。她当时正坐在地坪上晒太阳，当我们出现在她眼前时，感到很意外。我解下绑在摩托车后的一只蛇皮袋，从里面拎出一只老母鸡，三斤上肉，送到美美娘手里，说，这是侄女的一点心意，她呢，男人造成这样的事故，做堂客的总过意不去，一点心意，请收下。美美娘又是泡茶又是散烟，还从墙上的袋子里倒出一碗花生，放在锅里炒，又从房里搬出酒坛，哗啦哗啦，倒了一茶碗米酒给我，又接着倒，侄女跟摩的司机连忙摆手，说，不喝不喝，谢谢。美美娘说，喝一杯吧，家酿的，味道不错嘞。摩的司机说，等下要开车，喝不得。美美娘说，那就托直了。说完，把坛子搁在一边，盖好。我笑眯眯地端起杯子，抿了一口，说，好酒好酒。侄女白了我一眼，嘀咕，前世没喝过，一到人家就喝。我说，那不是吹牛，以前赶公猪，到一家喝一家，那喝的是百家酒，吃的是百家饭嘞。四个人坐在桌子边，屁股还没坐热，美美娘就一把鼻涕一把泪，说，在茅栗铺卫生院见到女儿躺在地板上就像困了一样，从没见过女儿皮肤那么雪白、细嫩。侄女忍不住了，蹲到地坪上一株酸枣树下抹泪去了。摩的司机也跟着去了。我抿了一口酒后，见灶屋里只剩下我跟美美娘了，便性急从裤袋里摸出一个包，偷偷地塞到她手里，细声说，哭个卵，人都走了。拿着，这是我代表侄女给的，千万莫作声。说完，起身便走了。

摩的在公路上掀起一道烟尘，一路上，几乎看不到车子，只听见一辆唔哩唔哩的救护车声在山谷间回荡。

驶入打鼓垄地界，来到易晓红家，她刚好从县里回来，准备后天去四中队。我又从蛇皮袋里摸出一只老母鸡加三斤上肉，送到她手里，当时她正和儿子、公婆坐在灶火边，湿湿的头发正冒着热气，看样范刚洗过。易晓红又是泡茶又是散烟，她婆婆盛了一茶碗高粱酒来，我笑眯眯地抿了一口，问起吴桐桐的病情。易晓红憋着，硬是没让眼泪流出来，她从梅田医院说到人民医院，再说到北江医院，说的都是痛。老婆婆一边往火里添柴，一边抹泪。我一边喝，一边劝，说船到桥头自然直，政府肯定要照顾的。侄女喝完茶后，便到外面去了，摩的司机也跟着去了。我赶紧从袄子袋里摸出一个布包，塞到易晓红手里，细声说，拿着，这是我代表侄女给的一点心意，赶紧收好，莫作声。说完，就一瘸一拐地出了屋，搭摩的去了刘军民跟瓜瓜家，但他们家都没人，香香跟瓜瓜分别在县人民医院、县中医医院住院。

第二天一早，我搭班车去两家医院，分别看望了香香跟瓜瓜，也送了布包，里面包着一扎一扎十元面额的票子。我把几十年来，我一瘸一拐赶着大约克走村串户挣来的那一部分中的一部分，以侄女的名义，分送给了死伤者的家属。

# 易晓红

我在四中队果真拿到了三万，加上张家山、贵叔
给的，手里头有了八万多，我长这么大才见过这么多
钱，就像做梦一样。离开四中队，便搭上开往长沙的班
车，车上人挤人，尽管几乎连下脚的地方也没有，但不
烦躁。我想起了那个瘸子，哦，平常喊他家山伯，他哪
来那么多钱，一出手就那么多，而且事故跟他也没半毛
钱关系，无非是侄郎闯下了大祸，而侄郎也在事故中丢
了性命，不赔一分钱也没人找他侄女麻烦，据说侄郎因
嫖赌还欠下一屁股债呢。平常，他连盒装烟也舍不得买，
到街上称叶子烟，虽然便宜，但是气味呛得人要呕。从
没见他买过像样的衣服穿，房子也破破烂烂，舍不得称
肉吃，别人说他平常爱到上下邻居家蹭饭蹭酒，穷酸得

要死。当然，他爱帮人，谁家请他插田晒谷、看家什么的，他都去，谁要是受了刀伤、风寒什么的，他就去外面寻草药，嚼烂了敷在伤口上，或者用罐子煮了给人喝。但凡打鼓垄做白喜事，他就当外总管，安排着铺席抬重开山诸事。

我想，他哪来这么多钱？有人说他赶公猪近二十年积累了钱，有人说他在哪里捡了一坨金子发了财，总之，各说各的，似乎一切都合情合理，但让人费解的是，存了这么多钱，一舍不得吃二舍不得穿三舍不得用，却宁愿送人，这种人是脑壳进了水，还是菩萨心肠？总之，不管怎样，我们家属都在内心默默地发誓，等将来有一天他挪不得动不得，有三五病痛，即使有侄女照顾他，也要带他去看病，帮他端屎端尿，擦洗身子，给他报恩。

随着班车的颠簸，我头一回感到坐车真是一件舒心畅快的事。不知不觉间，便到了长沙汽车西站，搭了一个多小时公交车，终于到了北江医院。在男人病床边的桌子上，摆着一摞清单，长长的，一连串的数字，看得我心好痛好痛。而他的眼睛，又暴凸在外，又红又肿。他说，脑壳里又响起了嗡嗡嗡声，又胀又痛。主治医师说，吴桐桐，又得打草坯了，否则有生命危险。打一个草坯，又花了一万多，而且材料还得从美国坐飞机过来。

章 子 客

我拿着那长长的清单，在楼下的缴费窗口刷了卡，这一刷，就刷了差不多两万。唉，八万多经得几下刷？要是真如教授们所说的北京那一例，要打八十多个草坪的话，那是哭天天不应哭地地不灵，他只有死路一条了，你想，能借到这么多钱？想都莫想。但是，事到如今，走一步算一步吧，人的命，天注定，如果老天爷硬要他走那条通往八十多个草坪的路，我也没办法。我拿着医师开的单子，在缴费窗口又刷了一笔打草坪的费用。

在他身边，我抑制住那随时都有可能掉下来的泪水，并且就贵叔借的钱再编一个谎言，我胆战心惊，生怕有一天谎言被戳穿，到时我怎么面对男人面对亲戚朋友？我将成为一个无耻的女人，一个往男人头上扣绿帽却没扣成的女人，一个连闺蜜的男人也敢勾引的坏女人，男人闹离婚，家人臭骂，亲戚翻脸，一切都将被我搅得乱七八糟，我对男人对家庭的辛苦付出，都将一笔勾销。多么可怕的结局，人哪，对与错、是与非、善与恶，往往就在一念之间，又有多少人扛得住其间的苦难，抵得住其间的诱惑，禁得住其间的煎熬？我又开始为他做物理疗法，用手指按压他颈部的那条动脉血管，期待奇迹出现。就那样一次次地狙击，一次次地减小颅内颈动脉分支的压力，让原本脆弱的血管壁得到缓冲跟自愈，防线不再被血流突破，无辜的眼珠不再受到冲击，还原它原来的样范。但是，那是一场没有硝烟的战争，我在一次次一天天的狙击间，默默地祈祷上天，盼望有朝一日我的二指禅能出现奇迹。一晃三天过去，从大西洋彼岸坐飞机赶来的草坯到了主治医师手中，他被迅速推进手术室。后来他说，尽管身体局部被麻醉，手脚被绑，眼睛被蒙，但是他能清晰地听到手术器械在盘子上发出的清脆的撞击声，听到医师们忙碌的脚步声，他们细小的谨慎的说话声，感到大腿部的动脉血管被切开，一根细长的管子沿着血管一点点地穿过他的腰部、颈部，医师在他耳边小声说，受得了吗？受不了就说。随着那条管子的不断深入，他的脸色越来越白，呼吸越来越急促，最后只有出气而没有吸气了，医师又在他耳边问，受得了吗？受不了就说。他说，受不了了，受不了了。于是医师下令，抽管。随着管子一点点地从动脉管里退出，他的呼吸也渐渐地恢复了，脸上泛出了红晕，医师说手术失败。

他在经历了一次次手术失败后，我越来越把希望寄托在二指禅上，为了节省费用，我为他办理了出院手续，就这样，我终日陪伴在他身边，一有时间就给他做颈部按摩。随着时间的流逝，他的那只眼睛居然奇迹般地消

章 子 客

肿，脑壳也不再胀痛，视力从发病时的 0.01 恢复到 0.5，到北江医院做复查，主治医师感到很惊讶，说，哎，吴桐桐你这种 CCF，属于那种自然愈合型嘞。我俩听后，高兴地紧紧拥抱在一起。

# 吴桐桐

~~~~~~~~

　　1987 年 12 月 9 日，是我跟刘军民、吴兵、何石涣、藤蔓、老鼠、端七、德鑫刚从兰州打章子回来的第三天，原本计划到腊月回家，因为那边天气冷了，便提前回打鼓垄，准备过完年后再出去。

　　夜里，我跟堂客在忍冬家耍，当时刘军民两口子、兰兰都在，这时笑笑来了，她说，哎呀，一点意思都没有，打台球去吗？好久没打了。我说，好啊，走，打台球去。大家一齐喊，打台球去。当时刘军民拿着一副扑克，正准备喊大家打牌，一听说要去打台球，就把牌往桌子上一扔，说，怎么去，这么多人。他堂客香香说，你哥不是有摩托车吗？刘军民一拍腿，说，对呀，不过，最多搭三个。忍冬说，剩下的骑单车咯。笑笑说，这么黑，怎么骑？我说，还不如租个面的。刘军民说，这时候到哪儿去租？这样，蚂蚁搬家，我先搭三个去，再转来接。我说，要得。在等待间，笑笑又来了一番激情动员，把琪琪、瓜瓜两个姐妹喊来，藤蔓则把刚好来走亲戚的表妹美美叫上。

刘军民最终改变主意，租了一部面的，浩浩荡荡朝五里外的打鼓垄集镇开去，在洪福门口刹住，大家一窝蜂拥进去。但是，那里的四张台子边早已挤满了人，那是打鼓垄集镇唯一的一家台球室呀，怎么搞？忍冬说，哎，到茅栗铺去，那里台球室多。笑笑说，好啊。琪琪、瓜瓜说，那就去呗，还愣着干什么？

在洪福外的十字路口，我租了一部面的，谈好价钱七十，后来躺在县人民医院，躺在北江医院病床上，脑壳里总是绕来绕去那个七字。当时司机说八十，我说六十，司机不干，我就说七十，少十块。司机说，算了，几个老乡，七十就七十。

面的在漆黑的M333上奔驰，没多久就赶到了几十里外的茅栗铺集镇，在好再来门口下车。好再来，好再来，多好听的名字，一看见就有一种非进去露一手的冲动。在这之前，刘军民、忍冬、兰兰、琪琪、瓜瓜都来过，唯有美美是第一次来。

我们包了两张台球桌，尽情地打啊打，在台球清脆的撞击声中忘却了时间。当我们走出台球室时，外面呼啸的寒风迎面扑来，冻得人打战，我一看表，哦，快凌晨两点了，但是，这么晚了，怎么回去？这时，一个男子走过来，说，我送你们。我说，你是出租车司机吗？他说，嗯。兰兰说，好像在哪里看见过。我说，哎呀，好面熟。他说，是呀，我叫成建飞，是张家山的侄郎嘞。忍冬说，呀，难怪这么面熟，原来是桃飞妹子男人。我说，那好啊，我们租车来时七十，也给七十。成建飞说，自家人，不谈钱。忍冬说，你是做这一行的，怎能让你白送。成建飞说，那好吧，给多少，随便。当我们看着他把车子开到眼前时，笑笑说，哎，是小车呀。琪琪说，这么多人，怎么坐啊。成建飞说，没事，只要挤得进，就挤。我说，不安全哟。成建飞说，平时坐班车，挤得连脚都没地方放，不也没事吗？我说，那开慢点，这么多条命都攥在你手里啊。成建飞说，放心，老司机啦。大家你看看我、我看看你，还是怕不安全，但都那个点了，不坐怎么回去？我第一个钻进车，兰兰跟着进来，美美跟瓜瓜跟着进来了，三人坐副驾驶座，坯子都小，挤了一阵才算勉强坐下（美美跟瓜瓜半个屁股搭在座垫上，兰兰则坐在瓜瓜身上）。后座也蛮挤的，香香坐在刘军民身上，琪琪坐在忍冬身上，笑笑坐在我身上。成建飞见大家都挤进去了，在外使劲把那三扇车门关死，回到他的驾驶室，关门，启动。车子放了个响屁后，向前一拱，一刹，我们身子向前一扑，然后又向后一仰，震得发抖。笑笑说，师傅，开好点呀。成建飞说，没事，放心吧。车子发出低沉的轰鸣声，像一头老黄牛背负着沉重的犁前行，缓缓地驶出了停车场，冲上了开往打鼓垄集镇方向的M333。

我睁大眼睛，看了看窗外，黑漆漆的，只感到车子载着我们在黑洞里钻。偏头望着车头，雪白的车灯打在坑坑洼洼的路上，一晃一晃的。我说，师傅，慢点开。司机说，没事，放心啦。车子在坑坑洼洼的路面上跳跃的幅度减小了。

大家不再吭声，耳边传来轮胎摩擦地面的沙沙声，冷风呜呜呜的呼啸声。这时，也不晓得发生了什么，只感到脑壳被什么撞了一下，眼前一黑，什么也不晓得了。当我睁开眼睛时，已躺在县人民医院病床上，堂客坐在床头，眼睛都哭肿了。

# 张桃飞

当我醒来的时候，窗外亮着淡淡的白光，被撕裂的窗户纸啪啪啪的响声和北风呜呜呜的叫声打破了清晨的宁静，陡然间，我想起了什么，披衣下床，推开门，沿着走廊来到成小山困觉的房门边，敲了敲门，没声音。又敲了敲，也没声音。于是推了推，门"吱嘎"一声开了，我屏住呼吸，站在门里，淡淡的光把我的影子投在地上，朦胧中，我看见被子叠得整整齐齐，孤零零地立在床头。我摸了摸摆在上面的枕头，那淡淡的好闻的气息沿着指尖渗入我的心间。我把两套替换衣服跟一袋子红薯片包在一块布里，系在腰间，从堂屋里推出那台早些天从修理铺买回的二手南方125，关好门，把一张字条塞进邻居家的门缝里，然后一骗腿骑着125飞驰而去。

浓密的冰冷的雾气朝我扑来，我在瑟瑟发抖中以每小时四十码的速度前行，并不时按响喇叭。我猜不透他是向北还是向南，是走的M333还是走的芜水河堤。随着浓雾渐渐散去，公路越来越敞亮，我问那些骑单车的学生跟民工，有没有看到一个背着蛇皮袋的人？有人说，没看见。有人说，哎，像是看见了，沿着那条道走了。走了多久了？怕有十分钟吧，快点骑，估计能追上。

　　果然，我在那个大坳上追上了，他背上鼓囊囊的蛇皮袋湿湿的，头发跟眉毛也打了白霜。我脚尖抵地撑着125，说，上车吧。他说，才不呢。说完，便从125旁绕过去，继续朝前走。我又追上他，说，送你一程。他说，姐。我说，要走就走，又没人拦你，干吗偷偷摸摸的。他憨憨一笑，说，下来吧。我剜了他一眼，说，你骑？他说，也太小看人了吧。他把袋子搁在油箱上，一骗腿跨上车，麻利地撑住了车。我双手抓住后座两旁的支架，不敢去搂他的腰。他猛地一加油门，我身子向后一仰，说，吓死人啦。他嘿嘿一声笑了。我在他背上狠狠地掐了一把，然后搂住他那结实的挺直的腰，那是他寻到我家以来我头一回这么亲近他。在呜呜呜的风声跟引擎的呼啸声中，125平稳而又急速地向前奔驰。

　　太阳出来了，但是早春的风还是有些冰冷，125像一匹不知疲累的骏马，载着我和他前往棋子镇。到了棋子镇，我们准备搭船去一个叫毛田镇的地方，但在码头上等了两三个钟头，始终不见船来。时针在耳边嗒嗒嗒地走过，天色渐渐暗下来，那些和我俩一样等待的人叹叹气，一个个散了。我跟他来到集镇一个叫丽丽的旅社，跟着拿着一串钥匙的老婆婆爬上二楼。她说，一间还是两间？我跟他都没吭声，就像没听见一样。老婆婆又说，你俩是姐弟吧？我连忙说，是，开一间吧。老婆婆把钥匙插进锁孔，转一转，又换一把钥匙，插进去转一转，说，哎，等一等，应该是那一串，说完就下楼去了。我跟他站得很近，谁也不说话，他的脸涨得通红，那粗重的呼吸声搅得我的心怦怦跳。该死的老婆婆好像过了一个世纪才爬上楼来，打开门后，她说，桌上有热水瓶，一楼厨房有开水。他把蛇皮袋搁在床头，提着热水瓶下楼去了。没多久就回来了，说，姐，我出去走走。我说，累了就早点休息。他说，姐……说呀。厨房有个草窝，我困那里。不行，你会受凉的。困这不好吗？姐不吃人。他的脸又涨红了。

夜里，我躺在床上，只感到身子又酸又痛，怎么也困不着，抬头瞅了瞅旁边那张床，黑暗中传来他香甜的鼾声。我在床上翻过来覆过去，然后掀开被子，爬到他

章子客

床上，钻进他被窝躺下来，当我的手碰到他的手时，他像触电一样，缩了回去。当我伸手去摸他时，他已用被子把我隔开了。

我在疲累中睡着了，当我睁开眼时，天亮了，他早已起床，坐在旁边的凳子上翻看族谱。他说，只有找到成飞的墓和墓碑，他的后人才会浮出水面，成氏族谱才能得到完美呈现。我说，这样寻下去何时是个头？他说，不怕，总会寻到的。我说，你身上又没钱，要是我走了怎么办？他说，路上多得是好心人。我说，听姐的话，回去吧，等将来有机会再寻。他说，你走吧。我说，你娘或许在到处寻你。他吸了吸鼻子，端起衣袖抹了一把泪。我从床上爬起来，盯着他红红的眼睛，说，要不，我先送你回去。他说，回去就别想出来了。我说，不会的，只要跟你娘讲清楚了，她会让你出来的。他别过脸去，没吭声。我说，莫犟了，听姐的话。他摇摇头。我说，真的不回去？他点点头。我说，一个死人真的有这么重要吗？他说，他没死，他活着。我说，那他多大岁数了？他哧的一声笑了。我在他身上捏了一把，然后搂住他，眼泪扑簌簌地滴在他背上。

离开了丽丽旅社，他载着我又出发了，我搂着他坚挺的腰，在心里说，他一定会寻到的。

# 张 钦

　　初春时节，雪花一夜之间把打鼓垄原野上破土而出的嫩绿披上了一层洁白。

　　"12·9"重大交通事故还没有最终结果，死伤者家属三天两头来家里找我，询问事故处理的进展，对能不能获得赔偿的事充满了疑惑和焦虑，尤其是易晓红更是按捺不住心中的怒火，好在我多次找她谈心，好在打鼓垄乡党委书记吴光辉跟综治办、派出所的干部一次次地上门安慰，一次次地听取她的意见并作出庄严的承诺，她内心愤怒的火焰才慢慢地熄灭。

　　这一天，我和吕波、张家山、忍冬、老鼠、易晓红、吴桐桐、瓜瓜、香香、刘军民、笑笑、琪琪、藤蔓以及他姨娘，骑着摩托车，踩着单车，怀着激动的期待已久的心情，来到了乡政府机关大院三楼的会议室，会议室正对面墙上挂着一条横幅，上书"12·9"重大交通事故处理会，长长的椭圆形桌子边早已坐上了县政法委书记、县司法局副局长、县公安局副局长，吴光辉、刘元福，打鼓垄派出所所长，茅栗铺派出所现任所长，以及美美所在村的村支书，张桃飞所在村的村支书，由于椭圆形桌子边不够坐，死伤者家属们就在靠墙的椅子上就座。服务员为大家端来了热腾腾的香喷喷的绿茶。

会议由吴光辉主持，他端坐在县领导旁边的椅子上，对着话筒向在座的人一一问候，说，今天是个好日子，太阳出来了，院子里的喜鹊叽叽喳喳叫个不停，"12·9"重大交通事故处理会在县领导的指导和乡党委政府的主持下召开了，在此，我谨代表打鼓垄乡党委政府向在座的家属表示深深的歉意，向打鼓垄村村民、为死伤者家属捐款近十万元的张家山表示最崇高的敬意！在吴光辉的停顿间，张家山站起来向各位致意，热烈的鼓掌声像鞭炮一样响起来。等掌声停下来后，吴光辉说，下面有请打鼓垄村村主任张钦同志发言。

我从椅子上站起来，向在座的领导、村干部和家属躬身致敬后，从军大衣口袋里摸出昨夜赶写出的发言稿，一字一句地念，我回顾了自去年12月9日夜死伤者家属上门找我、被坏人刺杀等经历，汇报了我在这期间为安抚家属、为家属们争取赔偿金而做出的种种努力，并就这起重大交通事故产生的根本原因发表了个人看法，我不得不说，肇事车原本是涉案物资（走私右舵车），国家禁止在公路上行驶，只能报废销毁。但是由于相关部门考虑到浪费资源可惜的问题而没有销毁，以至于在流入社会后酿成了悲剧。令人欣慰的是，在乡党委政府以及上级相关部门的领导的关爱下，死者得到了及时安葬，伤者得到了及时救治，家属们得到了及时安抚，经济补偿金也即将发放，一切问题得到了妥善解决。在此，我谨代表死伤者及其家属以及打鼓垄村委会向为处理此次重大交通事故而付出艰辛的各级领导干部表示由衷的谢意！会场随即响起了雷鸣般的掌声。

吴光辉简单扼要地总结了我的发言后，望了望坐在我旁边的吕波，说，吕波同志今天也来了，作为打鼓垄村一把手，积极服从党委政府的领导，村上各项工作开展得有声有色，但也提个醒，在今后的工作中，还是要认真听取同事的意见，正确对待。

县政法委书记做最后发言，他在会上给予我高度肯定和表扬，并代表县委政府向死伤者及其家属表示深深的歉意，要求相关部门以此为戒，深刻汲取教训，凡是

章 子 客

处理涉案物资都要依法走程序，该报废的坚决报废，绝不能心存侥幸。对试图谋害张钦的坏人及其幕后黑手进行了严厉指责，要求打鼓垄派出所、县公安局不惜代价，争取早日破案，依法惩处犯罪分子。县公安局副局长在发言中亦向死伤者及其家属表示深深的歉意，保证尽快破案，将犯罪分子绳之以法，并当众宣布了已撤去现任某派出所所长秦涌的职务。

会议最后一个环节，就是当众发放"12·9"重大交通事故赔偿金，由于前一天双方就赔偿金签订了调解协议书，在上次由刘元福主持的调解会达成初步意向的基础上，考虑到吴桐桐的特殊病情，单独给他多赔了五万元。在死伤者家属拿到赔偿金的那一刻，我看见他们的手激动得发抖，曾经愁苦的脸上绽放出灿烂的笑容，曾经黯淡的眼光也格外地清澈明亮，他们有的握住我的手，有的拍着我的肩，眼眶里溢出感激的泪花。那时候，我感到所有的艰辛付出和遭受的委屈、伤害都是值得的。

当天夜里，忍冬、老鼠、易晓红、吴桐桐、瓜瓜、香香、刘军民、笑笑、琪琪、藤蔓和他姨娘，陆续来到我家，把灶屋挤满了。老鼠腰间系着娘的蓝印花布围裙，手里抓着铲子在锅里炒花生；刘军民坐在灶旮旯，拿着夹钳往灶里添柴；瓜瓜坐在地灶旁，手里抓着夹钳给灶火添柴；其余的人围着地灶坐着，娘则给他们端来热腾腾的香喷喷的绿茶。笑笑跟琪琪对娘说，哎呀，您费心了，我们自己端。说完，站起身去后面的桌子上端茶。我从军大衣里摸出香烟来散，屋子里荡起了欢快的笑谈声跟花生在锅底翻滚的吱吱声，大家送来了谷酒、抓来了鸡鸭，递上了芙蓉王和一沓红包，我说，大家送的酒和鸡鸭我收了，芙蓉王跟红包请拿回去。刘军民跟老鼠齐声说，张主任，帮这么大的忙，一点小意思，无论如何得收！笑笑、琪琪跟着说，不收我们就不回去！我说，大家的心意领了，真的不能收，这是村上的纪律，要遵守，何况我做的都是分内的事，职责所在。听了我的这番话，大家感动得流出了眼泪。

在举杯庆祝间，我说，现在各位的赔偿金拿到手了，我的使命也完成了。感谢大家对我的信任和鼓励，现在，我想当着大家的面，宣布一个决定，大家猜一猜。大家突然安静下来，鼓大眼睛盯着我，笑笑和琪琪说，是不是准备结婚？易晓红说，是不是要干什么大事了？我笑了笑，没吭声。娘站在一旁，嗑着瓜子，说，他呀，又要去打章子。屋里一片哗然，眼睛齐刷刷地盯着我。娘说，他呀，最好去打章子，不适合当村干部。我站起来，举起杯，说，各位，感谢大家的支持和信任，本人已经下定决心，连辞职申请书都递给村委会了。来，干杯！干！干！干！

几天后的一天，我接到打鼓垄派出所的电话，说那三个嫌疑人抓住了，经过审讯，交代了秦涌就是幕后指使者，他们火速把秦涌抓了。当时，我拿话筒的手激动得发抖，不敢相信警察说的是真的。

惊蛰这天，村委会通过了我的辞职申请书。我当即从杂屋里拖出那口木箱，搁在地坪上暴晒了半天，用抹布擦去里里外外的蛛丝和粉尘，将铁砧、錾子、凿子、钳子、拉丝板和锤子上的锈迹用砂纸擦去，赶到集镇购买了皮老虎跟焊枪，还有硼砂、玛瑙刀、硫酸和盐酸，把所有打章子的工具、熔液跟坯子都备齐了。我闻着它们的气息，只感到格外地亲切，仿佛又背着木箱登上了开往北京西的火车，到了吉林的珲春街，到了牡丹江的光华街，到了成都的兴隆街……我将一将额上的刘海，拨正指间的铜章，仿佛又看见了几千年前我们的祖先留下的甲骨文、青铜铭文、徽识图腾，陶拍上的纹饰，盖有印记的检封或者封泥，打在驴马跟木器上的烙印，挂在胸前或者悬于腰际的玺，文字像鸟雀一样展翅的大秦"传国玺"，刻着吉祥语或者咒语的"四灵印"，在生产队记工簿上像火焰一样升腾的私章；听见了由远及近的隆隆的铁蹄声跟马嘶声，还有旌旗的猎猎声；看见了身披铠甲、威风凛凛地骑在骏马上的将军，面对着眼前来势汹汹的叛军，高举用黄绸包裹的四四方方的帅印发出警告；看见自己在一份合同、一张证明、一份文件上按下的手印或者私印；听见了权利、责任、信用、担当的呐喊声，一如那惊心动魄的隆隆的铁蹄声、马嘶声跟旌旗的猎猎声，它们威严的、骨感的、辽阔的、宏大的声音在广袤的湘中打鼓垄原野上久久地回荡、尖叫。

　　惊蛰过后，打鼓垄原野上飘来了野菊花、油菜花、麦苗的清香气息。这天，天刚蘸亮，我们蹲在大枫树下的公路边一边说笑，一边等待。这时，我听见从西南角上的山谷间传来了喇叭声，越来越响亮。没多久，班车就从那个山嘴冒出来，屁股后掀起一道道漫天的尘雾。我们一齐站起来，背起立在地上的木箱，站在我身旁的是娘，站在娘身旁的是粑粑，站在粑粑身旁的是吴桐桐，站在吴桐桐身旁的是易晓红，站在易晓红身旁的是老鼠，站在老鼠身旁的是忍冬，站在忍冬身旁的是吴兵，站在吴兵身旁的是藤蔓……

章 子 客